SUZANNE BROCKMANN
Dime que sí

Editado por Harlequin Ibérica.
Una división de HarperCollins Ibérica, S.A.
Núñez de Balboa, 56
28001 Madrid

© 1998 Suzanne Brockmann. Todos los derechos reservados.
DIME QUE SÍ, N° 63
Título original: Everyday, Average Jones
Publicada originalmente por Silhouette® Books.
Traducido por Victoria Horrillo Ledesma

Todos los derechos están reservados incluidos los de reproducción, total o parcial. Esta edición ha sido publicada con permiso de Harlequin Enterprises II BV.
Todos los personajes de este libro son ficticios. Cualquier parecido con alguna persona, viva o muerta, es pura coincidencia.
™TOP NOVEL es marca registrada por Harlequin Enterprises Ltd.

® y ™ son marcas registradas por Harlequin Enterprises Limited y sus filiales, utilizadas con licencia. Las marcas que lleven ® están registradas en la Oficina Española de Patentes y Marcas y en otros países.

I.S.B.N.: 978-84-671-6222-6
Depósito legal: B-21280-2008

Imágenes de cubierta:
Pareja: RFOXPHOTO/DREAMSTIME.COM
Carta: MICHELEGO/DREAMSTIME.COM

AGRADECIMIENTOS

Gracias a Candace Irvin, que me ayudó a aclarar un montón de confusiones acerca del rango y la categoría salarial y sobre la vida en la Armada de los Estados Unidos en general.

Gracias eternas a mi amigo Eric Ruben (alto, moreno y peligrosamente divertido), que un día me llamó y me dijo: «Oye, Suz, acabo de leer un artículo estupendo sobre los SEAL de la Armada. Deberías echarle un vistazo». (Eso hice, y lo demás, como suele decirse, es historia).

Gracias también a las voluntarias del Proyecto *Everyday, Average Jones* de la lista Equipo Diez (http://groups.yahoo.com/group/teamten/) por su destreza como correctoras de pruebas: la capitana de grupo Rebecca Chappell, Jolene Birum, Joan Detzner, Nancy Fecca, Ginny Ann Jakob, Annie Lewis, Leah Long, Gail Reddin, Vivian L. Weaver y Deborah Wooley.

Gracias muy en especial a las voluntarias del Proyecto *Frisco's Kid*, que se quedaron fuera de los agradecimientos de ese libro: cocapitanas Rebecca Chappell y Agnes Brach, Miriam Caraway, Maureen Cleator, Nicole Ione Cottles, Anne Dierkes, Melody Jacobson, Leah Long, Kelly Ludwig, Nadine Mayhew y Lauri Uzee. ¡Bravo, chicas! Muchísimas gracias a todas por arrimar el hombro.

Gracias a los verdaderos equipos de SEAL, y a todos los hombres y mujeres del ejército americano, que sacrifican tanto para que Estados Unidos siga siendo el país de la libertad y el hogar de los valientes. Y por último, gracias de todo corazón a las esposas, maridos, hijos y familias de todos esos héroes y heroínas del ejército. Vuestro sacrificio es profundamente valorado.

Cualquier error que haya cometido o cualquier libertad que me haya tomado al escribir este libro son enteramente míos.

Para mi hermana mayor, Carolee Brockmann.
Y para mi madre, Lee Brockmann,
a la que le gustan hasta las que no se venden.

CAPÍTULO 1

Era extremadamente probable que fuera a morir.

Y con cada hora que pasaba, las probabilidades de que no saliera metida en una bolsa de aquel país dejado de la mano de Dios se hacían más remotas.

Sentada en silencio en el rincón del pequeño despacho sin ventanas que se había convertido en su prisión, Melody Evans escribía una carta a su hermana, confiando en que aquéllas no fueran sus últimas palabras.

Querida Brittany:
Me aterra morir...

Le aterrorizaba lo definitivo de una sola bala en la cabeza. Pero más miedo aún le daba la otra clase de muerte que posiblemente la aguardaba. Había oído hablar de las torturas comunes en aquella parte del mundo. Torturas y otras prácticas arcaicas y monstruosas. Que Dios la ayudara si descubrían que era una mujer...

Sintió que el pulso se le aceleraba y comenzó a respirar lenta y profundamente, intentando calmarse.

¿Recuerdas aquella vez que me llevaste a montar en trineo por el manzanal? ¿Recuerdas que te montaste en el trineo detrás

de mí y que me dijiste con esa voz superteatral que ponías a veces que íbamos a bajar la colina en línea recta por entre las filas de manzanos... o a morir en el intento?

Su hermana mayor siempre había sido la aventurera. Y sin embargo era Brittany la que seguía en Appleton, viviendo en la misma mastodóntica casa victoriana de cuatro plantas en la que habían crecido. Y era ella, Melody, quien, en un momento de pura locura, había aceptado el empleo de auxiliar administrativa del embajador americano y se había mudado al extranjero, a un país cuya misma existencia desconocía seis meses antes.

Recuerdo que cuando nos lanzamos colina abajo pensé... Dios, no podía tener más de seis años, pero recuerdo que pensé que al menos moriríamos juntas.

Ojalá no me sintiera tan sola...

—No creerás de verdad que van a dejarte mandar eso, ¿no? —la voz agria de Kurt Matthews rezumaba desdén.

—No, no lo creo —contestó Melody sin levantar la vista. Sabía que no escribía aquella carta para Brittany, sino para ella misma. Recuerdos. Estaba anotando algunos recuerdos de su infancia, intentando encontrar parte de la paz y la felicidad que había sentido hacía mucho tiempo. Escribía sobre sus intentos desesperados de seguir el paso de una hermana casi nueve años mayor que ella. Se saltaba las peleas y las discusiones mezquinas. Sólo quería recordar la paciencia y la bondad de Britt.

Britt siempre se tomaba muy a pecho el cumpleaños de Melody. Ese año, aunque Mel estaba a miles de kilómetros de su encantador pueblecito de Nueva Inglaterra, en Massachussets, le había enviado una caja enorme llena de sorpresas. Había tenido la precaución de mandarla con bastante adelanto, y Melody la había recibido hacía cuatro días: más de una semana antes de su veinticinco cumpleaños.

Ahora se alegraba de no haber seguido las instrucciones de Britt y de haber abierto el montón de regalos antes de aquel día presuntamente tan especial. Britt le había enviado cinco pares de calcetines de invierno, un grueso jersey de lana y unas zapatillas de deporte. Ésos eran los regalos prácticos. Los de placer incluían el nuevo disco de Garth Brooks, la última novela de suspense romántico de Tami Hoag, un frasco de auténtica mantequilla de cacahuete y dos cintas de vídeo en las que Brittany había grabado los episodios de los tres últimos meses de *Urgencias*. Era como si toda América estuviera contenida en una caja, y Melody había reído y había llorado al pensar en las atenciones de su hermana. Aquél había sido el mejor regalo de cumpleaños que había recibido nunca.

Aunque ahora pareciera que no iba a vivir para ver esos episodios de *Urgencias*. Ni su veinticinco cumpleaños.

Kurt Matthews volvía a ignorarla. Se había enzarzado otra vez en una discusión absurda con Chris Sterling. Intentaban imaginar cuánto les pagaría la CNN por los derechos de la exclusiva cuando el gobierno de los Estados Unidos y los terroristas llegaran a un acuerdo y los soltaran.

El necio de Matthews tuvo la desfachatez de decir que confiaba en que las conversaciones no fueran muy deprisa. Parecía creer que el valor monetario de su historia aumentaría a medida que aumentara la duración de su calvario. Y, de momento, sólo llevaban dos días retenidos.

Ni él ni Sterling tenían idea de la gravedad de la situación.

Melody, por su parte, se había documentado sobre el grupo terrorista que había derrocado al gobierno en un inesperado golpe de mano el miércoles por la mañana. Poco después, habían tomado por asalto la embajada americana. Eran terroristas, y los Estados Unidos no negociaban con terroristas. De momento, sólo estaban hablando. Pero si las conversaciones no terminaban, y pronto, era probable que aquel grupo de fanáticos no siguiera dispensando a sus rehenes civiles el mismo respeto y las mismas comodidades de las que habían disfrutado hasta la fecha. Si es que podía considerarse «cómodo» a estar encerrada con dos idiotas en una oficina pequeña y casi sin ventilación, con entregas de comida y agua irregulares y un cuarto de baño que ya no funcionaba.

Matthews y Sterling parecían creer que las condiciones de su cautiverio eran nefastas.

Pero Melody sabía que no era así.

Cerró los ojos y procuró ahuyentar de sí la imagen de una celda subterránea, oscura y húmeda. Al dejar Appleton para aceptar el trabajo en la embajada, ignoraba que el desierto pudiera ser tan frío durante los meses de invierno. Ahora era marzo, casi primavera, y por las noches todavía helaba.

Se concentró en sus pies. Los tenía calientes, envueltos en uno de los pares de calcetines y en las zapatillas que le había enviado Brittany.

Se los quitarían (los calcetines y las zapatillas) antes de lanzarla a la oscura celda.

Dios, tenía que dejar de pensar en esas cosas. No iba a hacerle ningún bien.

Aun así, la imagen de la celda era preferible a la otra escena que le ofrecía su imaginación hiperactiva: tres infieles americanos muertos a manos de sus secuestradores.

Cowboy observaba la parte de atrás de la embajada americana a través de unos potentes prismáticos. Aquel sitio estaba repleto de *tangos* que entraban y salían sin horario fijo.

—Cat —dijo casi sin levantar la voz, hablando al micrófono situado junto a sus labios.

El capitán Joe Catalanotto, comandante de la Brigada Alfa del Equipo Diez de los SEAL, se había situado al otro lado del edificio. Esperaba junto a los otros cinco miembros del equipo. Habían montado su campamento provisional en un piso abandonado. El propietario de la casa era sin duda algún listillo que había agarrado su tele y se había ido pitando al darse cuenta de los muchos inconvenientes de vivir tan cerca de un edificio que podía saltar por los aires en cualquier momento.

Para los propósitos de la Brigada Alfa, el apartamento era perfecto. Desde la ventana del dormitorio principal se veía con toda claridad la fachada de la embajada. Con uno de los miembros del equipo sentado en una tumbona frente a esa ventana y Cowboy situado menos cómodamente en un tejado que daba a la parte de atrás, podían vigilar cada paso que daban los *tangos* (así se llamaba a los terroristas en la jerga de los SEAL).

—Sí, Jones —el acento neoyorquino de Cat sonó alto y claro en los auriculares del alférez Harlan Jones, también llamado «Cowboy».

Cowboy sólo dijo una palabra.

—Caos —se había camuflado en el tejado, pero era consciente de que las ventanas del piso de abajo estaban abiertas, de modo que, cuando hablaba, era tan conciso y discreto como podía. Mantenía los prismáticos fijos en el edificio de la embajada y pasaba de una ventana rota a la siguiente. Veía movimiento dentro. Figuras en sombras. Aquel sitio era enorme: uno de esos edificios gigantescos, construidos a mediados del siglo XIX. No dudaba ni por un momento de que los rehenes estarían encerrados en alguna de las habitaciones interiores.

—Entendido —dijo Catalanotto con una nota de buen humor—. Desde aquí también lo vemos. Sean quienes sean esos payasos, son unos aficionados. Entraremos esta noche. A las doce.

Cowboy tuvo que arriesgarse a pronunciar una frase completa.

—Recomiendo que actuemos ahora —notó la sorpresa de Cat en el largo silencio que siguió.

—Jones, el sol se pondrá dentro de menos de tres horas —dijo por fin el comandante. Los SEAL trabajaban mejor de noche. Protegidos por la oscuridad, eran casi invisibles.

Cowboy activó los infrarrojos de sus prismáticos y volvió a echar un rápido vistazo al edificio.

—Deberíamos entrar ahora.

—¿Qué ves que yo no vea, chaval? —Joe Cat hizo la pregunta sin asomo de sarcasmo. Sí, Cat tenía mucha experiencia; tanta, que la de Cowboy ni siquiera podía compararse con ella. Y últimamente le habían subido la paga: ahora tenía categoría O-6 (capitán), mientras que Cowboy era un simple alférez, con categoría O-1. Pero el capitán Joe Catalanotto sabía distinguir las capacidades individuales de los miembros de su equipo y sacar de ellas el máximo partido. Y a veces más.

Todos los hombres del equipo podían ver a través de las paredes, si tenían el equipo adecuado. Pero nadie era capaz de interpretar la información como lo hacía Cowboy. Y Cat lo sabía.

—Hay por lo menos cincuenta *tangos* dentro.

—Sí, eso me ha dicho también Bobby —Cat hizo una pausa—. ¿Qué es lo que pasa?

—La pauta de movimiento.

Cowboy oyó que Cat sustituía a Bobby junto a la ventana del dormitorio. Hubo un silencio. Luego Cat lanzó una maldición.

—Están haciendo sitio para algo —maldijo otra vez—. O para alguien.

Cowboy chasqueó una vez la lengua: una afirmación. Eso le parecía a él también.

—Están despejando toda el ala este del edificio —continuó Joe Cat, que ahora veía lo mismo que él—. ¿A cuántos *tangos* más esperan?

Era una pregunta retórica, pero Cowboy contestó de todos modos.

—¿A doscientos?

Cat maldijo de nuevo y Cowboy adivinó lo que estaba pensando. Con cincuenta *tangos* podían apañárselas; sobre todo, si eran tan chapuceros como los que habían estado viendo entrar y salir del edificio todo el día. Pero doscientos cincuenta contra siete SEAL... Eso ya era distinto. Y más aún teniendo en cuenta que los SEAL no sabían si los que estaban por llegar eran auténticos soldados, capaces de distinguir sus AK-47 de sus codos.

—Preparaos para moveros —oyó que decía Cat al resto de la Brigada Alfa.

—Cat...

—¿Sí, Jones?

—Tres manchas de calor no se han movido apenas en todo el día.

Catalanotto se echó a reír.

—¿Me estás diciendo que crees haber localizado a los rehenes?

Cowboy chasqueó la lengua otra vez.

Christopher Sterling, Kurt Matthews y Melody

Evans. Cowboy tenía aquellos nombres metidos en la cabeza desde que la Brigada Alfa fue informada de la misión en el avión que los condujo a su «punto de inserción»: un salto en paracaídas desde gran altura, encima del desierto, a las afueras de la ciudad controlada por los terroristas.

También había visto las fotografías de los rehenes.

Todos los miembros de la brigada se habían detenido en la foto de Melody Evans un poco más de lo estrictamente necesario. No podía tener más de veintidós años; veintitrés, a lo sumo. Era apenas una niña. En la foto, llevaba vaqueros y una camiseta sencilla que no realzaba su figura, pero tampoco lograba ocultarla. Tenía los ojos azules, una melena rubia y ondulada que le caía sobre la espalda, una sonrisa fresca y ligeramente tímida y una cara dulce que a todos ellos les recordó a sus hermanas pequeñas: incluso a los que, como él, no la tenían.

Y Cowboy sabía muy bien que todos habían pensado lo mismo. Mientras ellos estaban en aquel avión, esperando llegar a su destino, aquella chica estaba a merced de un grupo terrorista al que no se conocía precisamente por el trato humanitario que dispensaba a sus rehenes. Más bien al contrario. El historial de torturas y abusos de aquel grupo estaba bien documentado, al igual que su intenso odio por todo lo americano.

Cowboy detestaba pensar en lo que podían hacerle (lo que quizá le hubieran hecho ya) a aquella jovencita que podía posar como la típica chica americana. Durante todo el día, había vigilado atentamente las tres fuentes de calor que sospechaba eran los rehenes. Y ninguna de ellas se había movido.

—Cuarta planta, habitación interior —dijo en voz baja dirigiéndose al micrófono—. Esquina noroeste.

—Supongo que en tu tiempo libre no nos habrás encontrado un modo de entrar en la embajada —dijo Cat.

—Mínimo movimiento en el último piso —repuso Cowboy. Aquellas ventanas también estaban rotas—. Del tejado a las ventanas. Pan comido.

—¿Y cómo llegamos al tejado? —la voz sureña que resonó en sus auriculares era la del subteniente Blue McCoy, ojeador de la Brigada Alfa y segundo en el mando después de Joe Cat.

—Un paseo desde donde yo estoy. Los tejados se comunican. La ruta está despejada. Ya lo he comprobado.

—¿Para qué coño me he molestado en traeros a los demás, chicos? —preguntó Cat. Cowboy percibió una sonrisa en su voz—. Buen trabajo, chaval.

—El único que sé hacer —contestó Cowboy.

—Eso es lo que más me gusta de ti, Junior —dijo con sorna el teniente Daryl Becker, también conocido como «Harvard»—. Tu humildad. Es raro encontrarla en alguien tan joven.

—¿Tengo permiso para moverme? —preguntó Cowboy.

—Negativo, Jones —contestó Cat—. Espera a Harvard. Entraréis juntos.

Cowboy chasqueó la lengua afirmativamente, sin apartar los prismáticos de la embajada.

Ya no tardarían mucho en entrar y sacar a Melody Evans y a los demás.

Fue todo tan rápido que Melody no supo ni de dónde llegaron, ni quiénes eran.

Estaba sentada en un rincón, escribiendo en su cuaderno, y un instante después se hallaba tendida boca abajo sobre el linóleo, adonde la había arrojado sin contemplaciones uno de aquellos hombres vestidos con túnicas que parecían haber surgido de la nada.

Sintió el cañón de un arma en la garganta, justo por debajo de la mandíbula, mientras intentaba comprender lo que decían.

—¡Silencio! —le ordenaron en tantos idiomas que perdió la cuenta—. Mantened el pico cerrado. Si no, os lo cerramos nosotros.

—Maldita sea —oyó Melody que decía alguien en inglés—, la chica no está. Cat, tenemos tres bultos, pero ninguno es hembra.

—Si ninguno es hembra, es que uno es un *tango*. Registradlos bien.

Inglés. Sí. Hablaban inglés americano, no había duda. Pero, con aquella pistola en el cuello, no se atrevía a levantar la cabeza para mirarlos.

—Lucky, Bobby y Wes —ordenó otra voz—, registrad el resto de la planta. Encontrad a la chica.

Melody sintió unas manos rudas sobre su cuerpo, moviéndose sobre sus hombros y su espalda, recorriendo sus piernas. Comprendió que quien la registraba buscaba un arma. Una de las manos se introdujo hábilmente entre sus piernas mientras la otra se metía bajo su brazo, hacia su pecho. Melody se dio cuenta del momento exacto en que ambas encontraban o más o menos de lo que su dueño esperaba, porque la persona a la que pertenecían esas manos se quedó paralizada.

Luego, la tumbó de espaldas y Melody se halló mirando los ojos más verdes que había visto nunca.

Él le quitó la gorra y le tocó el pelo; luego miró el betún negro que había manchado sus dedos. Observó el bigote que Melody había hecho con un mechón de su pelo ennegrecido con rímel y se había pegado bajo la nariz. Sonrió al volver a mirarla a los ojos. Aquella sonrisa iluminó todo su rostro e hizo brillar sus ojos.

—Melody —era más una afirmación que una pregunta. Pero ella asintió de todos modos.

—Señorita, soy el alférez Harlan Jones, de los SEAL de la Armada de los Estados Unidos —dijo él con un suave acento del oeste—. Hemos venido a llevarlos a casa —levantó los ojos y se dirigió a uno de los otros encapuchados—. Cat, anula la última orden. Hemos encontrado a nuestra rehén, sana y salva.

—Rotundamente no —Kurt Matthews dobló los brazos sobre su estrecho pecho—. Dijeron que si alguno intentaba escapar, nos matarían a todos. Que si hacíamos lo que nos decían y el gobierno accedía a sus modestas demandas, nos dejarían libres. Yo digo que nos quedemos aquí.

—Es imposible que salgamos de aquí sin que nos vean —dijo el otro, Sterling—. Son demasiados. Nos pararán y luego nos matarán. Creo que es más seguro hacer lo que nos han dicho.

Cowboy se removió, impaciente, en su asiento. Negociar con idiotas no era su fuerte, pero Cat le había dejado allí para que intentara insuflar un poco de sentido común a aquellos cretinos mientras el resto de la brigada iba a completar su misión: destruir varios archivos confidenciales en el despacho del embajador.

Sabía que, si las cosas se ponían feas, tendrían que dejarlos inconscientes y llevárselos por la fuerza. Pero sería mucho más fácil atravesar la ciudad y llegar a su «punto de extracción» sin tener que llevar a cuestas tres pesos muertos.

No por primera vez en los últimos veinte minutos, se descubrió mirando fijamente a Melody Evans.

Tuvo que sonreír. Y que admirarla. No le cabía ninguna duda de que su ingenio le había salvado la vida. Se había disfrazado de hombre. Se había cortado el pelo, se lo había ennegrecido con betún para ocultar su color rubio y se había pegado en la cara una especie de desastrado bigote.

Hasta con el pelo tan corto y aquel ridículo mechón pegado debajo de la nariz era bonita. Cowboy apenas podía creer que, al entrar y verla, no se hubiera dado cuenta enseguida de que era una mujer. Pero no se había dado cuenta. La había tirado al suelo, por el amor de Dios. Y luego la había manoseado, en busca de algún arma escondida.

Melody lo miró como si notara sus ojos fijos en ella, y Cowboy volvió a sentir aquel destello de deseo que parecía cobrar vida entre los dos. Le sostuvo la mirada y dejó descaradamente que su sonrisa se hiciera más amplia y que ella tomara conciencia de la atracción mutua que vibraba en el aire, a su alrededor.

La fotografía que había visto la hacía parecer la hermanita de alguien. Pero al conocerla en persona, se había dado cuenta de que, aunque quizá fuera, en efecto, la hermanita de alguien, no era (por suerte) la suya.

Dejando a un lado aquel absurdo bigote, Melody Evans poseía todo cuanto le gustaba en una mujer. Era esbelta y su cuerpo era duro en algunas partes y suave en otras (Cowboy lo había comprobado de primera mano). Su cara era bonita, a pesar de que no llevaba maquillaje y de que tenía la frente y las mejillas manchadas con aquel mismo betún que cubría su lustroso pelo rubio. Tenía la nariz pequeña, una boca que parecía increíblemente suave y unos ojos azules y cristalinos, rodeados de densas pestañas oscuras. Una clara inteligencia brillaba en aquellos ojos. Y las lágrimas habían aparecido también en ellos, instantes después de que él se presentara. Pero, pese a eso, Melody no se había permitido llorar, para alivio de Cowboy.

Mientras él la miraba, ella se frotó el hombro izquierdo, y él comprendió que le había hecho daño. Había aterrizado sobre ese hombro cuando la tiró al suelo, nada más entrar.

—Siento que hayamos tenido que tratarlos tan bruscamente, señorita —dijo—. Pero en nuestra profesión no conviene ser amables y preguntar primero.

—Claro —murmuró ella, mirándolo casi con timidez—. Lo entiendo...

Matthews la interrumpió.

—Pues yo no, y puede estar seguro de que sus superiores oirán hablar de este incidente. ¡Asaltar al personal de la embajada a punta de pistola y someternos a un registro corporal!

Cowboy no tuvo ocasión de defender el proceder de la Brigada Alfa. Melody Evans se levantó y lo defendió en su lugar.

—Estos hombres han venido a buscarnos —dijo con vehemencia—. Están arriesgando sus vidas para estar aquí ahora, del mismo modo que las arriesgaron cuando abrieron esa puerta y entraron en esta habitación. No sabían quién o qué había al otro lado de la puerta.

—Deberían haberse dado cuenta de que éramos americanos con sólo mirarnos —replicó Matthews.

—Claro, porque nunca ha habido un terrorista que se disfrazara de rehén y se escondiera entre sus secuestrados, esperando a volarle la tapa de los sesos a quien fuera a rescatarlos —contestó ella—. Y naturalmente tampoco ha habido nunca un americano al que hayan lavado el cerebro, o al que hayan coercionado o chantajeado para que se pase al otro bando.

Por primera vez desde que habían dejado que los rehenes se levantaran, Kurt Matthews se quedó callado.

Cowboy tuvo que sonreír. Le gustaban las mujeres listas, las mujeres que no soportaban a los idiotas. Y aquélla era más que lista. Era fuerte y además valiente, capaz de alzarse para defender sus convicciones. Cowboy admiraba la determinación con que había actuado, disfrazándose mientras se enfrentaba al desastre. Sin duda una mujer tan batalladora entendería lo importante que era que se marchara de allí cuanto antes.

—Melody —dijo, y luego se corrigió—. Señorita Evans, es ahora o nunca. Si deja que estos... caballeros la convenzan para quedarse aquí, morirá. Perdóneme por ser tan franco, pero es la pura verdad. Y nos facilitarían mucho el trabajo si confiaran en nosotros para llevarlos de vuelta a casa sanos y salvos.

—Pero Chris tiene razón. Ustedes son muy pocos y ellos muchos.

Típico de una mujer, jugar a abogado del diablo y cambiar de bando justo cuando estaba convencido de que tenía un sólido aliado. Aun así, cuando fijó sus ojos azules en él, su irritación se disolvió, convirtiéndose en pura admiración. Era cierto: las probabilidades no parecían favorecerles. Ella tenía todo el derecho a estar preocupada, y le tocaba a él convencerla de lo contrario.

—Somos SEAL de la Armada, señorita —dijo con calma, confiando en que ella hubiera oído hablar de los equipos de Operaciones Especiales y que la fama del Equipo Diez en la lucha contra el terrorismo hubiera llegado al pueblecito en el que había crecido, fuera cual fuese.

Pero sus palabras no encendieron ninguna chispa en los ojos de Melody.

Chris Sterling, el más alto de los dos hombres, sacudió la cabeza.

—Lo dice como si fuera una respuesta, pero no sé qué significa.

—Significa que se creen superhombres —dijo Matthews con desdén.

—¿Le importaría dejar que el alférez Jones se explique? —dijo Melody con aspereza, y Matthews se quedó callado.

—Significa que aunque sólo seamos siete y ellos cincuenta, las probabilidades siguen estando a nuestro favor —les dijo Cowboy, manteniendo de nuevo con firmeza la mirada de Melody. Era ella quien iba a convencer a aquellos idiotas—. Y también que el gobierno de los Estados Unidos ha renunciado a toda esperanza de sacarlos de aquí mediante la negociación o algún tipo de acuerdo. A nosotros no nos mandan entrar a no ser que no les quede más remedio, Melody —añadió, mirándola directamente.

Ella estaba asustada. Cowboy lo notaba en sus ojos. No se lo reprochaba. Él también estaba asustado, en parte. Durante los últimos años había aprendido a utilizar ese miedo para afinar sus sentidos, para mantenerse alerta y dar de sí un ciento cincuenta por ciento o más. Había aprendido también a ocultar su miedo. La confianza engendraba confianza, y él intentaba darle una buena dosis de esa emoción cuando le sonrió tranquilizadoramente, mirando sus ojos azules como el mar.

—Confía en nosotros —dijo de nuevo—. Confía en mí.

Ella se volvió hacia los otros rehenes.

—Yo le creo —dijo con firmeza—. Y me voy.

Matthews se levantó, indignado y amenazante.

—Zorra estúpida. ¿Es que no lo entiendes? Si intentas escapar, nos matarán a nosotros.

—Entonces será mejor que vengáis también —contestó ella con frialdad.

—¡No! —Matthews alzó la voz—. No, vamos a quedarnos aquí, ¿verdad, Sterling? Los tres. Estos leones marinos atiborrados de exteriores, o como se hagan llamar, pueden dejarse matar si quieren, pero nosotros nos quedamos aquí —alzó la voz aún más—. De hecho, dado que el señor Jones parece tener tantas ganas de morir, puedo echarle una mano. No tengo más que gritar y los guardias le harán picadillo con sus ametralladoras en un abrir y cerrar de ojos.

Melody no vio moverse al SEAL de anchos hombros, ni le vio alzar la mano, pero antes de que pudiera parpadear había tumbado a Kurt Matthews en el suelo.

—Por cierto, a menos que me supere en rango, preferiría que me llamara alférez Jones —le dijo Cowboy al hombre inconsciente. Flexionó los dedos de la mano que había usado para dejar a Matthews en aquel estado y le lanzó a Melody una sonrisa de disculpa; luego levantó la vista hacia Chris Sterling—. ¿Y usted? —preguntó mientras se erguía en toda su estatura—. ¿Quiere salir por su propio pie de esta embajada, o prefiere que lo saquemos nosotros, como aquí su amigo?

—Prefiero salir por mi propio pie —logró contestar Sterling, con la vista fija en Matthews—. Gracias.

La puerta se abrió sigilosamente y un negro muy corpulento (más ancho de espaldas incluso que el alférez Harlan Jones) entró en la habitación. Harvard. Así lo llamaba el alférez Jones.

—¿Estás listo, Junior?

—Aquí Zeppo, Harpo y Groucho necesitan túnicas —le dijo Jones, guiñando rápidamente un ojo a Melody—. Y sandalias.

Groucho. Ella se tocó su bigote falso. Él había señalado a Matthews al decir Harpo. Harpo. El mudo de los hermanos Marx. Melody se echó a reír. Chris Sterling la miró como si estuviera loca por reírse cuando podían matarlos en cualquier momento. Pero Jones volvió a guiñarle un ojo y sonrió.

Kevin Costner. A él era a quien se parecía Jones. Era una versión más grande, más musculosa y más joven del ídolo de Hollywood. Y Melody no tenía duda alguna de que él lo sabía. Esa sonrisa podía derretir corazones, lo mismo que podía levantar el ánimo cuando éste flaqueaba.

—Melody, me temo que voy a tener que pedirte que te quites esas zapatillas, cariño.

Cielo. En fin, había pasado de ser la señorita Evans a ser «cariño» en un periquete. Y en cuanto a quitarse las zapatillas...

—Son nuevas —le dijo—. Y calientes. Preferiría quedármelas, si no te importa.

—Sí me importa —le dijo Jones en tono de disculpa—. Mira las suelas de mis sandalias y mira luego las de tus zapatillas.

Ella obedeció. La marca de las zapatillas estaba grabada entre la filigrana de las suelas.

—Todo el mundo en esta ciudad (y puede que incluso en todo el país) lleva sandalias como las mías —prosiguió él, levantando el pie para mostrarle su suela lisa de cuero—. Si sales con esas zapatillas, cada vez que des un paso dejarás una huella única. Sería el equivalente a firmar con tu nombre en el suelo. Y eso sería como dejar una señal indicando en nuestra dirección que diga: «Rehenes americanos escapados, por aquí».

Melody se quitó las zapatillas.

–Ésa es mi niña –dijo él, y en su voz parecía haber aprobación y algo más. Le apretó brevemente el hombro y fijó luego su atención en otros hombres que habían entrado en silencio en la habitación.

«Ésa es mi niña».

Sus suaves palabras deberían haber hecho protestar a Melody. Ella no era una niña. Jones sólo podía tenía un par de años más que ella, como mucho, y no habría consentido que nadie lo llamara «niño».

Y sin embargo había algo extrañamente reconfortante en sus palabras. Ella era su niña. La vida de Melody estaba completamente en sus manos. Con su ayuda, ella podría salir de allí y regresar a Appleton. Sin su ayuda, moriría.

Aun así, no pudo evitar fijarse en ese algo que creía haber oído en su voz. En ese tono sutil que le decía que él era un hombre y ella una mujer, y que no iba a olvidarlo.

Melody observó al alférez Jones hablar en voz baja con los otros SEAL. Era un tipo de cuidado, no había duda. Melody apenas podía creer que le lanzara aquellas sonrisas. Allí estaban, metidos en una embajada repleta de terroristas, y Jones no paraba de lanzarle su mejor sonrisa de ligón. Parecía tan relajado como si estuviera acodado en la barra de un bar y se ofreciera a invitarla a una copa. Pero aquello no era un bar, era una zona de guerra. Y aun así Jones actuaba como si se lo estuviera pasando en grande.

¿Quién era aquel hombre? O era muy estúpido, o muy valiente, o estaba loco de remate.

Loco de remate, decidió ella mientras lo veía tomar un montón de ropa que le ofrecía otro SEAL. Debajo de la túnica, llevaba una especie de chaleco oscuro que parecía cargado con toda clase de armas y herramientas. En la cabeza llevaba unos auriculares ligeros, casi invisibles, y un micrófono parecido a los que usaban las telefonistas, pero más pequeño. El micrófono estaba sujeto a un trozo de alambre o de plástico y podía colocarse justo delante de la boca cuando era necesario.

¿Qué clase de hombre se ganaba así la vida?

Jones arrojó una de las túnicas a Chris Sterling y la otra a ella, junto con otra sonrisa.

A Melody le costó no devolvérsela.

Mientras lo observaba, Jones habló con alguien a través del pequeño micrófono y empezó a poner rápidamente la tercera túnica a Kurt Matthews, que seguía inconsciente.

Estaba hablando de sandalias. Al parecer, era mucho más difícil conseguir sandalias que túnicas. O, por lo menos, encontrar unas de la talla de Melody.

—Va a tener que ir en calcetines —concluyó por fin uno de los otros SEAL.

—Hace frío ahí fuera —protestó Jones.

—No me importa —dijo Melody—. Sólo quiero irme.

—Pues vámonos —dijo el negro—. Venga, Cowboy. Cat controla la puerta de atrás. Tiene que ser ahora.

Jones se volvió hacia Melody.

—Vuelve a ponerte las zapatillas. Rápido.

—Pero has dicho...

Él la hizo sentarse en una silla y empezó a ponerle las zapatillas.

—Lucky, ¿tienes tu cinta aislante?

—Ya sabes que sí.

—Tápale las suelas —ordenó Jones, y levantó el pie derecho de Melody hacia el otro SEAL.

El SEAL al que llamaban «Lucky» se puso manos a la

obra y el propio Jones comenzó a tapar la suela de su zapatilla izquierda, usando un rollo de cinta aislante gris que él también llevaba en el chaleco.

Estaban cubriendo la huella para asegurarse de que, cuando caminara, no dejara una pisada reconocible.

–Puede que resbale –Jones estaba arrodillado delante de ella. Tenía el pie de Melody sobre su muslo, como si fuera una especie de vendedor de zapatos de fantasía–. Y habrá que asegurarse de volver a poner cinta si se desgasta, ¿de acuerdo?

Melody asintió con la cabeza.

Él sonrió.

–Buena chica –se acercó el micro a la boca–. Está bien, Cat, estamos listos. Vamos a salir –se volvió hacia Melody–. Tú vienes conmigo, ¿de acuerdo? Pase lo que pase, no te separes de mí. Haz exactamente lo que te diga, sin hacer preguntas. Sólo hazlo, ¿entendido?

Melody volvió a asentir. Era su niña. En ese momento, era lo que más deseaba ser.

–Si hay disparos –prosiguió él, y por un momento su cara se puso seria y sus ojos se iluminaron, llenos de intensidad, en vez de alborozo o deseo–, ponte detrás de mí. Yo te protegeré. A cambio, necesito que confíes en mí al doscientos por cien.

Melody no podía apartar la mirada de aquellos ojos verdes como neón. Dijo que sí con la cabeza.

Tal vez aquel hombre estuviera loco, pero también era increíblemente valiente. Había entrado en aquella fortaleza terrorista para rescatarla. Estaba a salvo, pero había decidido renunciar a su seguridad y arriesgar su vida por ella. «Yo te protegeré». Por osadas y valientes que fueran aquellas palabras, lo cierto era que ambos podían morir en los minutos siguientes.

—Por si acaso algo sale mal... —comenzó a decir ella, dispuesta a darle las gracias. Dios sabía que, si algo iba mal, no tendría ocasión de dárselas. Sabía sin ninguna duda que él moriría primero... recibiendo balazos destinados a ella.

Pero él no la dejó acabar.

—Nada va a salir mal. Joe Cat está en la puerta. Salir de esta letrina va a ser coser y cantar. Confía en mí, Mel.

La agarró de la mano y la sacó al pasillo.

Coser y cantar.

Ella casi le creyó.

CAPÍTULO 2

Algo iba mal.
Melody lo notó por la seriedad con que Joe Cat hablaba con un hombre más bajo y de pelo rubio al que llamaban «Blue».
Habían salido sanos y salvos de la embajada, como Jones le había prometido. Habían llegado más lejos de lo que ella creía posible. Habían atravesado la ciudad y salido de ella, y habían subido por las colinas, moviéndose en silencio por la oscuridad.
Pero el peligro no había acabado cuando salieron de la embajada. La ciudad se hallaba bajo control militar y el toque de queda, antes del anochecer, se aplicaba a rajatabla. Si alguno de los escuadrones que patrullaban las calles los veía, abriría fuego sin preguntar.
Más de una vez habían tenido que esconderse y una patrulla había pasado a escasos centímetros de ellos.
—Cierra los ojos —le había murmurado Jones al oído mientras los soldados se acercaban—. No los mires. Y no contengas el aliento. Respira rápidamente, con suavidad. No nos verán, te lo prometo.

Melody tenía el hombro apretado contra el suyo, y se inclinó aún más hacia él. Su aliento le daba fuerzas. Y la animaba saber que, si moría, al menos no moriría sola.

Después de aquello, cada vez que habían tenido que esconderse, él la había rodeado con un brazo, manteniendo el otro libre por si tenía que usar su arma de asalto. Melody había dejado de fingir que era fuerte e independiente. Había dejado que la abrazara, que él fuera grande y fuerte, que su fortaleza la reconfortara. Había metido la cabeza bajo su barbilla y, con los ojos cerrados, había escuchado el golpeteo rítmico de su corazón mientras respiraba rápida y suavemente, como él le había dicho.

De momento, no los habían atrapado.

Jones fue a sentarse a su lado.

—Tenemos un problema —dijo sin rodeos.

Su confianza en él creció aún más. Jones no intentaba fingir que todo iba de perlas, cuando obviamente no era así.

—El helicóptero no aparece —le dijo él. A la luz de la luna, su expresión era seria, y su boca, en lugar de curvarse en su sonrisa de costumbre, tenía un aire severo—. Lleva diez minutos de retraso. Nos estamos preparando para separarnos. No podemos seguir juntos. Si no, en cuanto saliera el sol nos verían. Y los *tangos* no tardarán mucho en descubrir que os habéis largado.

—Diez minutos no es tanto —contestó Melody—. ¿No deberíamos esperar?

Jones sacudió la cabeza.

—Un minuto no es tanto. Diez es demasiado. El helicóptero no va a venir, Mel. Ha pasado algo y, si nos quedamos aquí, corremos peligro —levantó uno de sus pies y miró la suela de la zapatilla—. ¿Qué tal aguanta la cinta?

—Empieza a desgastarse —reconoció Melody.

Él le dio su rollo de cinta.

—¿Puedes ponerte otra capa? Tenemos que estar listos para marcharnos dentro de unos tres minutos, pero ahora mismo quiero aportar mi granito de arena a nuestro plan de huida.

Melody tomó la cinta mientras él se levantaba.

Separarse. Jones había dicho que iban a separarse. Melody sintió una súbita oleada de angustia.

—Jones —dijo en voz baja, y él se detuvo y la miró—. Por favor, quiero quedarme contigo.

No podía ver sus ojos entre las sombras, pero lo vio asentir con la cabeza.

El amanecer comenzó a iluminar el cielo antes de que se detuvieran.

Harvard iba delante. Había recorrido el doble de camino que Cowboy y que Melody durante la noche, avanzando constantemente hacia delante, buscando con sigilo la mejor ruta y volviendo luego para informarlos de lo que había visto.

Cowboy se alegraba de tener a Harvard en su equipo. Moverse por territorio enemigo ya era bastante difícil para dos SEAL. Pero si se añadía a la ecuación una civil, la misión se hacía mucho más complicada. Cruzar la frontera iba a ser un auténtico incordio.

Miró a Melody. La leve sonrisa que ella le lanzó le preocupó y al mismo tiempo lo llenó de gozo.

Era evidente que confiaba en él. Cowboy no era el único que la había oído decir que quería quedarse con él. En circunstancias normales, aquel comentario habría provocado burlas crueles. Cowboy Jones, notorio ligón, ataca de nuevo.

Pero todos aquellos hombres sabían que las palabras de Melody significaban que Cowboy había hecho su trabajo y lo había hecho bien. No era fácil granjearse la confianza total de un rehén. Kurt Matthews, por ejemplo, no se había vinculado a Cowboy del mismo modo.

La chica, en cambio, confiaba en él. Cowboy lo veía en sus ojos cada vez que la miraba. Sabía sin ninguna duda que, en cuestión de unas horas, se había convertido en la persona más importante de su vida.

Cowboy había pasado mucho tiempo estudiando la psicología de los rehenes y las emociones y temores que conllevaba una misión de rescate como aquélla. Había pasado el doble de tiempo aprendiendo lo que podía esperar de sí mismo, sus propias reacciones psicológicas y su conducta cuando se enfrentaba a situaciones de vida o muerte.

Y lo que más le preocupaba de la sonrisa de Melody Evans no era el hecho de haberse convertido en el centro de su universo. No, lo que le preocupaba era que Melody se las hubiera ingeniado para convertirse en el centro del suyo.

Él sabía que aquello podía pasar. El peligro y la tremenda responsabilidad de preservar la vida de otra persona, unidos a una atracción sexual muy natural, a veces daban como resultado emociones fuera de lo normal.

Cowboy había cobrado conciencia de sus inadecuados sentimientos hacia aquella chica cuando se habían escondido de las patrullas de la ciudad. Ella se había acurrucado a su lado, y él la había rodeado con el brazo. No había nada de malo en ello. Ella había apoyado la cabeza contra su pecho... y tampoco había nada de malo en que buscara consuelo y ánimo de ese modo.

Pero bajo el olor penetrante del betún que llevaba en

el pelo, bajo el olor más sutil, pero igual de intenso del miedo que rodeaba a todos los rehenes, él había olido algo dulce e inconfundiblemente femenino.

Y entonces, cuando la patrulla estaba a escasos centímetros de ellos, cuando quizá faltaran segundos para que los descubrieran y los mataran, había sentido relajarse a Melody. La tensión entre los demás rehenes y los SEAL podía cortarse con un cuchillo, pero Melody casi se había quedado dormida en sus brazos.

Cowboy comprendió en ese instante que confiaba en él más completamente que cualquier otra persona antes. Su fe en él era lo bastante fuerte como para sobreponerse a su miedo. La vida de Melody estaba en sus manos; ella la había puesto allí voluntariamente, confiando en que, si moría, sería porque no habría otro remedio.

Y así como así, mientras se escondía detrás de unos cubos de basura, en un callejón de la ciudad, la vida entera de Cowboy había cambiado. Había sentido cómo se aceleraba su corazón, descontrolado, y cómo su cuerpo respondía a la cercanía de Melody.

Cowboy sabía que debería haberle dicho lo que sentía a Joe Cat antes de que se dividieran en tres pequeños grupos. Pero no lo había hecho. Quería asegurarse de que Melody salía viva de aquella madriguera. Aunque confiaba en sus compañeros, sabía que sólo se quedaría tranquilo si permanecía a su lado, si cuidaba de ella en persona.

Con la ayuda de Harvard.

Mientras el sol ascendía en el horizonte, se sentaron un momento a la entrada de una pequeña cueva que Harvard había encontrado, entre una desolada afloración de rocas.

En cuanto hubieran entrado en calor, pasarían las horas del día allí dentro, lejos del sol y de la vista de cualquiera que vagara por aquellos cerros. Cuando cayera la noche, volverían a ponerse en marcha en dirección norte.

—Yo haré la primera guardia —le dijo Cowboy a Harvard.

Melody estaba sentada a su lado, junto a la entrada de la cueva, con la cabeza echada hacia atrás, los ojos cerrados y la cara alzada hacia el calor del sol. Cowboy le tocó ligeramente el brazo, listo para pasarle la cantimplora, pero ella no se movió. Estaba exhausta, pero no se había quejado ni una sola vez, en toda la noche.

—Quizá deberías acostarla primero —dijo Harvard en voz baja.

—¿Es que de pronto no estoy aquí? —preguntó Melody, abriendo los ojos por sorpresa.

Harvard soltó una risa profunda y baja.

—Perdona —dijo—. Pensaba que estabas dormida.

—¿Adónde nos dirigimos? —preguntó ella. Sus ojos eran casi del mismo tono de azul que el cielo despejado—. ¿Hacia la costa? —miraron a Cowboy cuando éste le dio la cantimplora.

Cuando sus dedos se tocaron, él sintió una conexión instantánea, un flujo de electricidad. Y supo que ella también lo sentía.

Melody estaba cubierta de polvo del camino, manchada de betún y agotada. Pero, al mismo tiempo, era la mujer más guapa que Cowboy recordaba haber visto. Maldición, no debía sentir aquello. Cuando todo pasara, tendría que hacerse una revisión psicológica, trabajar con el psiquiatra de la unidad e intentar descubrir qué era exactamente lo que le ocurría. Descubrir cuándo había permitido que ella se le metiera bajo la piel...

Harvard asintió con la cabeza.

—Vamos hacia el mar —miró a Cowboy. No habían tenido mucho tiempo para hablar de la ruta–. He pensado que sería más fácil dejar el país por barco.

–O por avión, teniente –dijo Cowboy–. Llegaríamos mucho antes a casa.

Harvard le sostuvo la mirada y Cowboy comprendió que estaba pensando lo mismo que él. Ambos habían estudiado un mapa del país durante la reunión previa a la misión. Había una ciudad importante justo entre su posición actual y el océano. Según el mapa, esa ciudad tenía un aeródromo. Tal vez en lugar de bordearla, deberían acercarse a echarle un vistazo.

–Con un poco de suerte, será una base militar –dijo Cowboy–. No esperarán que aparezcamos por allí.

Harvard asintió con la cabeza.

–La mejor defensa es una buena ofensiva.

–¿Siempre os comunicáis así, sin que haya modo de seguiros el hilo? –preguntó Melody.

Harvard se levantó.

–Junior cree que deberíamos robar una avioneta esta noche y, aunque parezca una locura, estoy de acuerdo. Pero ahora mismo tengo prevista una siesta de combate –se detuvo antes de entrar en la cueva y se volvió hacia Melody–. Tienes preferencia sobre el terreno blando, si es que hay alguno ahí dentro –dijo.

Pero ella sacudió la cabeza.

–Gracias, pero... quiero calentarme un poco antes –le dijo. Miró a Cowboy y un leve rubor se extendió por sus mejillas, como si se diera cuenta de lo transparente que era. No engañaba a nadie. Saltaba a la vista que quería quedarse allí fuera con su héroe particular.

Cowboy volvió a sentirlo. Aquel cálido arrebato de emoción.

Harvard se detuvo al entrar en la cueva.

–No dejes que se quede dormida aquí fuera –ordenó a Cowboy–. Y pon ese culo tejano a la sombra sin tardar mucho. No quiero encontrarme con dos blancuchos con insolación cuando caiga la noche.

–Sí, madre –replicó Cowboy.

–Y despiértame dentro de cuatro horas –Harvard se dirigió hacia el fondo de la cueva–. Ni más, ni menos.

Cowboy miró a Melody y sonrió.

–Dios, creía que no se iría nunca.

Ella volvió a sonrojarse.

–¿Estás bien? –preguntó él. Lamentaba que ella se hubiera sentado tan lejos y al mismo tiempo se alegraba de que hubiera cierta distancia entre ellos. Dios se apiadara de él si la estrechaba entre sus brazos cuando no fuera cuestión de vida o muerte.

–Ojalá pudiera lavarme la cara –le dijo ella.

Cowboy sacudió la cabeza con aire de disculpa.

–Tenemos que reservar el agua que tengo para beber –le dijo.

–Lo sé –contestó ella–. Sólo me gustaría, eso es todo.

El sol empezaba a caldear el aire, y Cowboy se aflojó la túnica y hasta se desabrochó el chaleco de combate que llevaba debajo.

Las siguientes palabras de Melody lo sorprendieron.

–Creía que a estas alturas ya estaríamos muertos.

–Mañana, a esta hora, estaremos en suelo amigo.

Ella movió las piernas e hizo una leve mueca; luego juntó los pies para desatarse las zapatillas.

–Lo dices muy convencido.

–¿Me he equivocado alguna vez hasta ahora? –preguntó él.

Ella levantó la mirada y sus ojos eran tan grandes que a Cowboy le pareció que podía caer en ellos y ahogarse.

—No —contestó Melody.

Se apartó de él y bajó la mirada mientras empezaba a quitarse las zapatillas.

Fue entonces cuando Cowboy vio que tenía sangre en los calcetines. Toda la parte de atrás estaba manchada. Ella también lo vio y dejó de intentar quitarse las zapatillas. Metió los pies bajo ellas como si quisiera ocultarle la sangre.

—¿De veras eres de Texas? —preguntó.

Cowboy estaba asombrado. Melody quería ocultarle que sus zapatillas nuevas le habían herido los talones. No iba a decirle que le sangraban los pies, por el amor de Dios. Cada paso que había dado esa noche tenía que haber sido una agonía. Y sin embargo no había dicho una palabra.

—Sí —logró decir él—. De Fort Worth.

Ella sonrió.

—Será una broma. ¿Cómo es posible que alguien de Fort Worth haya acabado en la Armada?

Cowboy la miró directamente a los ojos.

—Sé que te están sangrando los pies —dijo sin rodeos—. ¿Por qué demonios no me lo dijiste hace doce horas? —su voz sonó más áspera y desabrida de lo que pretendía.

Y aunque su sonrisa se desvaneció y su cara se puso más pálida, ella levantó el mentón y le sostuvo la mirada.

—Porque no tenía importancia.

—Tengo un botiquín. Podría habértelos vendado. Lo único que tenías que hacer era decírmelo.

—No quería que nos entretuviéramos —dijo ella con calma.

Cowboy sacó el botiquín de su chaleco de combate y se levantó.

—¿Vas a quitarte esas zapatillas o quieres que te las quite yo?

Se arrodilló delante de ella y vio el dolor reflejado en su cara mientras se quitaba en silencio las zapatillas. Se le llenaron los ojos de lágrimas, pero las refrenó, parpadeando. De nuevo se resistía a llorar.

Tenía los nudillos blancos y las manos apretadas sobre el regazo cuando Cowboy le quitó un calcetín y luego el otro con toda la suavidad que pudo.

—La verdad —dijo él en voz baja, confiando en distraerla— es que no me mudé a Fort Worth hasta los doce años. Antes de eso viví casi en todas partes. Mi padre es militar de carrera y vivíamos allí donde lo destinaban.

Melody tenía unos pies extraordinariamente bonitos: largos y finos, con los dedos rectos. Tenía restos de esmalte verde en las uñas, como si hubiera intentado quitárselo a toda prisa y no lo hubiera conseguido del todo. A Cowboy le gustó la idea del esmalte verde. Era distinto. Atrayente.

Sexy.

Cowboy volvió a concentrarse en la tarea que tenía entre manos. Apoyó el pie de Melody sobre su muslo, abrió la cantimplora y usó parte del agua para limpiar la sangre. Sintió que ella se crispaba cuando la tocó, y se le encogió el estómago mientras intentaba con todas sus fuerzas ser delicado.

—Acaba de ascender a vicealmirante —continuó, hablándole de su padre—. Ahora está destinado en Washington. Pero mi madre sigue viviendo en Fort Worth, lo cual lo dice todo, teniendo en cuenta que Fort Worth es la ciudad más interior que puede haber.

Le lanzó una rápida sonrisa para contrarrestar el tono amargo de su historia. Sí, su vida familiar se había hundido. Su padre era un oficial de la Armada a carta cabal. Un perfeccionista: áspero de trato, exigente y frío. Había gobernado a su familia del mismo modo que gobernaba sus barcos, lo cual, tanto para su hijo como para su esposa, dejaba mucho que desear.

—Entonces, ¿qué te hizo enrolarte en la Marina? —preguntó ella, y se armó de valor cuando él se dispuso a aplicarle una pomada antibiótica sobre la piel magullada y abierta.

—Pues, a decir verdad, mi padre me comió la cabeza para que lo hiciera —le dijo él con una sonrisa mientras aplicaba la pomada todo lo deprisa que podía—. No se llega a vicealmirante si no se tiene cierta habilidad, y el viejo Harlan I no tiene un pelo de tonto.

Se limpió la crema con el bajo de la túnica y hurgó luego en su botiquín en busca de vendajes.

—Cuando acabé el instituto, mi padre quería que fuera a la universidad y que luego entrara en el programa de oficiales de la Armada. Pero le dejé con dos palmos de narices y me largué en busca de un brillante futuro... en el circuito de rodeos. Pasé casi un año dedicándome a eso, durante el cual mi padre temblaba de vergüenza. En retrospectiva, aunque sólo fuera por eso mereció la pena hacerlo.

Sonrió mirando a los ojos a Melody.

—Él empezó a mandarme cartas, hablándome de los problemas que tenía con «esos malditos SEAL de la Armada». Yo sabía que, cuando era joven, antes de que yo naciera, se había metido en el BUD/S, el programa de entrenamiento para convertirse en SEAL. Pero había acabado formando parte de ese ochenta y cinco por ciento que no lo logra. Suspendió el curso. No era lo bastante duro. Así que cada vez que me escribía, yo notaba su resentimiento contra los SEAL.

—Así que te enrolaste en el cuerpo para fastidiarle —adivinó Melody.

Cowboy asintió con la cabeza. Su sonrisa se hizo más amplia.

—Y para demostrarle que podía hacer algo mejor que él. Para triunfar donde él había fracasado —se rió—. Pero el muy cabrón se derrumbó y rompió a llorar de alegría y orgullo el día que recibí mi insignia de los SEAL. Yo estaba alucinado. Rara vez lo había visto sonreír, y no digamos llorar. Resulta que, al enrolarme en los SEAL, había hecho justamente lo que él quería. No odiaba a los SEAL, como me había hecho creer. Los admiraba y los respetaba. Y quería que yo supiera lo que se sentía cuando uno desarrollaba todo su potencial, convirtiéndome en uno de ellos. Así que resulta que mi padre me quería, después de todo.

Ella lo miraba como si fuera una especie de héroe.

—Eres asombroso —dijo con suavidad—. Que te hayas dado cuenta de todo eso y te hayas reconciliado con él de esa manera...

—Una de mis especialidades es la psicología —le dijo él encogiéndose de hombros—. No es para tanto, de veras.

Lo único que tenía que hacer era inclinarse hacia delante y podría besar aquellos labios dulces y suaves. Ella no se opondría. De hecho, Cowboy notaba por el súbito brillo de sus ojos que disfrutaría sintiendo sus labios sobre los de ella.

Pero él apartó la mirada y siguió vendándole el pie en silencio. Sí, una de sus especialidades era la psicología, y sabía la cantidad de problemas que podía acarrear un solo beso. Pero quizá, sólo quizá, después de ponerla a salvo...

—Deberías dormir un poco —le dijo con calma.

Melody miró hacia la cueva.

—¿Puedo quedarme aquí, junto a la entrada?

Cerca de él.

Cowboy asintió con la cabeza.

—Claro —dijo, y se apartó del sol para ponerse él también a la sombra. Encontró una roca casi plana y bastante cómoda contra la que apoyarse y estiró las piernas, con la HK MP5-K entre los brazos.

Mantuvo los ojos fijos en el horizonte mientras Melody se ceñía la túnica y se acomodaba en el suelo, no lejos de él. Desearía haber tenido una colchoneta o una manta que darle. Qué demonios, desearía haber hecho una reserva para cenar en un restaurante elegante, y tener la llave de una habitación de hotel de cuatro estrellas. Deseaba poder acostarse sobre el lecho suave de una cama de hotel con ella y...

Alejó aquella idea de sí. Aquél no era momento, ni lugar, para tales distracciones.

No pasó mucho tiempo antes de que el sonido de la respiración de Melody se hiciera lento y regular. Cowboy la miró y se le encogió el corazón.

Dormida, parecía tener poco más de diecisiete años. Sus pestañas largas y oscuras reposaban sobre sus mejillas tersas. No hacía falta mucha imaginación para verla sin aquel betún negro en el pelo. El corte de pelo que se había hecho para ocultar su feminidad sólo conseguía realzar su cuello esbelto y su bello rostro.

Cowboy sabía con una certeza que parecía emanar de él y fundirse en la antigüedad intemporal de aquel paisaje lunar que iba a llevar a aquella chica a casa, al lugar al que pertenecía. O que moriría en el intento.

Melody dormía de lado, acurrucada, con un brazo estirado hacia él. Y al mirar más de cerca, Cowboy vio que en el puño cerrado con fuerza sujetaba el borde de su túnica.

—¿No debería haber vuelto ya?

Melody sintió la angustia de su propia voz y la vio reflejada en los ojos oscuros y pacientes del hombre al que Cowboy llamaba «Harvard».

—Lo siento —murmuró.

—Junior está haciendo su trabajo, Melody —le dijo él con calma—. Y lo hace bien. Vas a tener que confiar en que lo haga y en que vuelva a su debido tiempo.

El trabajo que estaba haciendo el alférez Jones consistía en entrar clandestinamente en una base aérea bajo control terrorista. Era una base no muy grande, le había dicho él, como si eso pudiera tranquilizarla; en la pista sólo había una docena de aparatos. Jones iba a saltar la valla de alambre de espino para asegurarse de que los destartalados hangares no ocultaban alguna máquina de última generación que pudiera alzar el vuelo rugiendo y derribarlos cuando intentaran escapar.

Después de echar un vistazo a los hangares, recorrería el aeródromo en busca del avión más grande, rápido y potente que hubiera. Y, cuando lo encontrara, volvería a reunirse con ellos allí.

Luego saltarían los tres la valla y escaparían en un avión robado, hacia el alba inminente.

Después de que Jones volviera. Si volvía.

—Tú lo llamas «Junior» —dijo, ansiosa por hablar de otra cosa que no fuera el paradero de Jones—. Pero ese otro hombre, Joe Cat, lo llama «chaval». Y todos los demás lo llaman «Cowboy». ¿Es que nadie lo llama Harlan?

Harvard sonrió. Sus dientes rectos y blancos brillaron, reflejando un rayo de luna que se colaba por una grieta de las ventanas tapadas con tablones.

—Su madre. Pero nadie más. Odia que lo llamen Harlan. Yo sólo lo llamo así cuando quiero que se enfade de verdad. Además, es el nombre de su padre, el vicealmirante Harlan Jones.

—Lo sé. Él me lo dijo.

Harvard levantó las cejas.

—¿En serio? ¿Te habló de su viejo? Me sorprende, pero... supongo que no debería sorprenderme. Junior siempre ha sido una caja de sorpresas —hizo una pausa—. Yo trabajé mano a mano con el vicealmirante Jones hace unos años. Lo conozco bastante bien. Supongo que por eso llamo «Junior» a su hijo.

—¿Y los demás lo llaman «Cowboy» porque es de Texas?

—La leyenda cuenta que llegó al BUD/S llevando un enorme anillo de rodeo y un sombrero de cowboy —Harvard se rió suavemente.

—El BUD/S —repitió Melody—. ¿Es el sitio donde van a entrenarse los SEAL?

—No es necesariamente un sitio —puntualizó él—. Es el programa de entrenamiento para los aspirantes a SEAL. Junior llegó al curso en California llevando de todo menos un par de espuelas, y los instructores le pusieron «Cowboy» nada más verlo. Y se quedó con el mote.

Melody deseó que Jones volviera.

Cerró los ojos y recordó la suavidad con que él la había despertado cuando el sol empezaba a ponerse. Le había dado un sorbo de agua de su cantimplora y una barrita energética rica en proteínas que sacó de un bolsillo de su chaleco.

También le había dado sus sandalias.

Tenía que haber pasado buena parte de su turno de guardia cortando las suelas y recolocando las tiras de cuero para que sirvieran a unos pies mucho más pequeños. Al principio, ella las había rechazado, pero Jones le había dicho que, de todos modos, ya no le valían.

Jones estaba descalzo. Descalzo y en algún lugar de aquella base aérea, con Dios sabía cuántos terroristas...

—¿De dónde eres, Melody? —la voz profunda de Harvard interrumpió sus angustiosos pensamientos.

—De Massachussets —contestó.

—¿Ah, sí? Yo también. ¿De dónde exactamente?

—De Appleton. Está al oeste de Boston. Al oeste y un poco al norte.

—Yo me crié en Hingham —le dijo Harvard—. En la costa sur. Mi familia sigue allí —sonrió—. Aunque la verdad es que no quedan muchos. Todos se han ido a la universidad, menos mi hermana pequeña. Y ella también se va este septiembre.

—Ni siquiera sé cómo te llamas de verdad —dijo Melody.

—Becker —dijo él—. Teniente Daryl Becker.

—¿De veras fuiste a Harvard?

Él asintió con la cabeza.

—Sí. ¿Y tú? ¿Dónde estudiaste?

Melody sacudió la cabeza.

—Esto no funciona. Sé que intentas distraerme, pero lo siento, no sirve de nada.

Los ojos marrones de Harvard tenían una expresión compasiva.

—¿Quieres que me calle?

—Quiero que Jones vuelva.

Silencio. Un silencio que la rodeó, la sofocó, le dio ganas de subirse por las paredes.

—Por favor, no dejes de hablar —dijo por fin.

—La primera vez que trabajé con Harlan Jones hijo fue en el rescate de unos rehenes —le dijo Harvard—. Hará, no sé, unos seis años.

Melody estuvo a punto de atragantarse.

—¿Lleváis haciendo esto seis años?

—Más.

Ella escudriñó sus ojos, buscando una explicación. ¿Por qué?

—Ganarse la vida arriesgándose así no es normal.

Harvard se echó a reír.

—Bueno, ninguno de nosotros ha dicho que lo sea.

—¿Estás casado? —preguntó ella—. ¿Cómo lo aguanta tu mujer?

—No estoy casado —le dijo él—. Pero algunos de los chicos sí lo están. Joe Cat, por ejemplo. Y Blue McCoy.

—Y esta noche están por ahí, en el monte, escondiéndose de los terroristas, como nosotros —dijo ella—. Sus mujeres deben de estar encantadas.

—Sus mujeres no saben dónde están.

Melody soltó un bufido.

—Mejor me lo pones.

—Hace falta ser muy fuerte para convertirse en SEAL —le dijo Harvard con calma—. Y hace falta una mujer aún más fuerte para amar a un SEAL.

Amor. ¿Quién había hablado de amor?

—¿SEAL significa algo? —preguntó, intentando llevar la conversación por derroteros más seguros.

—Son las siglas de Tierra, Mar y Aire. Aprendemos a actuar con eficacia en todos los entornos.

—Tierra, mar y aire —repitió ella—. Parece el equivalente al triatlón dentro del ejército.

Harvard levantó la cabeza y extendió una mano, indicándole que guardara silencio.

En un segundo, pasó de ser un hombre tranquilamente sentado en el sótano de un edificio quemado a ser un guerrero. Todas las células de su cuerpo parecían alerta. Cada músculo se había tensado para la lucha. Apuntó con la pistola hacia la puerta. Se levantó ligeramente cuando la puerta se abrió y...

Era Jones.

Melody se obligó a no correr hacia él. Se obligó a quedarse sentada donde estaba; se obligó a no decir una palabra. Pero no pudo impedir que la alegría que sentía se reflejara en sus ojos.

—Vámonos —le dijo él a Harvard.

Tenía sangre en la túnica. Incluso Harvard lo notó.

—¿Estás bien? —preguntó.

Jones asintió con la cabeza tranquilamente.

—Sí, estoy bien. Venga, salgamos de aquí.

Melody no quería pensar en de quién era la sangre de su túnica. No quería pensar en lo que había estado haciendo, en lo que había tenido que hacer esa noche para garantizar su seguridad.

También tenía sangre en los pies desnudos.

—¿Vamos a hacerlo por la fuerza o en silencio? —preguntó Harvard.

—En silencio —respondió Jones. Su sonrisa había desaparecido hacía tiempo—. A no ser que nos vean. Entonces usaremos la fuerza. Y los mandaremos derechos al infierno.

La miró fijamente, y a la luz de la luna sus ojos parecían envejecidos y cansados.

—Vamos, Melody. Quiero llevarte a casa.

Estaban a medio camino de la avioneta cuando los vieron.

Cowboy sabía que en realidad sólo era cuestión de cuándo los verían, no de si los verían. Tenía que suceder tarde o temprano. No había modo de robar un avión de un aeródromo sin que alguien se diera cuenta.

Sólo confiaba en que no los vieran hasta que estuvieran recorriendo a toda velocidad la pista de despegue.

Pero esa noche nada había salido bien. Para empezar, había sorprendido a cuatro terroristas en el hangar. Pero había tenido suerte: sólo uno de ellos tenía un arma automática, y se le había encasquillado. Si no, él no habría estado corriendo hacia la avioneta en ese momento. No habría estado haciendo nada. Corría, sin embargo, por el asfalto agrietado por el sol. Tiraba de Melody y al mismo tiempo intentaba protegerla con su cuerpo de las balas que sin duda pronto acompañarían a los gritos lejanos que les ordenaban detenerse.

Había despachado a los cuatro hombres del hangar eficazmente y en silencio. Como SEAL, se le daban bien muchas cosas, y nunca se escabullía a la hora de eliminar al enemigo. Pero no le gustaba. Nunca le había gustado.

–¿Te importaría decirme dónde vamos? –gritó Harvard.

–A las doce en punto –respondió Cowboy. Y allí estaba: un pequeño Cessna, un simple mosquito comparado con los aviones más grandes del aeródromo.

La voz de Harvard subió un octavo.

–Junior, ¿qué coño...? Pensaba que íbamos a robar el avión más grande y veloz que...

–¿Querías llevarte el 727? –preguntó Cowboy mientras agarraba el manillar de la puerta, la abría y empujaba a Melody dentro–. Era esto o el 727, y no quería que fuéramos un blanco fácil en la pista mientras esperábamos a que se calentaran esos motores a reacción –encendió el motor–. Pensé que así también sería más difícil que nos acertaran en el aire, por si acaso a los *tangos* les da por probar sus juguetes antiaéreos.

Pero Harvard no le hacía caso. Estaba de pie, con las piernas separadas y los pies firmemente apoyados en el suelo, disparando en ráfagas su AK-47 para mantener a los lobos a raya.

—¿Sabes pilotar un avión? —gritó Melody por encima del ruido.

—Entre Harvard y yo, no hay nada que no podamos pilotar —Cowboy estiró el brazo hacia atrás y empujó la cabeza de Melody hacia abajo. Una bala acababa de romper la ventanilla trasera—. ¡Agáchate!

Puso en marcha el motor e hizo girar la avioneta describiendo un círculo muy cerrado, de modo que la puerta del copiloto quedara al alcance de Harvard.

Arrancó antes de que Harvard hubiera abierto del todo la puerta. Se dirigieron hacia el borde del aeródromo a velocidad excesiva para hacer el cambio de sentido necesario para enfilar la pista de despegue principal.

—Supongo que tendrás un plan alternativo —dijo Harvard mientras se abrochaba el cinturón de seguridad. Era muy puntilloso con cosas como la seguridad personal. Parecía casi absurdo. Cuarenta hombres les estaban disparando, y Harvard se aseguraba de que su cinturón de seguridad estaba bien puesto.

—No vamos a usar la pista —gritó Cowboy, acelerando el motor—. Vamos a despegar... ¡ahora!

Tiró del mando y el motor chilló mientras se elevaban en un ángulo casi imposible para esquivar los tejados de los edificios cercanos.

Cowboy oyó gritar a Harvard y luego se hallaron en el aire.

Cowboy no pudo contener un grito de júbilo y excitación.

—¡Melody, cariño, te dije que íbamos a llevarte a casa!

Melody levantó cautelosamente la cabeza.

—¿Puedo levantarme ya?

—No, esto todavía no ha acabado —Harvard estaba muy serio. Miraba hacia atrás, hacia el aeródromo, que iba desapareciendo rápidamente de su vista–. Van a mandar a alguien detrás de nosotros. Para intentar derribarnos.

–No, claro que no –dijo Cowboy, y se volvió para mirarlo. Dios, por primera vez desde hacía horas era capaz de sonreír de nuevo.

Volaban sin luces, rumbo al este. Aquel país dejado de la mano de Dios era tan pequeño que, a aquella velocidad y con el viento de cola, estarían en espacio aéreo amigo en cuestión de minutos. Era cierto que la noche anterior había recorrido gran parte de la distancia. Pero aquélla era de lejos la mejor forma de cruzar la frontera.

–¿No volamos muy bajo? –preguntó Melody.

–Tenemos que mantenernos por debajo de su radar –le dijo Cowboy–. En cuanto crucemos la frontera nos elevaremos.

Harvard seguía mirando hacia atrás, esperando a que otro avión apareciera tras ellos.

–No sé cómo estás tan seguro de que no van a seguirnos, Jones.

–Estoy seguro –contestó Cowboy–. ¿Por qué crees que tardé tanto antes? No me paré a comer un sándwich en la cantina, eso seguro.

Harvard achicó los ojos.

–¿Has...?

–Sí.

Harvard comenzó a reírse.

–¿Qué? –preguntó Melody–. ¿Qué has hecho?

–¿Cuántos había? –preguntó Harvard.

Cowboy sonrió.

–Como una docena. Incluido el 727.

Melody se volvió hacia Harvard.

–¿Qué ha hecho?

Él se volvió en el asiento para mirarla.

—Inutilizar los demás aviones del aeródromo. Incluido el 727. Hay un montón de *tangos* que se han quedado en tierra, saltando de rabia.

Cowboy miró hacia atrás, hacia las sombras, confiando en verla sonreír. Pero ella tenía una expresión seria y una mirada abatida.

—Estamos cruzando la frontera —anunció Harvard—. ¡Chicos y chicas, parece que casi estamos en casa!

El alférez Harlan Jones, alias Cowboy, Junior y Chaval, aterrizó con mucha más suavidad de la que había despegado.

A la luz del amanecer, Melody veía las ambulancias y las camionetas de la Cruz Roja que cruzaban a toda velocidad las pistas para salirles al encuentro. Unos instantes después se detendrían y saldrían de la avioneta.

Quería cuatro vasos de agua, sin hielo, colocados en fila delante de ella para hartarse de beber sin interrupción. Quería darse una ducha en un hotel con servicio de habitaciones. Quería las sábanas frescas y las suaves almohadas de una cama grande. Quería ropa limpia y que un peluquero arreglara el desaguisado que se había hecho en el pelo, casi a ras del cráneo.

Pero antes de poder disfrutar de todo eso, quería estrechar a Harlan Jones entre sus brazos. Quería abrazarlo con fuerza para darle las gracias con el silencio de su abrazo por todo lo que había hecho por ella.

Y había hecho mucho. Le había dado muchas cosas. Su bondad. Sus brazos reconfortantes. Sus sonrisas animosas. Sus palabras de aliento. Sus sandalias.

Y había matado por ella, para mantenerla a salvo, para darle la libertad.

Ella había visto la sangre en su túnica, la mirada de sus ojos, la expresión de su cara. Se había encontrado con problemas en la base aérea, cuando iba solo, y se había visto obligado a segar vidas enemigas. Y la palabra clave no era «enemigas». Era «vidas».

Melody conocía bien la frase «en el amor y en la guerra, todo vale». Y aquello era una guerra. El gobierno legítimo había sido derrocado y el país se había visto invadido por fuerzas terroristas. Habían amenazado vidas americanas. Ella sabía muy bien que era un caso clarísimo de «o ellos o nosotros».

Lo que más le impresionaba era que aquél fuera el trabajo de Cowboy Jones. Eso era lo que hacía, día tras día. Llevaba haciéndolo seis años y seguiría haciéndolo hasta que se retirara. O hasta que lo mataran.

Melody pensó en la sangre de su túnica, pensó en que podía haber sido la suya.

En el amor y en la guerra, todo valía.

Pero ¿cuáles eran las reglas si se tenía la mala suerte de enamorarse de un guerrero?

Jones apagó el motor y empujó la puerta con el pie descalzo. Pero en lugar de saltar, se volvió para mirar a Melody y le ofreció su mano para que se apoyara. Ella atravesó la cabina atestada y se acercó a la puerta.

Cowboy se bajó de la avioneta y levantó la mirada hacia ella.

Se había quitado la túnica manchada de sangre, pero seguía llevando aquel chaleco negro, con sus hileras de bolsillos cerrados con velcro. Colgaba, abierto, sobre una camiseta negra que apenas disfrazaba su sudor y su mugre. Tenía la cara manchada de polvo y grasa y el pelo pegado a la cabeza. Había una mancha de betún bajo su barbilla y en su cuello, de cuando Melody se había acurrucado contra él, buscando fuerzas y consuelo en sus brazos.

Pero, a pesar de su cansancio, sus ojos eran más verdes que nunca. Le sonrió.

—¿Estoy tan... necesitado de un baño como tú?

Ella tuvo que sonreír.

—Lo has dicho con mucho tacto. Sí, desde luego. Y en cuanto a mí, estoy deseando volver a ser rubia y quitarme esta cosa del pelo.

—Antes de que lo hagas, ¿puedo mandar mis zapatos a tu hotel para que les des un repaso?

Melody se rió. Pero luego miró sus pies. Seguían descalzos. Parecían enrojecidos e hinchados.

—Harvard y tú me habéis salvado la vida —dijo en voz baja, y su sonrisa se desvaneció.

—No sé Harvard —le dijo Jones, mirándola a los ojos—, pero en lo que a mí respecta, señorita Evans, ha sido todo un placer.

Melody tuvo que apartar la mirada. Los ojos de Cowboy eran hipnóticos. Si no miraba hacia otro lado, haría alguna estupidez, como saltar en sus brazos y besarlo. Miró la hilera de coches que se acercaba. ¿Era posible que Jones hubiera parado el motor y detenido la avioneta tan lejos de la terminal para que tuvieran aquellos instantes de intimidad?

Él le tendió los brazos y tomó sus manos para ayudarla a bajar de la avioneta.

—¿Qué va a pasar ahora? —preguntó ella.

Cowboy tiró con más fuerza de la necesaria y ella cayó hacia delante, derecha a sus brazos. Él la abrazó, apretándola contra su ancho pecho, y ella rodeó su cintura con los brazos y se aferró a él como si no quisiera soltarlo. Los brazos de Cowboy la rodeaban por completo, y notó que él descansaba la mejilla sobre su cabeza.

—¿Volveré a verte, Jones? —preguntó ella. Necesitaba saberlo—. ¿O te llevarán lejos de aquí para que informes y luego volverán a mandarte al lugar de donde viniste?

Levantó la cabeza para mirarlo. Las camionetas se estaban parando. Iba a tener que montar en una de ellas, y la llevarían a alguna parte, lejos de Harlan Jones, quizá para siempre...

El corazón le latía tan fuerte que apenas se oía pensar. Pero oía el latido acelerado del corazón de Cowboy.

—Te diré lo que va a pasar —respondió él, mirándola a los ojos sin sonreír—. Lo segundo que va a pasar es que van a meterte en una ambulancia, y a Harvard y a mí en otra. Nos llevarán al hospital y se asegurarán de que estamos bien. Luego tendremos que hacer una corta declaración. Seguramente por separado. Después, te llevarán a un buen hotel, y yo tendré que hacer una declaración más detallada. Y cuando estemos los dos limpios, nos encontraremos en el hotel para cenar. ¿Qué te parece?

Melody asintió con la cabeza. Le parecía muy bien.

—Pero lo primero que va a pasar —le dijo él, y su boca se curvó en aquella sonrisa ya familiar— es esto.

Bajó la cabeza y la besó.

Fue un beso asombroso, un beso potente, un beso sin barreras. Amplificó todo el ardor que ella había visto en los ojos seductores de Harlan Jones durante las cuarenta y ocho horas anteriores. Dios, ¿sólo habían sido cuarenta y ocho horas? Tenía la sensación de conocer a aquel hombre de toda la vida. Y de haberlo deseado cada segundo de ese tiempo.

Él la besó aún con mayor pasión, más profundamente, moviendo la lengua dentro de su boca. Aquel beso parecía lleno de la promesa del éxtasis, de un placer amoroso que ella nunca había conocido. La tierra entera desapareció bajo sus pies, y Melody se aferró a él. Aturdida y más feliz que en toda su vida, comenzó a devolverle los besos con igual ardor. Él la deseaba. Aquel hombre increíble la deseaba de verdad.

Los labios de Cowboy eran cálidos; su boca, casi caliente. Sabía dulce, como una de esas barritas energéticas que había compartido con ella. Melody se dio cuenta de que se estaba riendo y al apartarse para mirarlo vio que él también sonreía.

Y entonces, tal y como Cowboy había dicho, la apartaron suavemente de él y la llevaron a una de las ambulancias, mientras a él lo llevaban a otra.

Pero Cowboy seguía mirándola, y ella le sostuvo la mirada hasta el momento en que la ayudaron a montar en el vehículo. Pero antes de entrar, lo miró una última vez. Él seguía mirándola, seguía sonriendo. Y pronunció dos palabras, moviendo los labios sin emitir sonido: «Esta noche».

Melody no podía esperar.

CAPÍTULO 3

Siete meses después

Melody no podía esperar.
Tenía que llegar a casa, y enseguida.
Miró en ambas direcciones y se saltó el semáforo en rojo de la calle 119 con Hollow Road. Pero sabía que no conseguiría recorrer los dos kilómetros que faltaban para Potter's Field Road.
Se hizo a un lado y vomitó el almuerzo en la cuneta, a medio kilómetro al sur del buzón de los Weber.
Se suponía que aquello ya no tenía que ocurrir. Se suponía que aquella fase ya había pasado. Se suponía que durante los meses siguientes tendría el cutis resplandeciente y experimentaría un sentimiento renovado de paz. Bueno, y algún que otro dolor de cabeza, o un pinchazo de ciática.
Los mareos matutinos tendrían que haber pasado hacía cuatro meses. Mareos matutinos, ¡ja! Ella no tenía mareos matutinos: ella tenía mareos a todas horas.
Volvió a montar en su coche y, tras detenerse sólo dos

veces más, consiguió recorrer lentamente el resto de camino hasta casa. Cuando llegó, estuvo a punto de no entrar en la rampa. Casi dio media vuelta y volvió a la ciudad.

Había una camioneta de Hermanos Glenzen aparcada delante de la casa. Y Harry Glenzen (uno de los tataranietos de los hermanos Glenzen originales) estaba allí con Barney Kingman. Estaban colocando un trozo grande de contrachapado en la ventana del comedor. O, mejor dicho, en el marco de lo que antes era la ventana del comedor.

Melody tuvo que echar el asiento hacia atrás para sacar la tripa de detrás del volante.

Del interior de la casa le llegaba el sonido inconfundible de la aspiradora. Andy Marshall, pensó. Tenía que ser él. Brittany iba a ponerse hecha una fiera.

–Hola, Mel –dijo Harry alegremente–. Menuda ola de calor, ¿eh? Este año sí que estamos teniendo un verano indio. Si esto sigue así, los chicos tendrán que ir a trabajar sin la chaqueta.

–Hola, Harry –Melody intentó no parecer desganada, pero aquel calor la estaba matando. Había sufrido todo julio y agosto, y la primera mitad de septiembre. Pero ya estaban en octubre, y se suponía que el mes de octubre en Nueva Inglaterra estaba lleno de ásperos días otoñales. Ese día, sin embargo, no tenía nada que pudiera considerarse ni remotamente frío.

Subió con esfuerzo los escalones de la enorme casa victoriana en la que habían crecido su hermana y ella. Melody había regresado a casa después de la universidad, con intención de vivir sin pagar alquiler durante un año, hasta que decidiera qué quería hacer con su vida, adónde quería ir. Pero luego su madre había conocido a un hombre. A un hombre muy agradable. Muy agradable y muy rico. Y en un abrir y cerrar de ojos se había casado, había hecho el equipaje y se había mudado a Florida, dejando que Mel se ocupara de la venta de la casa.

Poco después, Brittany pidió el divorcio. Después de años de matrimonio, su marido, Quentin, y ella, decidieron dejarlo y Britt se fue a vivir con Melody.

Melody nunca llegó a poner la casa en venta. Y a su madre no le importó. Melody nunca la había visto tan feliz. Volvía al noreste todos los veranos para pasar un mes e invitaba a sus dos hijas a Sarasota cada invierno.

Eran dos hermanas que vivían juntas. Melody se imaginaba a sí misma y a Britt cuando tuvieran noventa años, viviendo en la misma casa, las viejas chicas Evans, todavía solteras, excéntricas a más no poder. De cosas así estaban hechas las leyendas de los pueblos.

Pero pronto serían tres quienes vivieran en aquel viejo caserón y la tradición de las solteronas de pueblo se rompería. El bebé tenía que nacer justo antes de Navidad. Quizá para entonces la temperatura habría bajado por fin a menos de treinta grados.

Melody abrió la puerta. Al meter el maletín en la casa, oyó que la aspiradora se apagaba.

—Mel, ¿eres tú?

—Soy yo —Melody miró anhelante la escalera que llevaba a su dormitorio. Lo único que quería era echarse. Pero respiró hondo y se dirigió a la cocina—. ¿Qué ha pasado?

—Andy Marshall, eso es lo que ha pasado —respondió Britt, ofuscada, entrando en la alegre habitación pintada de amarillo por la puerta que conectaba con el comedor—. Ese delincuente juvenil ha tirado una pelota de béisbol a la ventana del comedor. Hemos tenido que encargar el cristal a medida porque no es de tamaño estándar. Y el muy caradura dice que la pelota se le escapó de las manos. Dice que fue un accidente.

Mel dejó el maletín encima de la mesa de la cocina y se dejó caer en una silla.

—Puede que lo fuera.

Britt la miró tan enojada que tuvo que echarse a reír.

—No tiene gracia —dijo Brittany—. Desde que los Romanella trajeron a ese chico, esto ha sido un caos. Andy Marshall tiene un grave problema de conducta, con mayúsculas.

—Hasta los niños con problemas de conducta tienen accidentes —respondió Melody con suavidad, apoyando la frente en la palma de la mano. Dios, qué cansada estaba.

Los ojos de su hermana se suavizaron.

—Ay, Dios. ¿Otro día malo?

Melody asintió con la cabeza.

—Todo el pueblo se está acostumbrando a ver mi coche parado en la cuneta. Ya nadie se para a ver si estoy bien. Sólo dicen: «Vaya, es Melody Evans vomitando otra vez». Pitan, me gritan «¡Eh, Mel!» y se van. Me siento como una víctima del síndrome del «que viene el lobo». Uno de estos días, me pondré de parto, pararé en la cuneta y daré a luz sin que nadie se pare a ayudarme.

Brittany sacó un vaso del armario y lo llenó con una mezcla de agua con gas y ginger ale.

—Toma, tienes que reemplazar los fluidos que has perdido —dijo. Por fin se había olvidado de Andy Marshall—. Con este tiempo, tu objetivo principal tendría que ser no deshidratarte.

Melody tomó el vaso que le ofrecía su hermana. Todavía tenía el estómago revuelto, así que sólo bebió un sorbito antes de dejarlo sobre la mesa.

—¿Por qué no subes a quitarte el uniforme de enfermera antes de que olvides que no estás en el trabajo e intentes darme un baño o algo así? —sugirió.

Britt no sonrió ante aquel lastimoso intento de bromear.

—Sólo si me prometes echarte y dejar que me encargue yo de la cena —la hermana de Melody tenía que ser la única persona en el mundo capaz de hacer que el ofrecimiento de encargarse de la cena sonara como una lúgubre amenaza.

—De acuerdo —dijo Melody, y se levantó trabajosamente de la silla—. Y gracias. Sólo quiero escuchar los mensajes del contestador. Reservé el último libro de Robert B. Parker en la biblioteca, y la señora B. creía que lo devolvían hoy. Quiero ver si ha llamado —echó a andar hacia el salón.

—Madre mía, llevas una vida de locos. Pasarte otra vez el viernes noche en casa con un libro. La verdad, Mel, fue un milagro que te quedaras embarazada.

Mel fingió no haber oído aquel comentario mientras se acercaba al contestador. Había sólo dos mensajes, pero uno de ellos era largo. Se sentó mientras la cinta se rebobinaba.

«Fue un milagro que te quedaras embarazada... un milagro...».

Echó la cabeza hacia atrás y, cerrando los ojos, recordó la mirada de Harlan Jones cuando se encontraron en la puerta de su habitación de hotel.

Duchado y vestido con su uniforme de gala de la Marina, parecía un extraño. Sus hombros eran más anchos de lo que ella recordaba. Parecía más alto y más duro, y enloquecedoramente guapo.

Ella se había sentido fea e insípida, vestida con la ropa

demasiado conservadora que había comprado en la tienda americana del hotel. Y al mismo tiempo se sentía poco vestida. En la tienda no tenían sujetadores de su talla, salvo unos muy anticuados, de estilo armadura, como los que solía llevar su abuela, así que Melody había optado por no ponerse ninguno. De pronto, la tela sedosa del vestido le parecía demasiado fina.

Por lo menos su pelo volvía a ser rubio, pero se lo había cortado demasiado en su intento por disfrazarse. Pasarían semanas antes de que dejara de parecer una punk de principios de los ochenta.

—He encargado la cena —le dijo tímidamente—. Espero que no te importe que nos quedemos aquí...

Aquello era lo más atrevido que había hecho nunca. Pero la sonrisa de Jones y la oleada de ardor que inundó sus ojos no dejaban lugar a dudas. Había hecho lo correcto.

Él cerró la puerta a su espalda, la estrechó en sus brazos y la besó, la besó y la besó...

—Hola, Melody, soy la señora Beatrice, de la biblioteca pública de Appleton —dijo la voz alegre de la cinta, interrumpiendo sus pensamientos—. El libro que reservaste está aquí. Tenemos una lista de espera muy larga para éste, así que, si ya no te interesa, llámame, por favor. Espero que te encuentres mejor, querida. He oído que este calor pasará dentro de un día o dos. Cuando yo estaba embarazada de Tommy, mi hijo mayor, no soportaba que hiciera más de veinte grados. Tom padre tuvo que ir a comprarme un aparato de aire acondicionado. A lo mejor estaría bien que te compraras uno. Si quieres, puedo mandar a Tom padre y a Tom hijo para que os ayuden a instalarlo. ¡Llámame! Bueno, adiós, niña.

Niña. ¡Uf!

«Ésa es mi niña».

Melody alejó de sí con decisión aquel recuerdo.

La máquina emitió un pitido y otra voz, una voz de hombre con un ligero acento sureño, comenzó a hablar.

—Sí, hola, espero no haberme equivocado de número. Estoy buscando a Melody Evans...

Melody se echó hacia delante. Santo Dios, no podía ser. ¿O sí? Pero ella sabía perfectamente quién era. Nunca olvidaría aquella voz. Jamás. Hasta el día que muriera.

—Soy el subteniente Harlan Jones, y Mel, si estás escuchando, yo... eh... he estado pensando en ti. Voy a estar destinado aquí, en la costa este, en Virginia, un par de meses y... eh... bueno, no está tan lejos de Boston. Quiero decir que está mucho más cerca que California y muchísimo más cerca que Oriente Medio y...

En la cinta, se aclaraba la garganta. Melody se dio cuenta de que estaba sentada al borde de la silla, pendiente de cada palabra.

—Sé que en marzo, antes de montarte en el avión para volver a Boston, dijiste lo que dijiste, pero... —se rió; luego masculló una maldición y ella casi pudo verlo haciendo girar los ojos—. Demonios, ya que estoy haciendo el ridículo, más vale que sea sincero contigo. El caso es, cariño, que pienso en ti todo el tiempo, todo el tiempo, y quiero verte otra vez. Por favor, llámame —dejó un número, lo repitió dos veces y colgó.

El contestador emitió otro pitido y luego quedó en silencio.

—Oh, Dios mío.

Melody levantó la mirada y vio a Brittany en la puerta.

—¿Ese tipo intenta ganar el título de Míster Romántico o qué? —continuó su hermana—. Es como para morirse, Mel. Y ese acento de vaquero... ¿De dónde era?

—De Texas —dijo Melody débilmente. Subteniente. Había dicho que era el subteniente Harlan Jones. Había ascendido, le habían concedido un rango más alto.

—Eso es, de Texas. Me lo dijiste —Britt se sentó frente a ella—. Mel, quiere volver a verte. ¡Es genial!

—¡No es genial! —replicó Melody—. No puedo verlo. ¿Estás de broma? Dios mío, Britt, me echaría un vistazo y...

Brittany la miraba como si acabara de confesarle que había asesinado a los vecinos y los había enterrado en el sótano.

—Melody, ¿no le...?

—Se daría cuenta —concluyó Melody más suavemente.

—¿No le dijiste que estabas embarazada?

Mel sacudió la cabeza.

—No.

—¿No le dijiste que ibas a tener un hijo suyo, que iba a ser padre?

—¿Y qué querías que hiciera? ¿Escribirle una postal? ¿Y dónde iba a mandársela? Hasta que ha llamado ni siquiera sabía dónde estaba —hasta que había llamado, ni siquiera sabía que estaba vivo. Pero lo estaba. Todavía estaba vivo...

—Melody, eso estuvo muy, muy, muy mal —dijo Brittany como si Melody tuviera cinco años otra vez y hubiera roto la lámpara favorita de su madre jugando al balón dentro de casa—. Un hombre tiene derecho a saber que ha dejado embarazada a su novia.

—Yo no soy su novia. Nunca fui su novia.

—Cariño, vas a tener un hijo suyo. Puede que no hayas sido su novia, pero no sois precisamente extraños.

Melody cerró los ojos. No, no eran extraños. Habían pasado tres días en aquella habitación de hotel, en una ciudad de Oriente Medio cuyo nombre ella no podía pronunciar, y otros tres días en París. En el curso de esos seis días asombrosos, habían hecho el amor tantas veces que Melody perdió la cuenta... incluida una vez en el minúsculo cuarto de baño del vuelo comercial que los llevó a Francia.

Aquello fue cosa de ella. Deseaba tanto a Jones que no pudo esperar a que tomaran tierra y un taxi los llevara al hotel. El avión estaba casi vacío. Melody pensó que nadie lo notaría si se ausentaban de sus asientos un rato.

Así que llevó a Jones a la parte de atrás y se metió con él en el aseo.

Después de tres días, conocía tan bien sus secretos que era capaz de volverlo loco con una sola caricia. Y en cuanto a él, podía hacerla arder con una simple mirada. No pasó mucho tiempo antes de que la temperatura en el aseo se disparara.

Pero Jones no tenía preservativos. Los había guardado en su equipaje. Y ella tampoco tenía ninguno...

Hacer el amor así no era lo más sensato que habían hecho.

Brittany se acercó al contestador y rebobinó el mensaje, volvió a ponerlo y anotó el número de teléfono que había dejado él.

—¿Qué quiere decir con eso de «sé que dijiste lo que dijiste antes de montar en el avión»? ¿De qué está hablando?

Melody se levantó.

—Está hablando de una conversación privada que tuvimos antes de que volviera a casa.

Brittany salió tras ella de la habitación.

—Da a entender que fuiste tú quien rompió lo que había entre vosotros.

Melody empezó a subir las escaleras.

—Britt, lo que le dije no es asunto tuyo.

—Siempre he creído que fue él quien te dejó plantada, ¿sabes? «Hasta siempre, muñeca, ha sido divertido, pero ahora tengo que irme a rescatar a una chica a la que han secuestrado».

Melody se volvió y miró a su hermana desde su posición elevada en la escalera.

—No es de esa clase de hombres —dijo con vehemencia.

Casi podía ver cómo giraban los engranajes del cerebro de Brittany.

—Y ahora lo defiendes. Muy interesante. Confiesa, hermanita. ¿Fuiste tú quien lo dejó? Vaya, nunca pensé que fueras de las que usan a los hombres y luego los dejan tirados.

—¡No lo soy! —Melody empezó a subir la escalera otra vez, exhalando ruidosamente, llena de frustración—. Mira, nadie dejó a nadie, ¿de acuerdo? ¡No fue más que un... lío! Dios mío, Britt, no fue real. Apenas nos conocíamos. Sólo fue... sexo, y lujuria, y alivio. Un alivio muy apasionado, eso sí. Ese hombre me salvó la vida.

—Así que, naturalmente, decidiste tener un hijo suyo.

Melody entró en su dormitorio y se volvió para cerrar la puerta, pero Brittany se lo impidió.

—Eso fue lo que le dijiste antes de montarte en el avión para volver a casa, ¿verdad? Ese rollo sobre el sexo y la lujuria y un alivio apasionado. Le dijiste que no querías volver a verlo, ¿verdad?

Mel se dio por vencida y se sentó cansinamente en la cama.

—No es ningún rollo. Es la verdad.

—¿Y si te equivocas? ¿Y si ese hombre es tu media naranja, tu amor verdadero?

Ella sacudió la cabeza con vehemencia.

—No lo es —Dios, durante los siete meses anteriores se había hecho muchas veces esa misma pregunta. ¿Y si...?

Era cierto que echaba de menos a su SEAL de la Armada. Lo añoraba más de lo que estaba dispuesta a admitir. Había noches en que ansiaba sus caricias, en que se moría de ganas de vislumbrar su sonrisa. Y esos asombrosos ojos verdes se le aparecían en sueños.

Pero lo que sentía no era amor. No lo era.

Brittany se sentó junto a ella en la cama.

—Por más que hables de pasión, cielo, no creo que seas de las que se encierran seis días en una habitación de hotel con un hombre a no ser que sientas algo muy especial por él.

Melody se recostó contra las almohadas.

—Sí, bueno, tú no conoces a Harlan Jones.

—Me gustaría conocerlo. Todo lo que me has contado hace que parezca una especie de superhombre.

—Tienes razón —dijo Melody, triunfante, y volvió a incorporarse—. Eso es justamente lo que quiero decir. Es una especie de superhéroe. Y yo soy una simple mortal. Lo que sentía por él no era amor. Era culto al héroe. Jones me salvó la vida. Yo no había conocido nunca a nadie como él. Y seguramente nunca conoceré a nadie igual. Era asombroso. Podía hacer cualquier cosa. Pilotar un avión. Vendarme el pie. Cortar sus sandalias para que me sirvieran y que encima parecieran nuevas. ¡Hablaba cuatro idiomas, cuatro! Sabía bucear y lanzarse en paracaídas y moverse por territorio enemigo sin que lo vieran. Era más listo, más valiente y más sexy que cualquier hombre que yo haya conocido, Britt. Tienes razón, es un superhombre, y yo no pude resistirme a él... ni un día, ni seis. Si él no hubiera tenido que volver a Estados

Unidos, me habría quedado con él sesenta días. Pero eso no tiene nada que ver con el verdadero amor. Era culto al héroe. Yo no podía resistirme a Harlan Jones, lo mismo que Lois Lane no podía resistirse a Superman. Y una relación así no puede considerarse saludable, ni normal.

Brittany se quedó callada.

–Sigo creyendo que está mal que no le digas lo del bebé –dijo por fin, y puso el papel con el número de Jones sobre la mesilla de noche de Melody. Se levantó y cruzó la habitación, pero se detuvo con la mano sobre el picaporte–. Llámalo y dile la verdad. Se merece saberlo.

Salió del dormitorio, cerrando la puerta a su espalda.

Melody cerró los ojos. Llamar a Jones.

El sonido de su voz en el contestador había avivado toda clase de recuerdos.

Como cuando había visto el vendaje que él llevaba bajo la camisa, en la parte de atrás del brazo. Estaban en su habitación del hotel, y ella estaba quitándole el uniforme blanco y almidonado mientras besaba centímetro a centímetro la piel que iba dejando al descubierto. Le había abierto la chaqueta y luego la camisa y se las había bajado por los brazos, y allí estaba: una gasa grande y blanca que cubría un «pequeño» corte que le habían cosido en el hospital esa mañana.

Cuando ella insistió, él le contó que le habían herido con un cuchillo mientras luchaba con los hombres a los que había sorprendido en el hangar de la base aérea.

Le habían apuñalado, y no se había molestado en decírselo a ella, ni a Harvard. Simplemente se había vendado la herida allí mismo y se había olvidado del asunto.

Cuando ella le pidió verla, él se levantó el vendaje y le

mostró los puntos con un encogimiento de hombros y una sonrisa. No era para tanto.

Salvo que aquel «pequeño» corte medía un palmo. Estaba enrojecido e inflamado, cosa que para Jones tampoco tenía importancia, dado que el médico le había dado antibióticos. Estaría bien en cuestión de días. O de horas.

Luego, Jones la tumbó encima de él y se apoderó de su boca con una suavidad sorprendente en un hombre tan fuerte; entrelazó sus piernas con las de ella y siguió quitándole la ropa.

Y fue entonces cuando Melody comprendió que su idilio no duraría mucho.

Porque era imposible que un hombre como él (para el que rescatar a unos desconocidos de una fortaleza terrorista y recibir una puñalada era cosa de todos los días) no podía interesarse mucho tiempo por la pequeña y aburrida Melody Evans.

Él estaría mucho mejor con una mujer que recordara a Mata Hari. Alguien que practicara el submarinismo o saltara en paracaídas con él. Una mujer fuerte, misteriosa y osada.

Y ella estaría mucho mejor con un tipo corriente y moliente. Un hombre al que jamás se le olvidaría mencionar que le habían herido con un cuchillo. Cuya idea de la diversión fuera segar el césped y ver el partido de fútbol de los domingos por la tarde en la tele.

Melody se acurrucó de lado en la cama y miró el trozo de papel que Brittany había dejado sobre su mesilla de noche.

Aun así, tenía que llamarlo.

Si no lo hacía, él volvería a llamar, estaba segura de ello. Y que Dios se apiadara de ella si hablaba con Brittany y su hermana le contaba su secreto.

Melody respiró hondo y alargó la mano hacia el papel y el teléfono.

Cowboy estaba en el despacho improvisado de la Brida Alfa, intentando trabajar un poco.

Habían colocado siete mesas (una para cada miembro de la brigada) en un extremo de la caseta metálica. Aquella caseta era su base provisional, mientras ultimaban los detalles de una operación de entrenamiento. Pero esta vez los miembros de la Brigada Alfa eran los entrenadores. Unos meses después, un grupo de agentes de élite de la Comisión Federal de Inteligencia o FinCOM sería enviado a Washington para aprender todo lo posible de las exitosas operaciones antiterroristas del Equipo Diez de los SEAL.

Necesitaban las mesas, y los ordenadores y los equipos montados sobre ellas para planificar su versión del programa de entrenamiento de los SEAL para aquellos agentes del servicio secreto.

Joe Catalanotto había conseguido que su amigo, el almirante Mac Forrest, les enviara a Virginia al teniente Alan Francisco, uno de los mejores instructores del BUD/S. Joe Cat confiaba en que Frisco fuera capaz de organizar el montón de notas e ideas que la brigada había acumulado hasta la fecha.

Frisco era un antiguo miembro de la Brigada Alfa que había tenido que retirarse del servicio activo debido a una herida en la rodilla, hacía más de cinco años. Cowboy estaba participando en la búsqueda de un miembro desaparecido de la brigada cuando Frisco había resultado herido. Aquélla había sido su primera misión, su primera experiencia en una zona de guerra... y él estaba seguro de que sería la última. Estaba convencido de que Joe Cat, el comandante de la brigada, había visto cómo le temblaban las manos cuando colocaron una bomba para abrir un boquete en un lateral de la embajada.

Había sido otro rescate en una embajada...

Los grandes ojos azules de Melody Evans brillaron en su memoria, pero Cowboy alejó suavemente de sí aquella imagen. Últimamente pensaba demasiado en ella, y en ese momento estaba redactando un resumen de la información que pensaba compartir con los agentes del FinCOM. A instancias de Cat, se había encargado de presentar el perfil psicológico del terrorista ante los agentes. La clave del éxito a la hora de tratar con terroristas era comprender sus razonamientos y sus motivaciones: cómo funcionaban sus mentes. Y con todas las diferencias culturales, religiosas y sociales, sus mentes funcionaban de manera muy distinta a la del americano blanco medio que podía ser un agente del FinCOM.

Frisco llegaba el lunes por la mañana, y aunque era viernes Cowboy quería acabar su informe ese día. Llevaba siete meses trabajando casi sin parar, y confiaba en poder tomarse un par de días libres ese fin de semana.

La cara de Mel apareció de nuevo en su pensamiento. Había dejado un mensaje en un contestador automático que confiaba que fuera el suyo. Por favor, Señor, que lo llamara.

Respiró hondo de nuevo y se concentró en el informe. Era importante para él que fuera lo más completo posible. Alan Francisco, «Frisco», iba a leerlo, y Cowboy quería causarle buena impresión.

Porque, cuando se diagnosticó que la lesión de Frisco era permanente, Cowboy fue asignado a la Brigada Alfa por petición de Joe Cat, como su sustituto.

Cowboy todavía se sentía un poco incómodo cuando coincidía con Frisco. Sabía que Frisco echaba de menos la acción, y allí estaba él, su sustituto oficial. Y, si Frisco no se hubiera lesionado, seguramente él no estaría trabajando con los siete miembros de élite de la Brigada Alfa. Cowboy se había beneficiado de la tragedia de Frisco, y ambos lo sabían. De ahí que, cuando estaban juntos, se trataran con sumo tacto y fueran especialmente corteses. Cowboy confiaba en que eso cambiara cuando trabajaran juntos unos meses.

En ese momento, él parecía ser el único en la sala que estaba trabajando. Blue McCoy y Harvard estaban echando un vistazo a la página web de Heckler y Koch, la empresa alemana de armamento. Hasta Joe Catalanotto había puesto los pies encima de la mesa y estaba hablando con su mujer, Verónica. El primer cumpleaños de su hijo se acercaba rápidamente, pero por lo que Cowboy oía de su conversación, Joe parecía más interesado en planear una fiesta distinta, y mucho más privada, para los padres del niño cuando los invitados se hubieran ido y el pequeño Frankie estuviera bien arropado en su cuna.

Los demás muchachos estaban sentados por la «oficina», intentando inventar nuevos modos de atormentar a los agentes del FinCOM.

—Podemos empezar con una carrera de cincuenta kilómetros —sugirió Wesley.

Una mesa más allá, Lucky O'Donlon estaba jugando en el ordenador a un juego de alienígenas y naves espaciales con estruendosos efectos de sonido.

—No, he leído el reglamento —contestó Bobby alzando la voz para que se le oyera por encima del ruido de los marcianitos—. Esos tíos... y tías... se van a alojar en el Marriott mientras estén aquí. No creo que nos dejen darles una carrera de diez kilómetros, y no digamos de cincuenta.

Aquello llamó la atención de Lucky.

—¿Los del FinCOM van a mandarnos mujeres?

—Eso tengo entendido —dijo Bobby—. Sólo una o dos en todo el grupo.

Lucky sonrió.

—No necesitamos más. Una para mí y otra para Cowboy. Ah, pero espera. Casi se me olvidaba. Cowboy ha renunciado a las mujeres. Ha decidido hacerse cura... o como si lo fuera. Claro que quizás un pequeño cuerpo a cuerpo con una agente del FinCOM sea lo que necesita para volver a ponerse las pilas.

Cowboy no pudo dejar pasar aquello. Lucky llevaba meses burlándose de él implacablemente por su castidad.

—Yo no critico tu modo de vida, O'Donlon —dijo, crispado—. Te agradecería que hicieras lo mismo por mí.

—Sólo tengo curiosidad, Cowboy, eso es todo. ¿Qué es lo que pasa? ¿Es que de veras has encontrado a Dios o algo así? —los ojos de Lucky brillaban malévolamente. No se había dado cuenta de que se había pasado de la raya—. Creo recordar cierto país de Oriente Medio y a cierta rehén con la que parecías empeñado en batir no sé qué récord mundial. Venga, hombre. Es evidente a qué os dedicasteis cuando fuiste a buscarla para cenar y no volviste en seis días —Lucky se echó a reír—. Debió de pasárselo en...

Cowboy se levantó. Su silla chirrió sobre el suelo de cemento.

—Ya basta —dijo con vehemencia—. Di una palabra más sobre esa chica y te dejo sin dientes.

Lucky lo miró fijamente.

—Dios, Jones, ¡hablas en serio! ¿Qué demonios te hizo

esa chica? —pero luego sonrió, siempre dispuesto a convertirlo todo en una broma—. ¿Crees que si se lo pido amablemente me lo hará también a mí?

Cowboy estuvo a punto de abalanzarse sobre el rubio SEAL, pero Harvard se interpuso entre ellos y, levantando una mano, le pidió que se estuviera quieto.

El hombretón fijó una mirada firme y amenazante en Lucky.

—Te llaman Lucky porque con todas las burradas que salen de tu boca, tienes suerte de estar vivo, ¿no es eso, O'Donlon?

Lucky volvió a fijar su atención en el juego de ordenador y miró a Cowboy con incredulidad.

—Vale, perdona, Jones.

Cowboy volvió a sentarse lentamente y Joe Cat colgó el teléfono. Se hizo un completo silencio, roto sólo por los ruidos del ordenador de Lucky.

«¿Qué demonios te hizo esa chica?».

Cowboy no lo sabía, francamente.

Tenía que ser una especie de hechizo. Un encantamiento, o un truco de magia. Habían pasado siete meses, siete meses, y no podía mirar a una mujer sin compararla con Melody Evans. Y las demás siempre salían perdiendo.

Melody. Le había hecho perder la cabeza desde el instante en que le abrió la puerta de su habitación de hotel.

Tenía el pelo tan claro que Cowboy casi se había echado a reír a carcajadas. Sabía que era rubia por su fotografía, pero hasta que la vio no fue capaz de imaginársela así. El pelo tan corto acentuaba la forma delicada de su cara y atraía la atención sobre su cuello largo y esbelto.

Era preciosa. Había conseguido un poco de maquillaje y se había puesto una pincelada en los ojos y un toque de carmín en los dulces labios. Aquello realzaba su belleza natural. Y le convenció de que había deseado y se había preparado para la cena tanto como él.

Llevaba una especie de vestido cuadrado y sin formas, demasiado largo para ella, que debía de haber comprado en una de las tiendas del hotel. Si hubiera sido otra mujer, habría parecido que llevaba la ropa de su madre. Pero Mel estaba sexy. El escote dejaba al descubierto su delicada clavícula, y la tela sedosa se pegaba a su cuerpo esbelto, subrayando cada curva, cada detalle sobrecogedor. Tenía las piernas desnudas y llevaba las sandalias que él le había hecho.

Esmalte de uñas. Se había pintado de rosa las uñas de los pies. Seguramente no había encontrado esmalte verde.

Él se había quedado allí, en la puerta, mirándola, consciente de que, a pesar de todo lo que se había dicho sobre las emociones en las que se basaban las relaciones entre un rehén y su rescatador, estaba perdido. Estaba verdadera e irremediablemente perdido.

Había deseado a aquella mujer más que a ninguna otra...

La voz de Wes rompió el silencio.

—¿Creéis que a nosotros también van a alojarnos en el Marriott? —preguntó el miembro más bajo de la Brigada Alfa.

Bobby, su compañero de nado, grande como un frigorífico de restaurante, sacudió la cabeza.

—Yo no vi nada de eso en el reglamento del FinCOM.

—¿Qué reglamento del FinCOM? —el áspero acento neoyorquino de Joe Cat atravesó el ruido de una nave espacial al estallar—. Blue, ¿tú sabes algo de un reglamento?

—No, señor.

—Esta mañana, el FinCOM mandó una cosa que ellos llaman reglamento —le dijo Bobby.

—Déjame verlo —ordenó Cat—. O'Donlon, quítale el volumen a ese chisme.

Los ruidos del ordenador cesaron mientras Bobby rebuscaba entre los papeles de su mesa. Sacó el cuadernillo cuidadosamente grapado que el FinCOM había enviado por mensajero y tiró el sobre entero hacia el otro lado de la habitación, hacia la mesa de Cat. Éste lo agarró con una mano.

El teléfono sonó y Wesley lo levantó.

—Pizzería Brigada Alfa. Entregas a domicilio.

Catalanotto sacó el cuadernillo y la carta de presentación. Leyó rápidamente la carta y después abrió el cuadernillo por la primera página y también la leyó. Luego soltó un bufido burlón y rompió la carta y el cuadernillo por la mitad. Volvió a guardarlos en el sobre y le tiró éste a Bob.

—Manda eso de vuelta a Maryland con una carta diciéndoles a los del FinCOM que nada de reglamentos. Nada de reglas. Firma con mi nombre y mándalo por mensajero.

—Sí, señor.

—Eh, Cowboy.

Cowboy levantó la vista y vio que Wes sostenía el teléfono en alto, con una mano sobre el micrófono.

—Es para ti —dijo Wesley—. Una mujer. Una tal Melody Evans.

De pronto, la habitación quedó en silencio.

Pero entonces Harvard dio unas palmadas.

—Está bien, hora de tomar un café —anunció en voz alta—. Todo el mundo fuera, menos Junior. Vamos, daos prisa.

Cowboy sujetó el teléfono que Wes le había dado hasta que el eco de la puerta al cerrarse se disipó. Después respiró hondo y se llevó el teléfono al oído.

—¿Melody?

Oyó su risa. Era una risa débil y temblorosa, pero no le importó. Estaba bien que se riera, ¿no?

—Sí, soy yo —dijo ella—. Enhorabuena por su ascenso, teniente Jones.

—En realidad es subteniente, pero gracias —dijo él—. Y gracias por devolverme la llamada. Por tu voz parece que estás... genial. ¿Cómo te encuentras? —cerró los ojos con fuerza. Maldición, parecía un idiota.

—Muy liada —dijo ella sin vacilar, como si ya lo tuviera pensado—. Estoy terriblemente ocupada. Trabajo todo el día como administrativa para el abogado del pueblo, Ted Shepherd, que va a presentarse a las elecciones para el Senado, así que últimamente esto ha sido una locura.

—Mira, Mel, no quiero andarme con rodeos contigo —le dijo él—. Quiero decir que siempre hemos sido sinceros el uno con el otro, y sé que dijiste que no querías volver a verme, pero no puedo olvidarme de ti. Quiero que nos veamos.

Ya estaba. Ya lo había dicho.

Esperó a que ella dijera algo, pero sólo hubo silencio.

—Puedo pedir libre el fin de semana y estar en Massachusetts dentro de cinco horas.

Más silencio. Luego:

—Jones, este fin de semana me viene fatal. Sólo faltan unas semanas para las elecciones y... No es buen momento.

Entonces fue él quien guardó silencio.

Tenía dos opciones. Podía aceptar sus excusas y colgar, o podía suplicarle.

En marzo, no le había suplicado. No había caído de rodillas y le había rogado que se lo pensara. No había intentado convencerla de que todo lo que le había dicho sobre su pasión era falso, de que se equivocaba al creer que su relación se basaba en el arrebato de adrenalina de su rescate.

Era especialista en psicología. Todo lo que Melody había dicho tenía sentido; todo, excepto la increíble intensidad de sus sentimientos hacia ella. Si esos sentimientos no eran reales, Cowboy no sabía qué podía serlo.

Pero su orgullo le había impedido decir todo lo que debería haberle dicho. Tal vez, si lo hubiera dicho entonces, ella no se habría marchado.

Así que tal vez debiera suplicarle. Eso no lo mataría, ¿verdad? Pero, si iba a suplicarle, tendría que ser cara a cara. No pensaba hacerlo por teléfono.

—Nada ha cambiado —dijo Melody suavemente—. Nuestra relación no iba a ninguna parte.

«Te echo de menos, Mel». Cowboy cerró los ojos, incapaz de decirlo en voz alta.

—Pero me alegro de haber hablado contigo —dijo ella.

Decía que estaba ocupada ese fin de semana. Tal vez no fuera sólo una excusa. Quizás estuviera de veras ocupada. Pero hasta la gente muy ocupada tenía que comerse un bocadillo de vez en cuando. Cowboy pediría libre el fin de semana, se iría a Boston, alquilaría un coche y se presentaría en Appleton.

Y luego, cara a cara, se hincaría de rodillas y le suplicaría.

—Sí —dijo—, sí. Yo también me alegro de hablar contigo.

—Lo siento, Jones —dijo ella en voz baja, y la comunicación se cortó.

Cowboy colgó lentamente el teléfono.

Durante todos aquellos meses, había estado de brazos cruzados, esperando a ver si se olvidaba de aquella chica. Iba siendo hora de dejar de esperar y hacer algo.

Guardó el archivo de su ordenador y se dispuso a imprimirlo. Cuando la impresora láser comenzó a escupir su informe psicológico, apartó la silla de su mesa.

Salió de la caseta y se dirigió al cuartel donde se alojaban los miembros de la Brigada Alfa que no estaban casados. Haría la maleta en un momento, rellenaría los papeles necesarios para pedir un pase para el fin de semana y pediría a alguien que lo llevara a la base aérea.

Al abrir la puerta mosquitera, se abrió también la puerta de dentro y estuvo a punto de chocar con Harvard. Éste vio su expresión amarga y suspiró.

—No ha ido bien, ¿eh? —Harvard retrocedió para dejar que Cowboy entrara en el barracón de decoración espartana.

Cowboy sacudió la cabeza.

—Teniente, necesito un pase de fin de semana e información sobre los vuelos que se dirijan hacia el norte, hacia Boston.

Harvard sonrió.

—Así se hace, Junior. Recoge tus cosas, yo me encargo del papeleo. Nos vemos en la verja dentro de un cuarto de hora.

Cowboy forzó una sonrisa.

—Gracias, H.

Al día siguiente a primera hora, vería cara a cara a Melody Evans.

Ella no quería verlo porque sabía muy bien que, si lo veía, no sería capaz de resistirse a la atracción que había entre ellos. Cara a cara, no podría resistirse a él, como él no podía resistirse a ella.

Y al día siguiente a aquella hora la tendría de nuevo en sus brazos. Y quizá, si jugaba bien sus cartas, si se mostraba humilde y se ponía de rodillas y le suplicaba, quizá pudiera estar con ella todo el tiempo que necesitara hasta que se saciara, hasta que consiguiera superar aquello de una vez por todas.

Por primera vez desde hacía mucho tiempo, su propia sonrisa le pareció sincera.

CAPÍTULO 4

Melody lo vio desde el otro lado de la plaza del pueblo y estuvo a punto de parársele el corazón.

El nuevo niño de acogida de los Romanella, Andy Marshall, se estaba peleando con dos chicos por lo menos tres años más mayores que él y medio metro más altos.

Los tres chicos estaban a la sombra de los árboles, al borde del parque municipal. Mientras Melody los observaba, Andy cayó derribado al suelo, casi en son de broma, y los otros dos chicos se rieron. Pero el niño rodó como un luchador aguerrido y se levantó de un salto. Dio un puñetazo en la nariz a uno de los chicos, haciéndolo tambalearse.

Melody oyó el grito de dolor desde el interior de su coche. Oyó cómo las voces pasaban de reír a dar gritos de rabia, y comprendió que Andy estaba a punto de recibir una paliza.

Dobló rápidamente a la izquierda en la calle Huntington y torció de nuevo hacia la izquierda, metiéndose en dirección contraria en el aparcamiento del parque mientras se apoyaba sobre el claxon.

—¡Eh! —gritó por la ventanilla del coche—. ¡Chicos! ¡Parad! ¡Dejad de pelearos ahora mismo!

Uno de los dos mayores, Alex Parks, asestó a Andy una bofetada que hizo crujir los dientes de Melody. Luego, su amigo y él dieron media vuelta y se marcharon a la carrera.

Mientras Melody intentaba salir del asiento de su coche, Andy trató de huir, pero no pudo. Sólo consiguió incorporarse sobre la hierba, apoyándose en las manos y las rodillas.

—¡Oh, Andy! —Melody se agachó a su lado—. ¡Dios mío! ¿Estás bien?

Tendió los brazos hacia él, pero el chico se apartó bruscamente y retrocedió. Tenía las rodillas y los codos en carne viva, y la nariz le sangraba abundantemente. En la mejilla, debajo del ojo izquierdo, tenía un arañazo, y su labio, roto, había empezado a hincharse. Su pelo castaño estaba alborotado y salpicado de tierra y briznas de hierba, y su camiseta estaba desgarrada y manchada de sangre.

Le habían dado una paliza y luchaba por recobrar el aliento mientras lágrimas de dolor y humillación inundaban sus ojos.

—Vete —gruñó—. ¡Déjame en paz!

—No puedo hacer eso —contestó Melody con firmeza—. Porque somos vecinos. Y aquí en Appleton los vecinos cuidan los unos de los otros.

Se sentó en la hierba, cruzó las piernas y tuvo que contener una náusea. Se alegró de que estuvieran sentados a la sombra.

Él miró el reloj que llevaba en la huesuda muñeca izquierda; examinó la lámina que protegía la esfera y se lo acercó al oído para comprobar que seguía funcionando.

—¿Te lo han roto? —preguntó Melody.

—¿Y a ti qué te importa? —bufó él.

—Bueno, pareces más preocupado por tu reloj que por estar sangrando, así que he pensado que...

—Tú eres la madre soltera, ¿no?

Melody se negó a tener en cuenta su tono. El chico estaba siendo desagradable premeditadamente, para que ella no supiera que estaba a punto de disolverse en llanto.

—En resumen, sí, supongo que sí. Me llamo Melody Evans. Vivo al lado de los Romanella. Nos conocimos la semana pasada, cuando Vince y Kirsty te llevaron a casa.

Él se sentó, intentando todavía recobrar el aliento.

—Hablan de ti, ¿sabes? Quieren saber quién te hizo el bombo. En el pueblo hablan de ti todo el tiempo.

—Menos cuando están hablando de ti —contestó Melody—. Entre los dos, tenemos muy ocupados a los chismosos, ¿eh? Un chico de acogida de la gran ciudad que hace saltar por los aires segadoras de césped. Seguramente han hecho una porra para ver cuánto tarda la policía en intervenir en tu educación.

La franqueza de sus palabras sorprendió al chico, que la miró con fijeza. Por un instante, le sostuvo la mirada. Tenía los ojos marrones y una expresión furiosa: demasiado furiosa y amarga para un chico de doce años. Pero luego apartó la mirada.

—Que se vayan al diablo —dijo con aspereza—. De todos modos no estaré aquí mucho tiempo.

Melody se fingió sorprendida.

—¿En serio? Vince me dijo que ibas a quedarte con ellos por lo menos hasta el próximo septiembre. Eso es casi un año —buscó unos pañuelos de papel en su bolso y lamentó no llevar también una lata de ginger ale. Intentaba hacerse amiga del chico, y vomitándole encima no iba a ganar muchos puntos.

—Un año —bufó Andy—. Sí, ya. Me iré dentro de un mes. O menos. Dentro de una semana. Es lo máximo que me aguanta la gente.

Ella le dio un puñado de pañuelos para la nariz.

—Vaya, quizá deberías probar otra marca de enjuague bucal.

Hubo otro destello de sorpresa en sus ojos.

—Eres muy graciosa —dijo con desdén mientras cortaba hábilmente la hemorragia de su nariz. Parecía un experto reparando los daños sufridos en peleas callejeras.

—Y tú eres un encanto, cielito.

Él le sostuvo la mirada con insolencia. Con los ojos entornados y los labios curvados, era como James Dean y Marlon Brando juntos. Lograba ocultar su dolor y sus lágrimas de rabia tras una fachada de indiferencia.

—Ayer te rompí la ventana.

—Lo sé —Melody también sabía aparentar indiferencia—. Fue un accidente, esas cosas pasan.

—Tu hermana no creía que fuera un accidente.

—Brittany no tiene mucha paciencia.

—Es una bruja.

Melody tuvo que reírse.

—No, qué va. Pero tiene un temperamento un poco volátil.

Él apartó la mirada.

—Lo que tú digas.

—Volátil significa explosivo. Que salta enseguida.

—No me digas. Eso ya lo sé —mintió él.

Ella le dio más pañuelos y deseó poder darle un abrazo. Estaba muy flaco para tener doce años; era un enclenque. Las heridas de la pelea (y probablemente de las batallas que llevaba librando toda su vida) eran mucho más profundas que un labio roto, una hemorragia nasal y unos cuantos arañazos y rasguños. Pero, aunque pareciera un chiquillo, tenía la actitud de un adolescente hastiado. Melody le sonrió.

—Tú eres más guapa que la bruja, como se llame —dijo él, y soltó otro bufido—. Pero mira para lo que te ha servido ser guapa. Para quedarte preñada.

—La verdad es que si estoy... preñada es por un descuido. Y si te digo la verdad —dijo ella, muy seria—, no usar un preservativo podría haberme metido en un lío mucho más gordo. Hoy en día, hay que usar preservativos para protegerse del sida. Pero estoy segura de que eso ya lo sabes. Los chicos listos nunca lo olvidan. Ni por un minuto.

Andy asintió con la cabeza, haciéndose el interesante, como si hablara todos los días de preservativos. Estaba claro que le gustaba que le hablaran como a un adulto.

—¿Por qué ha sido la pelea?

—Me insultaron —se encogió de hombros—. Así que los zurré.

—¿Los zurraste? Andy, esos dos chicos juntos pesan cuatro veces más que tú.

Él dio un respingo.

—Me insultaron. Se estaban inventando cosas sobre mi madre. Decían que era una fulana, que se ganaba la vida así y que ni siquiera sabía quién era mi padre. Como si fuera un bastardo asqueroso —miró su tripa—. Perdón.

—Yo sé quién es el padre de mi bebé.

—Sí, no sé qué soldado que te salvó la vida.

Melody se encogió de hombros.

—Vaya, te has enterado de las habladurías del pueblo en un par de días, ¿no?

Otro encogimiento de hombros.

—Presto atención. Mi padre también es militar. Y yo tampoco le importo un comino.

Melody cerró los ojos e intentó refrenar otra náusea. Ella no había dado ocasión a Harlan Jones de decidir si aquello le importaba un comino.

—Entonces, ¿vas a quedártelo o vas a darlo en adopción?

El bebé. Andy se refería al bebé.

—Voy a quedármelo. Es un niño —Melody forzó una sonrisa—. Creo que es un niño. Pero no estoy segura. Me hicieron una ecografía, pero no quise saberlo. Aun así, tengo la sensación de que es un niño.

Como si aquello le hubiera dado pie, el bebé comenzó a dar saltos, a estirarse, a volverse y a patalear.

Melody se rió, puso la mano sobre su tenso vientre y sintió su movimiento. Era un milagro asombroso: nunca se acostumbraría a aquella sensación maravillosa. Hacía que el ardor de estómago y los mareos se disolvieran al instante.

—Está dando patadas —le dijo a Andy—. Dame la mano, tienes que notarlo.

Andy la miró con escepticismo.

—Vamos —insistió ella—. Es genial.

Él se limpió la palma de la mano en los pantalones sucios y se la tendió. Melody la apoyó sobre su vientre, junto al ombligo, mientras el bebé daba lo que parecía un salto mortal.

Andy retiró la mano, alarmado.

—¡Guau! —luego volvió a tender la mano, indeciso, con los ojos como platos.

Melody cubrió su mano con la suya y la apretó contra su tripa tensa como un balón.

Andy se echó a reír, dejando al descubierto sus dientes torcidos, uno de los cuales estaba roto.

—Es como si tuvieras un alien dentro.

—Bueno, es algo así —dijo Melody—. Piénsalo. Hay una persona dentro de mí. Un ser humano —sonrió—. Un ser humano pequeñito y precioso —y, si tenía un poco de suerte, aquel pequeño ser humano saldría a su madre. Su sonrisa se desvaneció. Con un poco de suerte, no tendría que pasarse la vida mirando unos ojos verde esmeralda y recordando...

—¿Estás bien? —preguntó Andy.

Tenía gracia. Era él a quien parecía haberle atropellado un tren. Y sin embargo le estaba preguntando a ella si estaba bien. Por debajo de su apariencia de tipo duro, Andy Marshall era un buen chico.

—Sí, estoy bien —Melody forzó otra sonrisa—. Es sólo que a veces me mareo... y me dan náuseas.

—¿Vas a vomitar?

—No —Melody respiró hondo—. ¿Por qué no vamos a que te limpies un poco? —sugirió—. Quizá debería llevarte al hospital...

Él se apartó, adoptando de nuevo su pose de James Dean.

—Ni lo sueñes.

—Tienes tierra metida en la rodilla —Melody intentó parecer razonable—. Hay que limpiar esa herida. Hay que limpiarlas todas. Mi hermana es enfermera. Podría...

—Sí, como si fuera a dejar que la Malvada Bruja del Oeste me toque.

—Entonces deja que te lleve a casa para que Kirsty...

—¡No! —por debajo del moreno y de la suciedad, la cara de Andy se había puesto pálida—. No puedo ir allí con esta pinta. Vince dijo... —se apartó bruscamente de ella.

—Te dijo que nada de peleas —supuso Melody. La palabra «violencia» no figuraba en el vocabulario de su vecino.

—Dijo que si me metía en otra pelea, me la cargaba —Andy sacó la barbilla mientras se levantaba—. No voy a dejar que me dé con la correa. No pienso volver.

Melody se echó a reír.

—¿Vince? ¿Darte con la correa?

—Me largo de aquí —dijo él—. De todos modos nadie va a echarme de menos, ¿no?

—Andy, Vince ni siquiera lleva correa —Vince Romanella podía parecer de los que reaccionaban con los puños en lugar de pensarse las cosas, pero en los tres años que su mujer y él llevaban siendo padres de acogida, nunca había levantado la mano a un chico. El castigo de Andy consistiría en un viaje a su habitación, donde se sentaría a solas y escribiría un ensayo de cinco páginas sobre alternativas no violentas a las peleas.

Pero antes de que Melody pudiera decírselo, Andy se marchó. Cruzó a toda prisa la hierba, intentando esconder una ligera cojera.

—¡Andy, espera!

Melody echó a andar tras él. Andy miró hacia atrás y empezó a correr.

—¡Vamos, Andy! ¡Espérame!

Melody comenzó a trotar, agarrándose la tripa con las manos.

Él tuvo que pararse en la calle principal y esperar a que el tráfico se parara para cruzar.

—¡Andy, Vince no va a pegarte!

Pero él no la oyó. Cruzó la calzada y echó a correr calle abajo.

Melody apretó un poco el paso. Se sentía como uno de los dinosaurios corredores de *Parque jurásico*. Con cada paso que daba, el cielo debería haber retumbado y la tierra debería haber temblado.

—¡Andy! ¡Espera! ¡Que alguien pare a Andy Marshall, por favor!

Estaba aturdida y mareada y a punto de vomitar el poco desayuno que había logrado tomarse esa mañana. Pero nadie parecía reparar en su petición de ayuda. Nadie parecía prestar atención a la embarazada de tripa gigantesca que perseguía al muchacho de doce años.

Nadie, excepto el hombre altísimo y de espaldas excepcionalmente anchas que había en la esquina. La luz se reflejaba en su pelo castaño, aclarado por el sol y recogido en una coleta junto a la nuca. Iba vestido como casi todos los transeúntes que aquel sábado por la mañana curioseaban por las tiendas de antigüedades que rodeaban la plaza. Llevaba un polo verde y unos Dockers de color caqui que le sentaban como un guante.

Estiró el brazo y sin aparente esfuerzo agarró a Andy por la cintura. Se movía con la agilidad de un guerrero adiestrado y, cuando se movió, Melody lo reconoció al instante. Él no tuvo que acercarse más para que ella supiera que aquel polo acentuaba el verde brillante de sus ojos.

El subteniente Harlan Jones, alias «Cowboy», había ido a Appelton a buscarla. Melody sintió que una negrura la rodeaba, inundando su visión periférica y dándole la impresión de que miraba a Jones a través de un túnel muy largo y oscuro.

—¿Es éste el chico al que buscaba, señora? —gritó él desde el otro lado de la calle, y su voz se superpuso débilmente al rugido de los oídos de Melody. Jones no se había dado cuenta de que la había encontrado. No la había reconocido en su nueva versión tamaño extragrande.

Melody sintió una náusea, notó que la cabeza le daba vueltas e hizo lo único que podía hacer, dadas las circunstancias.

Se tumbó cuidadosamente sobre la hierba del parque de Appleton y se desmayó.

—¿Se puede saber qué te pasa? —reprendió Cowboy al chico mientras cruzaba con él la calle—. Hacer correr a tu madre así detrás de ti...

—No es mi madre —replicó el chico—. Y tú tampoco eres mi padre, así que suéltame.

Cowboy levantó la vista y parpadeó. Qué raro. Un momento antes, la mujer estaba justo allí, detrás de un Honda azul. Era rubia y tenía una enorme tripa de embarazada, pero de algún modo había logrado desaparecer.

Cowboy dio unos pasos más y entonces la vio. Estaba en el suelo, sobre la hierba, detrás de los coches aparcados, tendida de lado como si se hubiera parado a echar una siesta. El pelo largo le colgaba como una cortina sobre la cara.

El chico también la vio y dejó de retorcerse.

—Dios mío, ¿está muerta? —su rostro se contrajo—. Oh, Dios, ¿la he matado?

Cowboy lo soltó y corrió a arrodillarse junto a la mujer. Deslizó la mano bajo su pelo y tocó su cuello suave, buscando el pulso. Lo encontró, pero iba demasiado deprisa.

—No está muerta.

El chico ya no intentaba huir.

—¿Busco un teléfono y llamo a emergencias?

Cowboy apoyó la mano sobre la tripa de la mujer, preguntándose si estaba de parto y si él sería capaz de sentir sus contracciones si lo estaba. Sabía bastante de primeros auxilios, lo suficiente como para hacer las labores de médico en casi todas las unidades. Sabía todo lo que había que saber sobre heridas de arma blanca, disparos y quemaduras de tercer grado. Pero de embarazadas inconscientes no sabía nada. Aun así, se dio cuenta de que estaba en estado de shock. Le apartó el pelo de la cara para mirarle los ojos y levantó la vista hacia el chico.

—¿Está lejos el hospital?

—No, está aquí, en el pueblo. A unas pocas manzanas al norte.

Cowboy bajó la mirada para examinar los ojos de la mujer y durante unos instantes que parecieron eternos no pudo moverse.

Santo Dios, era Melody. Era Melody. Aquella mujer embarazada era Melody. Su Melody. Su...

No podía respirar, no podía hablar, apenas podía pensar. Melody. ¿Embarazada?

Estuvo a punto de caerse redondo al comprender lo que significaba aquello, pero su adiestramiento se impuso. «Sigue adelante, sigue moviéndote. No analices más de la cuenta. No pienses, si va a retrasarte. Actúa. Actúa y reacciona».

Su coche de alquiler estaba en la esquina de la calle principal.

—Seguramente llegaremos antes al hospital si la llevamos nosotros —su voz sonaba ronca. Era un milagro que pudiera hablar. Le dio las llaves del coche al chico del labio roto—. Yo llevaré a Mel, tú abre la puerta del coche.

El chico lo miró fijamente mientras él levantaba a Melody en brazos.

—¿La conoces?

Una pregunta genial, considerando que la había dejado embarazada.

—Sí, la conozco.

Ella se incorporó ligeramente mientras la llevaba calle abajo, hacia su coche.

—¿Jones?

—Sí, cariño, estoy aquí.

Al chico se le cayeron las llaves dos veces, pero por fin consiguió abrir la puerta del copiloto.

—Ay, Dios, estás aquí, ¿verdad? —Melody cerró los ojos mientras él le abrochaba el cinturón de seguridad.

Cowboy se sentía mareado. Melody parecía llevar una sandía escondida debajo del vestido. Y eso se lo había hecho él. Había arrojado su semilla dentro de ella y ahora iba a tener un hijo suyo. Y, si no se daba prisa, lo tendría en el asiento delantero de su coche.

—Aguanta, Mel. Voy a llevarte al hospital.

Cowboy se volvió para ordenar al chico que montara en el asiento de atrás, pero el chico ya se había ido. Cowboy barrió rápidamente la zona con la mirada y lo vio a las diez en punto, corriendo a toda velocidad por la plaza. Sin duda Melody iba persiguiéndolo por alguna razón, pero, fuera cual fuese esa razón, era más importante llevarla al hospital.

Por suerte, el chico había dejado las llaves del coche en el asiento delantero. Cowboy las recogió al sentarse tras el volante; luego encendió el motor con estruendo.

Melody estaba embarazada y el bebé tenía que ser suyo. ¿No? ¿De veras habían pasado nueve meses desde el rescate en la embajada? Hizo un cálculo rápido, pero sólo le salieron siete. Tenía que haber contado mal. Alejó todos aquellos pensamientos mientras escudriñaba la calle en busca de una señal que indicara cómo llegar al hospital. «No pienses. Actúa». Tendría tiempo de pensar cuando estuviera seguro de que Mel estaba bien.

El chico tenía razón: el hospital estaba cerca. Unos

momentos después, Cowboy paró junto a la entrada de urgencias.

Tomó la ruta más corta hacia las puertas automáticas (pasando por encima de los capós de los coches) y ayudó a las puertas a abrirse con las manos.

—¡Necesito ayuda! —gritó en medio del pasillo vacío—. ¡Una silla de ruedas, una camilla, algo! ¡Traigo a una mujer a punto de dar a luz!

Apareció el rostro sorprendido de una enfermera y Cowboy volvió rápidamente al coche, abrió la puerta y levantó a Melody en brazos. Hasta embarazada parecía asombrosamente ligera y esbelta. Seguía pareciéndole tan familiar... Todavía encajaba a la perfección en sus brazos. Dios, cuánto la había echado de menos.

Una enfermera de pelo canoso salió a recibirlo a la puerta con una silla de ruedas. Echó un vistazo a Mel y gritó:

—¡Es Melody Evans! ¡Que alguien llame a Brittany!

—Está inconsciente —informó Cowboy—. Ha vuelto en sí una vez, pero ha vuelto a desmayarse.

La enfermera apartó la silla.

—Se caería, si la sentáramos aquí. ¿Puede usted llevarla?

—Claro —le tiró las llaves del coche a un guardia de seguridad—. Apárqueme el coche, ¿quiere?

Siguió a la mujer a través de unas puertas y entró en la sala de urgencias, donde se les unió otra mujer, una doctora.

—Ya está registrada en el hospital, pero necesitaremos su firma antes de que se marche —le dijo la enfermera mientras se dirigían a toda prisa a una cama separada de otras por una fina cortina corrediza.

—No voy a ir a ninguna parte —respondió Cowboy.

—¿Puede decirme cuándo empezaron las contracciones? —preguntó la doctora—. ¿Cada cuánto tiempo son?

—No lo sé —reconoció él mientras depositaba a Melody en la cama—. Estaba inconsciente cuando la encontré. Debió de desmayarse allí mismo, en la acera.

—¿Se golpeó la cabeza al caer? —la doctora examinó rápidamente a Melody, le levantó los párpados, le miró los ojos y palpó su nuca por si estaba herida.

—No lo sé —repitió Cowboy, y sintió una oleada de frustración—. No la vi caer.

La enfermera ya había puesto un tensiómetro en el brazo de Mel. Lo hinchó y le tomó la tensión.

—La presión sanguínea está bien. El pulso parece firme.

Melody parecía tan indefensa tendida en aquella estrecha cama... Estaba tan pálida... Tenía el pelo mucho más largo que en París. Pero él también, claro.

Hacía mucho tiempo que no la veía.

Pero sólo habían pasado siete meses. No nueve.

¿Era posible que ya estuviera embarazada de dos meses en París? Cowboy no lo creía. No podía creerlo. El bebé era suyo, naturalmente. Ella le había dicho que hacía casi un año que había roto con su último novio serio y...

Melody parpadeó.

—Vaya, hola —dijo la doctora—. Bienvenida.

Mientras Cowboy la observaba, Melody miró a la doctora y frunció ligeramente la frente, confusa.

—¿Dónde estoy? —susurró.

—En el hospital del condado. ¿Recuerdas haberte desmayado?

Melody cerró los ojos un momento.

—Recuerdo... —volvió a abrirlos, se sentó de repente, se volvió y recorrió la habitación con la mirada hasta que fijó los ojos en Cowboy—. Oh, Dios. Eres real.

—Te diría «hola, ¿qué tal estás?», pero es bastante obvio —Cowboy hizo lo que pudo por mantener un tono de voz bajo y firme. Melody no estaba en condiciones de que le gritaran, aunque se lo mereciera–. Parece que ayer, cuando hablamos por teléfono, se te olvidó darme una noticia.

Ella se sonrojó, pero levantó la barbilla.

–Estoy embarazada.

Cowboy se acercó.

–Ya lo he notado. ¿Cuándo pensabas decírmelo?

Ella bajó la voz.

–Creía que me habías dicho que a los SEAL os entrenan para no dar nunca nada por sentado. Y aquí estás, dando por sentado que mi estado tiene algo que ver contigo.

–¿Me estás diciendo que no es así? –él sabía sin ninguna duda que el bebé era suyo. No podía imaginársela con nadie más. La idea era ridícula... e insoportable.

–¿Cada cuánto son las contracciones? –preguntó la doctora mientras la enfermera empujaba suavemente a Melody para que volviera a tumbarse.

–¿Me estás diciendo que no es así? –repitió Cowboy. Sabía que debía retirarse y dejar sitio a la doctora, pero necesitaba saber si Melody iba a mirarlo a los ojos y a mentirle.

Ella miró a la doctora, lo miró a él y volvió a mirar a la doctora.

–¿Las... qué?

–Las contracciones –la doctora hablaba lentamente y con claridad–. ¿Cada cuánto son?

–Señor, voy a tener que pedirle que espere fuera –le murmuró la enfermera a Cowboy.

–Y yo voy a tener que declinar su invitación, señora. Pienso quedarme aquí hasta que me asegure de que Mel está bien.

Melody estaba sacudiendo la cabeza.

—Pero si no estoy...

—Mel, ¿qué ha pasado? —otra enfermera irrumpió en la habitación. No esperó una respuesta antes de volverse hacia la doctora—. Faltan todavía dos meses. ¿Le has dado algo para parar las contracciones? ¿Cuánto ha dilatado?

—Pero si no tengo...

—No le he dado nada —respondió la doctora con calma—. Si tiene contracciones, son muy espaciadas. Ni siquiera le he hecho un examen pélvico.

—Señor, su hermana ya está aquí. Por favor, espere fuera —murmuró la enfermera más mayor mientras intentaba empujarlo hacia la puerta.

Cowboy no se movió. Así que aquélla era la hermana de Mel. Claro. Mel le había dicho que era enfermera.

—No necesito un examen pélvico —protestó Melody—. Y no tengo contracciones. Iba corriendo detrás de Andy Marshall y me mareé un poco, eso es todo.

Su hermana dio un respingo.

—¿Ibas corriendo?

Melody volvió a sentarse y se giró hacia Cowboy.

—Tú atrapaste a Andy. Te vi. ¿Está aquí?

—No, lo siento. Se escapó mientras te metía en el coche.

—¡Mierda! ¡Mierda! —Melody se volvió hacia su hermana—. Brittany, tienes que llamar a los Romanella. Andy va a escaparse porque cree que Vince va a pegarle con el cinturón por haberse metido en otra pelea.

Pero Brittany estaba mirando a Cowboy. Acababa de fijarse en él. Sus ojos eran de un tono de azul distinto a los de Mel. Tenía la cara más angulosa, más afilada, pero saltaba a la vista que eran parientes cercanas.

—¿Quién diablos eres tú?

—Eso depende de cuándo salga de cuentas —contestó él.

—¿Qué?

—Este señor ha traído a Melody —le dijo la otra enfermera—. He intentado decirle que...

—¿Podemos concentrarnos en Melody un momento? —preguntó la doctora mientras intentaba que Melody volviera a tumbarse sobre la cama—. Me gustaría examinarte de todos modos, para asegurarme de que no te has hecho daño al caerte.

La enfermera de pelo gris era persistente.

—Señor, tiene usted que esperar fuera, de veras.

Brittany seguía mirándolo especulativamente, con los ojos entornados.

—Conque depende de cuándo salga de cuentas, ¿eh?

Melody volvió a incorporarse.

—Si no nos damos prisa, Andy Marshall va a escaparse.

—El uno de diciembre —le dijo Brittany a Cowboy. Lo miró más detenidamente, desde las puntas de las botas hasta el extremo de la coleta—. Dios mío, tú eres el... ¿cómo se dice?... el SEAL, ¿no?

El uno de diciembre. Eso sí tenía sentido. Melody no había salido de cuentas aún. No estaba a punto de tener el bebé. Sólo parecía a punto de estallar en cualquier momento, por lo esbelta y lo menuda que era.

Diciembre... Cowboy contó rápidamente nueve meses hacia atrás... hasta marzo. En marzo, él había estado en Oriente Medio, llevando a cabo el rescate de los rehenes de la embajada. Y después de eso había pasado seis días en el cielo.

Miró a Melody a los ojos. Ella sabía que había hecho cuentas y había sumado dos y dos... o, mejor dicho, uno y uno. Y, en este caso, uno y uno daba como resultado tres.

—Soy el subteniente Harlan Jones —dijo él sin apartar la mirada de los ojos de Melody, como si la desafiara a negar lo que estaba a punto de decir—. El padre del bebé.

Jones la estaba esperando en la sala de espera del hospital.

Melody respiró hondo al verlo, temiendo desmayarse otra vez. Había esperado a medias que se hubiera marchado.

Brittany le apretó el brazo.

—¿Estás bien? —le susurró.

—Estoy asustada —respondió Melody en voz baja.

Britt asintió con la cabeza.

—Esto no va a ser fácil para ninguno de los dos. ¿Seguro que no quieres que me quede?

Jones estaba junto a las ventanas, apoyado contra el marco, mirando las casas que estaban construyendo en la calle Sycamore. Parecía tan alto, tan imponente, tan severo...

Tan increíblemente guapo...

Melody veía vibrar los músculos de su mandíbula cuando apretaba los dientes. Vio tensarse y relajarse los músculos de sus brazos cuando los cruzó sobre el pecho. Conocía de primera mano la fuerza y el poder de aquellos brazos. Y sabía también lo delicados que podían ser.

Jones estaba raro vestido de paisano... Sobre todo, con aquellos pantalones y aquella camisa tan formales. Pero Melody se daba cuenta de que nunca lo había visto sin el uniforme. Durante el rescate, él había llevado un traje negro de faena bajo la túnica. Y después ella sólo lo había visto con su uniforme de gala (o, mejor dicho, sin él).

Quizá llevara aquella ropa tan formal cuando estaba de

permiso. O quizá se la había puesto especialmente para aquella visita sorpresa.

Y hablando de sorpresas...

Mientras ella lo miraba, él cerró los ojos y se frotó la frente con una mano, como si le doliera la cabeza. ¿Y cómo no iba a dolerle? Era evidente que había ido allí con idea de convencerla para volver a acostarse con ella. Y había recibido mucho más de lo que esperaba, eso seguro.

Melody vio las arrugas del estrés claramente grabadas en su cara.

Durante los seis días que habían pasado juntos, Jones no había parado de reír y de sonreír. Pero luego su buscapersonas se había puesto a pitar, y él le había dicho que tenía que volver a California. Había sonreído al besarla en el aeropuerto y le había hecho promesas que ella sabía que no cumpliría. Había sonreído hasta que ella le dijo que no quería volver a verlo. Y mientras luchaba por comprender las muchas razones para cortar por lo sano, parecía tan serio e imponente como en ese momento.

Era como si el tiempo no hubiera pasado. Era como si estuvieran otra vez donde lo habían dejado.

Salvo por las diferencias obvias. Él tenía el pelo más largo. Ella también. Y en lugar de estar embarazada de tres días sin saberlo, ahora estaba de siete meses.

Melody se frotó con nerviosismo la tripa. Temía lo que Jones iba a decirle; temía la crispación que notaba en su rostro y en la tensión de sus hombros.

El sol de la tarde iluminaba la cara de Jones y hacía que su pelo pareciera aún más claro.

Ella recordaba lo suave que era su pelo al tacto. Ahora lo llevaba por debajo de los hombros. Era de un castaño dorado, hermoso y brillante. Cuando lo llevara suelto, caería, ondulado y denso, alrededor de su cara, y le haría parecer uno de esos hombres exóticos que adornaban las portadas de las novelas románticas históricas que a ella tanto le gustaba leer.

Cowboy se irguió al verla acercarse. Miró un instante a Brittany y Melody comprendió que se estaba preguntando si iban a hablar a solas. Lo vio tensar los hombros y apretar los dientes un poco más, y adivinó que pensaba decir lo que quería aunque su hermana estuviera escuchando.

Pero Britt anunció:

—Tengo que volver al trabajo —miró a Jones con los ojos entornados—. ¿Te encargarás de que llegue a casa sana y salva?

Jones asintió con la cabeza y logró esbozar su sonrisa de cinco mil vatios.

—Ésa es mi especialidad.

—Está bien —dijo Brittany mientras retrocedía—. Entonces yo me voy. Ha sido un placer conocerlo por fin, subteniente Jones.

—Lo mismo digo, señora.

Melody había olvidado lo amable que podía ser Cowboy Jones. Había olvidado lo verdes que eran sus ojos, lo bien que olía, lo dulces que eran sus labios... No, eso no lo había olvidado. Sólo había intentado olvidarlo.

—¿De veras estás bien? —preguntó él. Su sonrisa había vuelto a desaparecer y la miró inquisitivamente, como si buscara algo, aunque Melody no sabía qué—. ¿No quieren que te quedes en observación, ni nada? ¿Hacer más pruebas...?

Ella sacudió la cabeza. De pronto se sentía tímida y deseaba que Brittany no se hubiera ido.

—No desayuné mucho y, como tenía hambre y corrí

por el parque detrás de Andy, me mareé. El embarazo no está siendo fácil. Desde el principio me ha costado retener la comida.

—Lo siento.

Melody levantó la mirada hacia él. «Apuesto a que sí». Forzó una sonrisa.

—Brittany no ha dejado que me fuera hasta que he comido. ¿Tú has tomado algo?

—Sí. Compré un sándwich en la cafetería —él también estaba incómodo—. ¿Quieres sentarte?

—No, quiero... quiero irme a casa. Si no te importa.

Él sacudió la cabeza.

—No me importa. Puede que sea más fácil hablar en un sitio menos público —la condujo hacia las puertas—. Mi coche está por aquí.

—¿Sigues con el Equipo Diez de los SEAL? —preguntó ella, y al salir al sol de la tarde calurosa se dio cuenta de que tenía un millón de preguntas que hacerle.

—Sí, señorita.

Dios, habían vuelto al «señorita».

—¿Qué tal está Harvard?

—Bien. Está bien. Toda la brigada está en Virginia. Vamos a pasar allí un par de meses, por lo menos.

—Dale recuerdos de mi parte la próxima vez que lo veas.

—Lo haré —hizo un gesto con la cabeza—. El coche está allí.

—¿Has sabido algo de Crash? —Melody esperó mientras él le abría la puerta del coche.

El compañero de nado de Cowboy, Crash, era un tipo misterioso. Habían coincidido con él por casualidad en su hotel, en París. Crash no formaba parte de la Brigada Alfa, ni del Equipo Diez. De hecho, Cowboy ni siquiera sabía dónde estaba destinado el que había sido su mejor amigo durante el curso de entrenamiento. Salvo por aquel encuentro accidental, hacía años que no se veían. Sin embargo, el respeto y la confianza que se tenían resultaban evidentes.

—Recibí un e-mail suyo la semana pasada. Nada de particular. Hola, qué tal, sigo vivo. Pero cuando le respondí, me devolvieron el mensaje. No se podía entregar. ¿Necesitas ayuda para subir? —la vio maniobrar para sentarse.

Ella sacudió la cabeza.

—Parece más difícil de lo que es en realidad. Pero vuelve a preguntarme cuando lleguemos a casa. No rechazaré que me eches una mano para salir.

Jones se inclinó para quedar al nivel de sus ojos.

—No puedo creer que todavía te queden dos meses —reculó rápidamente—. No es que insinúe que me estás mintiendo o... —cerró los ojos y maldijo en voz baja. Cuando volvió a abrirlos, sus pupilas eran de un verde brillante en contraste con el moreno de su cara—. Lo que intentaba decir es que si el bebé crece mucho más, va a costarte mucho dar a luz —hizo una pausa—. Quiero que sepas que, desde el momento en que te vi, Mel, no dudé ni por un minuto de que el bebé era mío.

—Jones, no tienes que...

—No has negado que tenga razón.

—¡No he dicho ni que sí ni que no!

—No hace falta —Jones se irguió y cerró la puerta del coche. Mientras Melody lo miraba, rodeó el coche y abrió la puerta del conductor—. He llamado a tu vecino, Vince Romanella, por lo del chico. Me dijo que te tranquilizaras, que lo encontraría. Andy. Así se llama el chico.

La cuestión de quién era el padre de su hijo parecía haber quedado temporal e intencionadamente zanjada.

—Lo sé —dijo ella mientras él se montaba en el coche y encendía el motor—. Brittany me ha dicho que llamaste a información para pedir el número de Vince. Gracias por hacerlo.

—No hay de qué —Jones giró a la izquierda al salir del aparcamiento.

—¿No quieres que te indique?

Jones la miró.

—Sé dónde vives. Miré un plano y estuve allí esta mañana, pero no estabas —sonrió ligeramente, con amabilidad, como si fueran extraños—. Evidentemente.

Melody no podía soportarlo más.

—Mira, creo que deberías dejarme en casa y marcharte —él se quedó callado, de modo que ella respiró hondo y continuó—: Puedes hacer como que no lo sabes. Fingir que nunca has estado en Appleton. Irte a Boston y tomar el primer vuelo a Virginia sin mirar atrás. No saludes a Harvard de mi parte. No digas nada. Puedes decirles a los chicos que no quería verte y que...

Tuvo que detenerse y aclararse la garganta. Él agarraba con tanta fuerza el volante que se le transparentaban los nudillos, pero seguía sin decir nada.

—Sé que tú no querías esto, Jones. Sé que no era esto lo que tenías en mente cuando pasamos esos días juntos. Ni yo tampoco, pero yo he tenido ocasión de hacerme a la idea. He tenido tiempo de enamorarme de este bebé, y ahora estoy bien. Estoy emocionada con esto. Puede que no fuera lo que quería hace siete meses, pero ahora sí lo quiero. El hecho de que estés aquí complica las cosas.

Él tomó la entrada de su casa, dejó el motor en marcha y se volvió hacia ella.

—Fue en el vuelo a París, ¿verdad? Fue entonces cuando ocurrió.

La mirada de sus ojos era tan intensa que Melody sintió como si tuviera visión de rayos X y pudiera ver en su interior. Rezó por que no fuera así. Rezó por que no se diera cuenta de lo cerca que estaba de vomitar mientras intentaba desesperadamente que se marchara para siempre.

—Vete —dijo otra vez, armándose de valor, y procuró que sus palabras sonaran con la mayor aspereza de que era capaz—. Y no mires atrás. No te necesito, Jones. Y no te quiero.

Él apartó la mirada, pero no sin que antes Melody viera un destello de dolor en sus ojos. Casi se le rompió el corazón, pero se obligó a continuar. Era mejor así. Tenía que ser así.

—Sé perfectamente que lo último que necesitas es que yo y un bebé te atemos. Si te quedas, lo único que harás será complicar las cosas. Tengo dinero. He ahorrado bastante para poder pasar los próximos cuatro años en casa, con el bebé. Mi madre ya ha abierto una cuenta para él, para la universidad. No hay nada que tú puedas darle que yo no haya previsto. Ya me he encargado de todo.

Él intentó disimular su dolor con una sonrisa cínica.

—Vamos, cariño, no te refrenes. Dime lo que piensas de verdad.

Ella se sentía como una arpía. Pero tenía que hacer aquello. Tenía que conseguir que se marchara antes de que se le metiera en la cabeza la locura de «hacer lo correcto».

—Lo siento. He creído que éste no era momento de andar con juegos.

Él profirió lo que podría haber sido una risa. Pero no había en ella ningún humor.

—Yo diría que ya jugamos bastante hace siete meses.

Melody se sonrojó. Sabía exactamente a qué se refería él. Habían dejado la habitación del hotel una sola vez cada noche: para cenar. Habían salido a las calles románticas y sinuosas de aquellas dos ciudades extranjeras y habían dejado que su deseo insaciable los volviera medio locos. Se habían besado y tocado, y se habían mirado a los ojos en un mudo enfrentamiento de voluntades. ¿Quién sería el primero que se daría por vencido y rogaría al otro que volvieran a la habitación para hacer el amor apasionadamente?

Jones no había tenido ningún pudor; había deslizado la mano por debajo de su falda, a lo largo de su muslo, para tocarla íntimamente bajo el mantel de un restaurante lleno de gente. Ella perdió la batalla esa noche, pero la ganó a la siguiente, cuando Jones hizo lo mismo, sólo para descubrir que había salido sin bragas: sin una sola tira de encaje que la cubriera. Y cuando le sonrió a los ojos allí, en el restaurante, y se abrió a la exploración de sus dedos...

Esa noche, tomaron un taxi de vuelta al hotel, aunque el restaurante estaba a un corto paseo a pie.

En el vuelo a Francia había ocurrido algo parecido. Lo que comenzó siendo una conversación inofensiva sobre películas y libros preferidos con un general de cuatro estrellas que también iba a París, acabó siendo algo mucho más significativo. A Jones le pareció preferible ocultar la naturaleza de su relación, y estar sentados el uno junto al otro sin tocarse pronto los puso al borde del delirio.

Jones tuvo que estirar el brazo por encima de ella para estrechar la mano del general, y le rozó el pecho con el brazo. Aquel contacto casi la puso en órbita, cosa que a él (Melody lo sabía) no le pasó desapercibida.

Ella contraatacó inclinándose para mirar el campo por la ventanilla y dejando que sus dedos le rozaran el muslo.

Él estiró las piernas y chocó accidentalmente con ella.

Ella se excusó y se fue a uno de los pequeños aseos. Cuando regresó y volvió a sentarse, fingió buscar un chicle en su bolso. Abrió el bolso cuidadosamente, dejando que sólo Jones viera su contenido (incluida una prenda de satén y encaje blanco). Mientras estaba en el aseo, había vuelto a quitarse las braguitas. Sabía muy bien que Jones las reconocería al verlas: se había tomado grandes molestias para quitárselas esa misma mañana, debido a lo cual habían tenido que apresurarse para llegar a tiempo al aeropuerto.

Melody sintió que se ruborizaba aún más. ¿Quién habría pensado que sería capaz de hacer cosas así, tan atrevidas, tan provocativas, tan agresivas sexualmente?

Pero le había gustado. Le encantaba que Jones la hiciera sentirse la mujer más sexy del mundo. Adoraba que la deseara tan frenéticamente, como si no pudiera saciarse de ella.

En aquel vuelo a París, ella lo había llevado al diminuto cuarto de baño. No había caído en la cuenta de que él no llevaba preservativos. Y él había pensado que ella tenía algunos en el bolso. Pero cuando estuvieron juntos en aquella minúscula y cálida habitación, la necesidad de saciar su deseo abrasador se impuso al hecho de no tener preservativos.

Jones le subió bruscamente la falda por los muslos y ella le rodeó con las piernas cuando se hundió en ella, llevándola al cielo. Él se retiró, en un intento de evitar que se quedara embarazada, pero Melody era consciente de que, como método anticonceptivo, la retirada estaba muy lejos de ser seguro.

Aun así, se había convencido a sí misma de que una sola vez no tenía importancia. Sin duda podían descuidarse una vez. Las probabilidades estaban a su favor. Y qué demonios: la suerte había estado de su parte, hasta el momento. Además, se decía, deseaba tanto a Jones que estaba dispuesta a afrontar las consecuencias.

Ahora, al mirarlo, comprendió que él también estaba acordándose de aquel pequeño aseo del avión. Estaba recordando el sabor de ella, su olor, el calor húmedo y resbaladizo que rodeaba su miembro y los conducía a ambos al éxtasis.

Ella nunca había olvidado las oleadas de placer que la habían embargado mientras él apretaba los dientes, luchando por no derramar toda su semilla dentro de ella.

Jones se aclaró la garganta no una vez, sino dos, antes de poder hablar.

—Por lo menos aquella vez fue una de las mejores de toda mi vida. Quiero decir que habría sido verdaderamente anticlimático (y perdona el juego de palabras) descubrir que te había dejado embarazada después de un polvo mediocre.

Melody se echó a reír. No pudo refrenarse. Era tan propio de Jones buscar lo positivo de una situación que no tenía ningún lado bueno... Pero luego sus ojos se llenaron de lágrimas y abrió la puerta del coche, temiendo romper a llorar.

De algún modo logró levantarse del asiento. Cerró la puerta y él también salió. Pero se quedó con la puerta abierta y el motor todavía encendido, y la miró por encima del techo del coche.

—Lo pasamos bien juntos, Jones, no puedo negarlo. Pero te lo dije en marzo y te lo repito ahora: lo que compartimos no basta para fundar una relación —le tembló la voz ligeramente y se esforzó por dominarse—. Así que buena suerte. Que Dios te bendiga. No creas que no me acordaré de ti. Me acordaré —forzó una sonrisa—. Me traje a casa un recuerdo tuyo.

Jones sacudió la cabeza.

—Melody, no puedo...

—Por favor. Hazme el favor de no decir nada —le rogó ella—. Márchate y piénsatelo una semana o dos. No digas nada hasta que te hayas dado tiempo para pensarlo de verdad. Todo este asunto, mi embarazo, es todavía muy nuevo para ti. Te estoy dando la oportunidad de marcharte. Sin ataduras. Date tiempo para pensar lo que esto significa para ti antes de decir o hacer algo precipitado —se volvió y se dirigió hacia la casa.

Él no la siguió, gracias a Dios.

Melody estuvo a punto de dejar caer las llaves al abrir la puerta. Al entrar, Jones seguía allí de pie, medio fuera, medio dentro del coche.

Cuando cerró, oyó que la puerta del coche también se cerraba. Y luego, a través de la ventana, lo vio alejarse.

Con un poco de suerte, haría lo que le había pedido y reflexionaría sobre sus alternativas. Y, con otro poco de suerte, se daría cuenta de que ella hablaba muy en serio respecto a la salida que le ofrecía. Y ahí acabaría todo. Él no volvería a llamar, no escribiría.

Ella no volvería a ver al subteniente Harlan Jones, de los SEAL de la Armada de los Estados Unidos.

El bebé le dio una patada bien fuerte.

CAPÍTULO 5

Cowboy pensó que Mel iba a desmayarse otra vez sólo por verlo.

Abrió la puerta mosquitera, listo para agarrarla, pero ella salió al porche en vez de dejarlo entrar en la casa.

—¿Qué haces aquí? —parecía estar sin aliento, impresionada, como si de veras hubiera esperado que él siguiera su consejo y se marchara.

Él la miró fijamente a los ojos y se obligó a seguir respirando cuando la magnitud de lo que estaba a punto de hacer pareció aposentarse sobre su pecho.

—Creo que puedes imaginártelo.

Melody se sentó al borde de una de las tumbonas de plástico que aún no habían metido dentro de la casa para el invierno.

—Ay, Dios.

Él se había puesto su uniforme blanco de gala, con gorra y todo. Hasta había sacado brillo a sus zapatos para la ocasión. Aquélla no era una visita cualquiera.

—Tesoro, ¿quién...? —la voz de Brittany se apagó cuando miró por la mosquitera.

—Buenas noches, señora —Cowboy no estaba seguro de si el porche se consideraba parte del interior de la casa o no. Pensó que el techo que tenía sobre la cabeza tenía que contar para algo, y se quitó la gorra. Además, no quería ser grosero. Ya tenía demasiados puntos en contra, tal y como estaban las cosas.

Brittany lo miró con atención.

—¿Todo eso son medallas? —preguntó.

—Sí, señora.

Melody no lo estaba mirando. Tenía la mirada perdida y los ojos fijos en el otro extremo del jardín y en la carretera que lleva al pueblo. Parecía agotada y más infeliz de lo que Cowboy la había visto nunca. Ni siquiera en Oriente Medio, en medio del peligro, le había parecido tan abatida.

Su hermana abrió la mosquitera.

—Dios mío, tienes... Debe de haber... ¿Cuántas hay?

—Trece.

—Trece medallas. Santo Dios.

Se inclinó un poco más para mirar las medallas y Cowboy se aclaró la garganta.

—Si nos perdonas, Brittany... Verás, he venido a pedirle a Melody que se case conmigo.

Consiguió decirlo sin atragantarse. Cielo santo, ¿qué estaba haciendo allí? La respuesta le llegó enseguida: estaba haciendo lo único que podía hacer. Estaba haciendo lo correcto.

Melody lo miró, visiblemente sorprendida porque hubiera sido tan directo.

Él le sonrió y rezó por no parecer tan aterrorizado como se sentía. Ella le había dicho en París que no podía resistirse a su sonrisa. Cowboy le tendió la mano.

—¿Qué te parece si damos un paseo?

Pero ella no aceptó su mano. De hecho, le faltó poco para apartársela de un manotazo.

–¿Es que no oíste nada de lo que dije esta tarde?

Por lo visto, en los siete meses anteriores había aprendido a resistirse a él.

–Bueno, yo me voy a... Me voy –Brittany volvió a entrar en la casa.

–No me necesitas –dijo Cowboy, repitiendo las palabras de Melody–. No me quieres. Lo tienes todo pensado. Tú sola puedes darle al bebé todo lo que necesita. Pero te equivocas. Sin mí, no puedes darle legitimidad. Y no puedes ser su padre.

Sus palabras sonaron mucho más amargas de lo que pretendía y, mientras la miraba, los ojos de Melody se llenaron de lágrimas.

–No dije esas cosas adrede para hacerte daño, Jones –le dijo en voz baja–. Sólo pensé que... Quería darte oportunidad de escapar. De irte de aquí libre y sin trabas. Quería evitar que hicieras lo que estás haciendo en este momento. Pensé que, si podía hacerte comprender que de verdad no necesito que me mantengas a mí o al bebé...

–¿De verdad creíste que me iría? –Cowboy sintió un vuelco en el estómago.

A Melody estuvieron a punto de saltársele las lágrimas, pero consiguió refrenarse parpadeando.

–Pensé que si te convencía de que no tienes ninguna responsabilidad conmigo...

–¿En serio creías que iba a dar media vuelta y a volver a la brigada y a no volver a pensar en ti? –Cowboy se dejó caer pesadamente en una silla, enfrente de ella–. Cariño, no me conoces muy bien.

Melody se inclinó hacia delante.

—De eso se trata. No nos conocemos en absoluto. Estuvimos juntos... ¿cuánto? ¿Ocho días? Y durante ese tiempo hablamos ¿cuánto? ¿Ocho horas? Eso no es suficiente para construir una relación de pareja, y menos aún para casarse.

Incluso cansada, incluso sin sonreír por la seriedad de la discusión, estaba preciosa.

Tenía una hilera de pecas sobre la nariz y las mejillas y daba la impresión de haber madurado lentamente al sol del verano. El embarazo había dado a su cuerpo voluptuosidad; había dotado a sus pechos y a sus caderas, que antes parecían casi los de un muchacho, de una redondez mucho más femenina. Su cara era también más llena, menos mona e infantil y más bella y adulta.

Cowboy quería tocarla. Se moría por apoyar la mano sobre su vientre tenso y sentir la realidad de su bebé (del bebé de él) bajo los dedos.

Habían hecho aquello juntos. Habían creado aquel bebé en el estrecho aseo de aquel 747 con destino a París. Tenía que haber sido entonces. Era la única vez que no habían usado preservativos. Qué demonios: era la única vez en trece años que Cowboy había practicado el sexo sin usar un condón.

Recordaba aún la rapidez con que había tirado por la borda una vida entera de precaución y control. Y recordaba también la sensación exquisita, sobrecogedora, que había experimentado al hundirse profundamente en ella.

Maldición, cuánto deseaba hacerlo de nuevo. Una y otra vez...

Se aclaró la garganta, incapaz de ocultar el ardor de sus ojos al mirarla.

—Es sólo que... en fin, déjame decirlo de esta manera.

Se me ocurren modos mucho peores de pasar el resto de mi vida que casarme contigo.

Casarse. Maldición, aquella palabra todavía le mareaba.

Ella le sostuvo la mirada con ojos del color de un cielo perfecto de verano. Eran tan familiares, aquellos ojos... Cowboy había soñado con ellos tantas veces que había perdido la cuenta. Había soñado con estar allí sentado, frente a ella, en el porche de su casa, mirándola.

Había soñado con tocarla. Deslizaría un dedo por la sedosa suavidad de su mejilla y ella sonreiría y le abriría los brazos. Y luego, por fin, después de todos aquellos meses ansiando saborear sus labios, él la besaría y...

Pero allí, en la vida real, no se atrevió a tocarla. Y ella no sonrió. Simplemente, apartó la mirada.

Pero no sin que antes Cowboy viera el ardor de la atracción iluminar su cara. Todavía quedaba una chispa entre ellos. A pesar de todo lo que ella había dicho, su presencia no la dejaba fría. Sin embargo, no bastaba con eso.

—A mí no se me ocurre nada peor —dijo ella suavemente— que casarme por un mal motivo.

—¿Y no crees que el bebé que llevas dentro sea un buen motivo?

Melody levantó la barbilla en aquel gesto de desafío que él conocía tan bien.

—No, no lo creo. El amor es la única razón por la que dos personas deberían casarse.

Él se dispuso a contestar, pero ella lo detuvo.

—Y sé que no me quieres, así que no insultes a mi inteligencia intentando siquiera fingir lo contrario. En realidad, la gente no se enamora a primera vista... ni siquiera después de ocho días. Lujuria, sí, pero no amor. El amor necesita tiempo. La clase de amor en la que se basa una relación a largo plazo (una relación como el matrimonio) necesita crecer durante semanas y meses, incluso años. Lo que sentimos durante mi rescate y los días que siguieron no tuvo nada que ver con el amor. El amor son cosas normales: compartir el desayuno y luego irse a trabajar. Trabajar juntos en el jardín los fines de semana. Sentarse en el porche de atrás a contemplar el atardecer.

—Yo, cuando me voy a trabajar, tardo un mes en volver —dijo Cowboy en voz baja.

—Lo sé —ella le lanzó una sonrisa triste—. Y yo no quiero un marido así. Si alguna vez me caso, será con un hombre que como mucho se arriesgue a segar el césped al lado de un avispero.

Cowboy se quedó callado. Nunca había sido muy dado a largos discursos. No era de los que filosofaban o debatían durante horas sobre el más nimio detalle de una cuestión, como hacía Harvard.

Pero en aquel momento crucial, deseó tener la elocuencia de Harvard. Porque sabía lo que sentía, pero no estaba seguro de ser capaz de encontrar las palabras adecuadas para expresarlo.

—A veces, Mel —comenzó a decir lentamente, indeciso—, hay que aceptar lo que la vida te da. Y a veces es muy distinto a lo que esperabas o a lo que soñabas. Quiero decir que yo no me imaginaba casado y con familia hasta dentro de muchos años, y aquí estoy, sentado delante de ti con un anillo en el bolsillo.

—No voy a casarme contigo —dijo ella—. ¡No quiero casarme contigo!

Cowboy alzó la voz, a pesar de que se había propuesto conservar la calma.

—Sí, bueno, cielo, a mí tampoco me vuelve loco la idea —respiró hondo y cuando volvió a hablar su voz sonó más suave—. Pero es lo correcto.

Ella se llevó la palma de la mano a la frente.

—Lo sabía. Sabía que ibas a venirme con ésas.

—Por supuesto que sí. Porque creo que ese bebé, que es tan tuyo como mío, Mel, se merece un apellido.

—Y lo tendrá. ¡El mío!

—Y crecerá en este pueblecito, donde todo el mundo sabrá que es un bastardo. Sí, estás pensando mucho en él, ¿no?

Los ojos de ella brillaron de rabia.

—Deja ya esa mentalidad medieval. Hoy en día hay muchísimas madres solteras. Puedo cuidar de mi hijo yo sola...

—Lo sé. Ya te he oído. Lo tienes todo planeado. Hasta has pensado en sus estudios. Pero, ¿sabes?, hay una cosa que no puedes darle, y es la oportunidad de conocer a su padre. Yo soy el único que puede asegurarse de que el niño crezca sabiendo que tiene un padre al que le importa.

Cowboy apenas podía creer que aquellas palabras hubieran salido de su boca. Se alegró de estar sentado. Un padre al que le importaba. Demonios, hasta parecía que sabía de qué estaba hablando. Como si supiera cómo asegurarse de que aquel bebé creciera con la convicción de que era amado.

En realidad, no tenía ni idea. Su padre había sido un fracaso en ese aspecto. El vicealmirante Jones, siempre tan reglamentario, era un perfeccionista. Era áspero de trato, exigente y frío (menos cuando Cowboy había sido aceptado en los SEAL), y nunca se daba por satisfecho con nada de lo que hacía su hijo. Aquel hombre había sido su único modelo, así que Cowboy no estaba seguro de que estuviera listo para acercarse a menos de cien metros de un chiquillo impresionable.

Pero, de todos modos, no tenía elección, ¿no? Sacó la

cajita del anillo de su bolsillo y la abrió. Se la tendió a Melody.

—Mel, tienes que casarte conmigo. Ya no se trata de ti y de mí.

Melody ni siquiera se sentía capaz de mirar el anillo.

Se levantó trabajosamente, luchando por contener el llanto. Había cometido un error al asumir que a Jones no le importaría. Le había juzgado mal, pensando que su gusto por la diversión y el placer, y su miedo a las ataduras pesarían más que su sentido de la responsabilidad.

Pero el sentido de la responsabilidad no bastaba para crear un hogar feliz.

—Lo peor que podemos hacer por el bebé es meternos en un matrimonio que ninguno de los dos quiere —dijo—. ¿Qué vida familiar íbamos a darle, cuando ni siquiera sabemos si nos gustamos?

Aquello pareció dejar perplejo a Jones. Masculló una maldición y empezó a sacudir la cabeza.

—Tú me gustas. Y pensaba que yo también te gustaba a ti —se rió, incrédulo—. Quiero decir que... en fin...

Ella se detuvo con la mano en la puerta mosquitera.

—Me gustabas —le dijo—. Me gustabas muchísimo cuando eras lo único que me separaba de la muerte, cuando estábamos dentro de esa embajada. Y me gustabas aún más cuando estábamos a salvo y me hacías el amor. Pero hay muchas más cosas en ti, aparte de tus habilidades como SEAL y tu considerable talento en la cama. Y es esa parte de ti la que conozco. Y tú tampoco me conoces a mí. Seamos sinceros. No me conoces.

«Seamos sinceros». Pero Melody no estaba siendo sincera, en realidad. Le gustaba Cowboy Jones. Lo admiraba y lo respetaba, y cada vez que él abría la boca, cada minuto que permanecía a su lado, le gustaba más y más.

Sus sentimientos no tardarían mucho en convertirse en algo más fuerte.

Y eso le traería problemas, porque la aventura y las emociones fuertes eran el pan de cada día de aquel hombre. Era imposible que se sintiera satisfecho casado con una mujer tan poco aventurera y anodina como Melody Evans. Y cuando la novedad de haber hecho lo correcto se disipara, ambos se sentirían desgraciados.

Para entonces, él se habría aburrido de ella y ella (tonta como era) estaría irremediablemente enamorada de él.

Melody lo miró mientras abría la puerta y entraba en la casa.

—Así que no, subteniente Jones, no voy a casarme contigo.

—Necesito una habitación.

La anciana señora de detrás del mostrador del hostal del pueblo podría haber sido un ojeador de los SEAL. Cowboy notó que nada pasaba desapercibido a aquella mirada aguda y escrutadora. Ella se fijó enseguida en su uniforme naval, en sus zapatos perfectamente lustrados, en el montón de medallas que decoraba su pecho. Sin duda estaba memorizando el color de sus ojos y de su pelo y retratando mentalmente su cara, quizá para tenerla presente cuando viera en la tele *Policías* o algún otro programa de sucesos. Así podría asegurarse de que el uniforme no era un disfraz cuando, en realidad, lo buscaban por crímenes horrendos en siete estados distintos.

Él le dedicó su sonrisa de cien dólares.

Ella no pestañeó.

—¿Cuántas noches?

—Sólo una, señora.

La señora frunció los labios, y su cara pareció aún más larga y enjuta cuando deslizó un impreso sobre el mostrador, hacia él.

—¿Es usted de Texas?

Cowboy se detuvo antes de tomar el bolígrafo. Su acento no era tan obvio.

—Tiene buen oído, señora.

—Era una pregunta, joven —le dijo severamente—. Sólo estaba preguntando. Pero lo es, ¿no? Es usted ese marinero de Texas.

Otra anciana, ésta tan redonda y baja como la otra alta y estrecha, salió de la trastienda.

—Ay, Señor —dijo, parándose en seco al verlo—. Es él, ¿verdad? El marino de Melody.

—Quiere quedarse a pasar la noche, Peggy —dijo la mujer de cara severa, con la voz cargada de reproche—. No estoy segura de querer a un individuo de su clase en nuestro establecimiento. Montando toda clase de fiestas escandalosas. Y dejando embarazadas a todas las chicas del pueblo.

¿Dejando embarazadas a todas las...?

—Hannah Shelton ha llamado diciendo que acababa de comprar un anillo de pedida en la joyería de la calle Front —dijo Peggy, la señora rechoncha—. A crédito.

Ambas se volvieron para mirarlo.

—Ya era hora —resopló la alta.

—¿Se lo habrá dado? —se preguntó Peggy.

Era curioso cómo hablaban de él como si no estuviera allí, a pesar de que ambas lo miraban fijamente.

Cowboy decidió que lo mejor sería ignorar sus comentarios.

—Quisiera una habitación con teléfono, si es posible

—dijo mientras rellenaba el impreso—. Tengo que hacer algunas llamadas fuera del estado. Tengo tarjeta telefónica, claro.

—Ninguna de nuestras habitaciones tiene teléfono privado —le informó la señora alta.

—Nuestros huéspedes pueden usar el teléfono del vestíbulo —Peggy señaló un aparador antiguo, al otro lado de la habitación, sobre el que reposaba un teléfono de disco tan viejo como el mueble.

El teléfono del vestíbulo. Claro. En aquella casa, no había una sola conversación de la que Peggy y la señora pájaro no se enteraran.

—Ha comprado un anillo de pedida, ¿verdad? —preguntó la mujer alta entornando los ojos; por fin se dirigía a él directamente—. ¿Con intención de dárselo a Melody Evans?

Cowboy se esforzó por ser amable.

—Eso es un asunto privado entre la señorita Evans y yo.

—¡Gracias a Dios que todavía estás aquí! —Brittany irrumpió en el vestíbulo del hostal—. Tengo que hablar contigo.

—Es Brittany Evans —le dijo Peggy a su compañera de gesto agrio.

—Ya lo veo. Quiere hablar con el marinero.

—¿Tienes unos minutos? —preguntó la hermana de Mel a Cowboy.

Él se encogió de hombros.

—Sí, claro. Aunque no estoy seguro de que la Inquisición haya acabado conmigo.

Ella se rió, y él distinguió rasgos de Melody en su rostro. La oleada de anhelo que se apoderó de él casi lo abrumó. ¿Por qué no podía ser aquello más fácil? ¿Por qué no había llegado a Appleton y había encontrado a Melody feliz de verlo... y no embarazada de siete meses?

Pero pensar en esas cosas no iba a ayudarlo. No podía cambiar el pasado; eso estaba fuera de su alcance. Y, por difícil que pareciera, tenía que conseguir que Mel cambiara de opinión. Tenía que hacerla ver que sólo había una solución.

Al marcharse con la sortija todavía en el bolsillo, se le había ocurrido que se había equivocado de táctica. No debería haber intentando convencer a Melody. No debería haber malgastado sus energías con argumentos. Debería haber intentado seducirla para que volviera a aceptarlo.

Sí, claro, seguramente el sexo, por fantástico que fuera, no bastaba para basar una relación a largo plazo. Pero el sexo y un bebé a punto de nacer no eran malos cimientos por los que comenzar.

Brittany se volvió hacia las señoras, las señaló con el dedo y les clavó una mirada de enojo.

—Peggy, Estelle, si alguna de las dos dice una sola palabra de que he venido a hablar con el subteniente Jones y mi hermana se entera, os juro que os corto los rosales con una sierra mecánica. ¿Entendido?

Estelle no parecía convencida. Levantó su nariz aguileña.

—Nunca lo haría.

Peggy no estaba tan segura.

—Puede que sí.

Brittany agarró a Cowboy del brazo.

—Vamos, subteniente. Demos un paseo.

Él levantó del suelo su macuto y salió tras ella al atardecer.

El sol se estaba poniendo y el aire refrescaba. Después de semanas de buen tiempo, el otoño parecía estar llegando por fin.

La hermana de Melody marchó en silencio hasta que estuvieron a cincuenta metros del porche del hostal. En ese momento, Cowboy se aventuró a hablar.

—Dudo que puedan oírnos desde esta distancia. Aunque supongo que podrían estar siguiéndonos el rastro con un SATCOM KH-12 —al ver que ella arrugaba la frente, extrañada, explicó—: Un satélite espía. Les iría que ni pintado.

Brittany se rió, hizo girar los ojos y cruzó la calle en dirección a la plaza del pueblo.

—Dios, puedo imaginármelas en el sótano, en un estudio con todo tipo de cachivaches de tecnología punta, con auriculares sobre el pelo lila, escuchando alegremente las conversaciones de todo el pueblo.

—Parecen apañárselas muy bien solas. De hecho, seguramente podrían enseñarles un par de cosas a los de la Inteligencia Naval.

Appleton era el perfecto pueblecito de Nueva Inglaterra, con sus casas del siglo XVIII dispuestas alrededor de una plaza rectangular que parecía salida de una postal. La plaza estaba cubierta de hierba verde y densa y cruzada de caminitos para pasear. Aquí y allá había bancos para sentarse y grandes árboles. Brittany se dirigió a un banco.

—En este pueblo hay una red de chismosos que no puedes ni imaginarte. Tenemos la mayor concentración de cotillas por barba de todo el estado.

Cowboy masculló una maldición.

—Habrá sido muy duro para Melody. Cuando empezó a notársele el embarazo, quiero decir. Seguramente hubo muchas habladurías.

—La verdad es que no les dio ocasión de hablar. Vamos a sentarnos. Llevo todo el día de pie, corriendo de un lado para otro —Brittany se dejó caer en el banco pintado de blanco y Cowboy se sentó a su lado.

De un parque de juegos, al otro lado de la pradera, les llegaba un sonido de risas infantiles. Algún día su hijo jugaría allí. Su hijo. Cowboy sintió un escalofrío de miedo por la espalda. ¿Cómo iba a tener un hijo? Ni siquiera estaba listo para dejar de ser un niño.

—Melody se fue a la ciudad a comprar una prueba de embarazo —prosiguió Brittany—. Sabía que, si la compraba aquí, todo el mundo se habría enterado a los dos minutos de salir de la tienda. Cuando la prueba dio positivo, no tuvo que pensar mucho tiempo para decidir que el aborto no era para ella. Y dar al niño en adopción también estaba descartado. Así que allí estaba, embarazada, a punto de ser madre soltera. Se dio cuenta de que tarde o temprano todo el pueblo se daría cuenta de su estado, así que... —se interrumpió y se echó a reír, sacudiendo la cabeza—. Lo siento. Todavía no me creo lo que hizo. Pero mi hermanita se presentó en una de las reuniones del Club de Señoras de Estelle Warner. El Club de Señoras es en realidad el nombre en clave de Cotillas Anónimas. Yo no suelo ir (Estelle y yo no hacemos precisamente buenas migas), pero ese día estaba allí. Había ido a pedir apoyo para el programa de concienciación contra el sida del hospital.

»Al principio, pensé que Melody había ido a apoyarme, pero cuando Hazel Parks abrió el turno para tratar otros temas de discusión, Mel se levantó, carraspeó y dijo: «Quiero que todas sepan que no tengo intención de casarme y que, sin embargo, estoy embarazada de dos meses». Ni siquiera les dio tiempo a decir esta boca es mía. Siguió hablando. Les contó todo: que tú eras el padre y que pensaba quedarse con el bebé.

»Se quedó allí –continuó Brittany–, mirando a los ojos a todas esas chismosas y se ofreció a contestar a cualquier pregunta que tuvieran sobre su estado y sus planes. Hasta pasó una foto tuya.

Cowboy sacudió la cabeza, admirado.

–Les dijo la verdad. Y, una vez conocieran la verdad, nadie especularía –Cowboy hizo una pausa–. Dios, ojalá me lo hubiera dicho a mí también. Ojalá...

Debería haberla llamado a principios del verano. Debería haberse tragado su orgullo mucho antes y haber levantado el teléfono. Debería haber estado allí. Debería haberlo sabido desde el principio.

–Aunque Estelle y Peggy se fingieron escandalizadas, tengo que admitir que hasta ellas han echado una mano. Incluso le hicieron a Mel regalos para el bebé a los que contribuyó todo el Club de Señoras –Brittany lo miró–. Ha habido habladurías, pero no muchas. Y casi todas se referían a ti.

Cowboy suspiró.

–Y yo me presento de pronto en el pueblo y desato las malas lenguas. No me extraña que Melody quisiera que me fuera lo antes posible. Sólo le estoy poniendo las cosas más difíciles, ¿verdad?

–Oí lo que le dijiste esta tarde en el porche a mi hermana –dijo Brittany sin rodeos–. Y oí lo que te dijo ella, sobre que no te necesitaba. No la creas ni por un segundo. Finge ser fuerte y resistente. Pero yo sé que no es así.

»Ha estado triste y deprimida desde que volvió de París –continuó–. Y puede que crea de todo corazón que casarse contigo no la hará más feliz, pero tengo que decirte que, hoy en el hospital, la observé cuando te miraba. Y por primera vez desde hace más de seis meses, parecía viva otra vez. No dejes que te ahuyente.

Cowboy miró a la mujer sentada a su lado y sonrió.

—No pensaba ir a ninguna parte. De hecho, pensaba volver a vuestra casa mañana a primera hora.

Brittany respiró hondo.

—Bien. De acuerdo. Entonces, yo no estaré allí.

—Y, por cierto, ya que noto fuertes indicios de que somos aliados, deberías saber que mis amigos me llaman Cowboy.

Ella levantó una ceja.

—Cowboy. ¿Y te llaman así porque eres de Texas o porque eres una especie de potro salvaje?

—Un poco por las dos cosas.

Brittany se echó a reír.

—Tiene gracia. No sé por qué, pero siempre me imaginé que Melody pasaría el resto de su vida con un contable, no con un superhéroe.

Cowboy sonrió con desgana. Ojalá pudiera estar seguro de que Melody acabaría viendo las cosas a su modo. Y pese a su creencia de que casarse era la única solución, deseó que la idea de prometer fidelidad a una mujer para el resto de su vida no lo asustara tanto.

Había quedado tan prendado de Melody que había sido incapaz de dejar de pensar en ella durante los meses que habían pasado separados. Le había encantado hacerle el amor. Pero ella tenía razón. No había ido a Appleton a jurarle amor eterno. Había ido a reanudar su aventura. A acostarse con ella, no a contraer matrimonio.

Pero ahora tenía que convencer a Mel de que casara con él.

Sería bastante difícil, aunque él no tuviera también dudas y miedos. Y se le estaba agotando el tiempo. Su permiso acababa el lunes a las nueve de la mañana.

Cerró los ojos, pensando en lo difícil que era todo. Comparado con aquel lío, un rescate de rehenes era pan comido.

CAPÍTULO 6

Melody era una rehén en su propia casa.
Naturalmente, era rehén de su propia estupidez y de su necedad, pero saberlo no hacía que se sintiera mejor. De hecho, empeoraba las cosas.

Cowboy Jones llevaba más de dos horas sentado en el porche de delante. Había llamado a la puerta mientras ella se vestía para ir al último servicio de la Iglesia Congregacional. Ella se había envuelto en una bata y había entrado en la habitación de Brittany con intención de rogarle que le dijera que no estaba en casa.

Pero la cama de Brittany ya estaba hecha. Su hermana se había ido hacía rato. Había una nota en la mesa de la cocina, diciendo que había olvidado decirle a Melody que le había prometido a una amiga del hospital hacer su turno. Volvería tarde a casa.

Así que Melody se había escondido de Jones. No había contestado al timbre. Y Jones se había acomodado en el porche, decidido a esperar todo el día a que volviera a casa, o eso parecía.

Así que, si salía ahora, se vería obligada a admitir que

había estado en casa todo ese tiempo. Suponiendo, desde luego, que él no lo supiera ya.

Intentó leer y no dejarse turbar por el hecho de que el hombre con el que había compartido tantas intimidades estuviera sentado a unos metros de ella. Intentó convencerse de que las punzadas de irritación y deseo que sentía se debían a que no podía trabajar en el jardín. Tenía pensado pasar la tarde fuera, al sol y al aire libre.

Y allí estaba. Encerrada dentro de su casa.

Melody abrió despacio la ventana de la habitación que había destinado al bebé, con cuidado de no hacer ruido. Hacía un día precioso: fresco y límpido. Pegó la nariz a la mosquitera y respiró hondo.

No era posible que hubiera sentido una ráfaga del olor viril de Harlan Jones, ¿verdad? Claro que no. Estaba en la tercera planta. Eran imaginaciones suyas. Se estaba acordando...

—Hola.

El sonido de una voz en el jardín la sobresaltó y la hizo apartarse de la ventana. Pero era sólo Andy Marshall, que cruzaba el jardín de los Romanella.

—Eso no es un uniforme del Ejército de Tierra, ¿no? —Andy no hablaba con ella. Ni siquiera la había visto. Melody se acercó más a la ventana para mirar hacia abajo—. Mi viejo está en Infantería.

—Yo soy de la Armada —contestó Jones desde debajo del porche.

—Ah —Andy parecía decepcionado—. Entonces supongo que no conoces a mi padre.

—Supongo que no —Jones parecía soñoliento. Su acento del oeste era más pronunciado. Melody se lo imaginó recostado en una de sus tumbonas, con los pies en alto y los ojos entornados, como un león al sol. Relajado, pero consciente de todo cuanto lo rodeaba.

–Parece muy incómodo, abotonado hasta arriba –comentó Andy.

–No es para tanto.

–Sí, bueno, pareces un mono. Yo no me lo pondría ni en un millón de años.

–Seguramente no. Sólo los más listos, los más duros y los más fuertes entran en los SEAL. Tú probablemente ni te acercarías.

En el césped, Andy dio un paso atrás.

–Vete al infierno.

Jones bostezó.

–Tú también. Si no quieres que te insulte, no me insultes tú a mí. Pero la verdad es que el entrenamiento de los SEAL es muy duro. La mayoría de la gente no tiene lo que hay que tener y acaba dejándolo. Huyen, como hiciste tú ayer.

Melody dio un respingo. Jones se estaba pasando de la raya.

–Y tú eres una especie de dios, ¿no? –respondió Andy con rabia–. Porque lo acabaste...

Jones se echó a reír.

–Eso es. Mi categoría salarial es O-2, pero tengo el rango de Dios. Cuando te apetezca puedes inclinarte y arrastrarte ante mi magnificencia. Y si no me crees, ve a la biblioteca y lee lo que puedas conseguir sobre el BUD/S, el programa de entrenamiento de los SEAL. Aunque, naturalmente, en tu caso tendrás que aprender a leer primero.

Melody observó a Andy, segura de que daría media vuelta y se marcharía a la carrera. Pero vio con sorpresa que el chico se reía y se sentaba en los escalones del porche.

—Te crees muy gracioso, ¿no? —respondió.

—Eh, que soy un dios. No necesito ser gracioso. Los mortales se ríen hasta cuando hago un mal chiste.

—¿De verdad es tan duro? Ya sabes, en entrenamiento.

—Es de locos —contestó Jones—. Pero ¿sabes lo que aprendí cuando lo hice?

—¿Qué?

—Que puedo hacer cualquier cosa —Jones hizo una pausa y Melody se imaginó su sonrisa—. Ningún trabajo es demasiado duro. Ninguna tarea es imposible. Si no puedo trepar por encima de algo, puedo rodearlo nadando. Y si no puedo rodearlo nadando, lo vuelo y atravieso los escombros.

Melody cerró los ojos. Jones había hecho eso mismo con su vida. La había hecho saltar en pedazos y ahora se estaba abriendo paso entre los escombros.

—Así que tú eres el que dejó preñada a Melody Evans, ¿eh? —preguntó Andy.

Jones se quedó callado unos segundos. Y cuando habló no había la más leve traza de humor en su voz.

—¿Te importaría expresar de otro modo esa pregunta para que esté seguro de que no pretendes ofender a la mujer con la que pienso casarme? Conmigo puedes meterte todo lo que quieras, pero con Melody no. Ni a su espalda, ni a la cara. ¿Entiendes lo que te digo?

—Pero ella no te quiere por aquí.

—Dime algo que no sepa.

—Entonces, ¿por qué te molestas? —preguntó Andy—. Deberías alegrarte y largarte mientras tienes oportunidad. Eso fue lo que hizo mi padre. Se largó antes de que yo naciera. Nunca lo he conocido, ¿sabes? Lo único que tengo de él es este estúpido reloj.

El reloj de Andy. Melody recordó con que cuidado lo

había inspeccionado después de su pelea con Alex Parks en el parque. Había sido el reloj de su padre. Melody había adivinado que era importante para él de algún modo.

—Lo siento —dijo Jones suavemente.

—Sí, bueno, ya sabes, seguramente tenía cosas que hacer. Mi madre me dijo que estaba destinado en el extranjero y que ella no quiso irse. Pero él no tenía elección. Cuando estás en el ejército, tienes que ir donde te manden. No tienes mucho tiempo libre para gastarlo teniendo hijos —casi parecía estar recitando, como si se hubiera dicho aquello una y otra vez en un intento por justificar los actos de su padre.

Jones se quedó callado, y Melody comprendió que no quería llevar la contraria al muchacho.

Pero luego el propio Andy se echó a reír con desdén.

—Sí, ya. No sé por qué lo defiendo. Como si no hubiera huido de nosotros.

A Melody se le rompió el corazón por el chico. Andy estaba en una edad en la que empezaba a dudar de los cuentos de hadas que le había contado su madre. Todavía se los sabía de memoria, pero empezaba a vislumbrar la verdad que se escondía tras ellos.

Pasó un momento antes de que Jones o el muchacho volvieran a hablar.

—Melody está en casa, ¿sabes? —dijo Andy por fin—. Su coche está en el garaje.

—Lo sé.

Melody cerró los ojos. Jones lo sabía.

—He pensado que tarde o temprano se cansará de esconderse y saldrá a hablar conmigo.

—Tendrá que salir mañana por la mañana —dijo Andy—. Tiene que ir a trabajar.

—Sí, ya —dijo Jones—. Pero el lunes por la mañana yo

me habré ido. A no ser que me den más días de permiso. Qué demonios, con la cantidad de vacaciones que me deben, podría estar aquí sentado hasta el día de Acción de Gracias.

¿Más días de permiso? Melody cerró los ojos. Oh, Dios, no...

—Sería una idiotez pasar así las vacaciones.

—Sí —contestó Jones—. Pero si es lo que tengo que hacer...

—Pero no tienes por qué hacerlo —repuso Andy—. Ella no quiere que te quedes. No quiere casarse contigo. Si yo fuera tú, me habría largado hace tiempo. Porque ¿qué vas a sacar en claro, de todos modos? Quiero decir que hace siete meses, sí, seguramente estaba muy buena. Pero ahora está... bueno, no es por criticar, pero está gorda y ridícula.

Melody hizo una mueca de desesperación. Andy era sólo un niño. ¿Qué le importaba a ella lo que pensara de su atractivo físico? Pero le importaba. Le importaba lo que pensara Jones y se armó de valor, esperando su respuesta.

—Está gorda y ridícula, como tú dices con tan poca delicadeza, porque yo la puse así —contestó Jones—. Yo la dejé embarazada y tengo que solucionarlo. Yo no me enfrento a mis problemas huyendo y escondiéndome como una niña asustada.

Melody no pudo soportarlo más. No sólo estaba gorda y ridícula, sino que además era una cobarde.

Bajó las escaleras y abrió la puerta antes de que le diera tiempo a pensar.

—Yo no me estoy escondiendo —anunció al salir al porche.

Andy pareció sobresaltado al verla aparecer, pero Jones se limitó a sonreír como si hubiera estado esperándola.

—Sabía que ésa te haría salir —dijo.

Estaba recostado en una de las tumbonas, con los tobillos cruzados, las manos detrás de la cabeza y los codos hacia fuera, como Melody se lo había imaginado.

—¿Estabas escuchando? —Andy parecía avergonzado.

—Sí —contestó Melody enérgicamente—, estaba escuchando. Con estas gordas y ridículas orejas. Estaba practicando el arte del cotilleo, tan propio de Appleton.

—Yo no quería...

—Que te oyera. No me digas, Einstein. Todavía me debes una disculpa por hacer que me diera esa carrera ayer.

—Lo siento —dijo Andy.

Su rápida y aparentemente sincera disculpa sorprendió a Melody.

—Sí, bueno —dijo—, es natural que lo sientas.

Jones sonrió a Andy.

—Gracias por hacerme compañía, pero creo que lo entenderás si te digo que te pierdas.

Andy se marchó antes de que Melody pudiera pestañear.

Jones se incorporó, puso una pierna a cada lado de la tumbona y dejó espacio en el cojín, delante de él. Dio unas palmadas en el cojín.

—Siéntate. Tienes cara de que te vendría bien un masaje en la espalda.

Tenía razón. La tensión de las horas anteriores le había agarrotado los hombros. Pero no pensaba dejar que la tocara. Sería una locura.

—Vamos —susurró él, tendiéndole la mano. Su sonrisa, increíblemente sexy, estuvo a punto de perder a Melody.

Pero se sentó en la otra tumbona.

—Sabes perfectamente dónde acabaríamos si dejo que me des un masaje en la espalda.

La sonrisa de Cowboy no vaciló.

—Confiaba en que acabáramos cenando juntos.

—Sí, ya. Nunca hemos cenado sin acabar en la cama —dijo ella bruscamente—. Jones, ¿de qué serviría que volviéramos a acostarnos?

El calor de los ojos de Cowboy se hizo más intenso.

—Se me ocurre una razón excelente: recordarte lo bien que estábamos juntos.

—Cuando practicábamos el sexo —añadió ella.

—Y el resto del tiempo también.

Melody tuvo que reírse.

—No había resto del tiempo. Estábamos practicando el sexo o inconscientes.

—Pasamos dos días juntos tras las líneas enemigas y en todo ese tiempo apenas te toqué.

—Eso fueron los juegos preliminares —le dijo ella—. Para ti, por lo menos.

La sonrisa de Cowboy había desaparecido y sus ojos tenían una mirada tan intensa que parecían casi de color verde neón.

—Tú no crees eso, en realidad.

Ella sacudió la cabeza.

—No sé qué creer. No te conozco lo suficiente, sólo puedo hacer conjeturas. Pero me pareció que mientras yo estaba muerta de miedo, tú te lo pasabas en grande.

—Estaba haciendo mi trabajo. Y parte de ese trabajo era impedir que te desanimaras.

—Pues lo hiciste muy bien —dijo ella—. Tenía en ti una fe total. Dios, te habría seguido hasta el infierno, si me lo hubieras pedido.

—¿Y dónde está tu fe en mí ahora? —preguntó él suavemente.

Cuando no sonreía, Jones parecía cansado. Daba la

impresión de haber dormido tan mal como ella esa noche.

—La fe que tengo en ti sigue siendo igual de fuerte —respondió Melody en voz baja—. No me cabe ninguna duda de que crees estar haciendo lo correcto. Pero creo también que casarse sería un completo desastre —se incorporó; su convicción fortalecía su voz—. Tú no serías feliz casado con alguien como yo. Jones, yo trabajo con el cuerpo de voluntarios del pueblo. Voy por ahí recogiendo basura de las cunetas para divertirme. Y cuando me siento de verdad aventurera, trabajo como voluntaria en el refugio de pájaros de Audubon. Créeme, soy muy aburrida.

—No quiero reclutarte para la Brigada Alfa —repuso él—. Tengo seis compañeros de equipo. No necesito casarme con un SEAL.

—Yo tampoco —contestó ella. Se inclinó hacia delante—. ¿Es que no lo ves, Jones? No quiero casarme con alguien como tú. Quiero encontrar un hombre aburrido, corriente, del montón. Un hombre normal.

—Yo soy tan normal y corriente como cualquiera...

Ella lo cortó.

—¡Vamos, por favor!

—Lo soy.

—Sí, te imagino en el jardín, usando la recortadora de setos o limpiando los canalones. O ayudándome a comprar los muebles del bebé. Sí, te iría como anillo al dedo. Podrías «localizar la posición enemiga» cuando fuéramos al supermercado —dijo ella, usando una de las expresiones militares que él le había enseñado durante los pocos días que habían pasado juntos.

Jones sacudió la cabeza, intentando ocultar una sonrisa.

—Vamos, Mel. Tú misma has dicho que no me conoces...

—Te conozco lo suficiente como para saber que eres el polo opuesto a un hombre corriente.

—¿Cómo puedes estar tan segura? —le devolvió sus propias palabras—. O estábamos practicando el sexo, o estábamos inconscientes.

Jones se levantó y Mel comprendió que estaba en apuros. Levantó una mano antes de que él pudiera acercarse más.

—Por favor, no me toques.

Él se sentó a su lado de todos modos, invadiendo su espacio personal y sus sentidos. Dios, qué bien olía.

—Por favor, no me digas que no te toque —contestó él con aquel leve acento tejano que derretía las entrañas de Mel y debilitaba su resolución.

Él pasó los dedos suavemente por su pelo, sin tocarla apenas.

—Podemos hacer que esto funcione —susurró. Sus ojos eran de un verde muy persuasivo, pero había algo en su rostro que convenció a Melody de que estaba intentando persuadirse también a sí mismo—. Sé que podemos. Vamos, Mel, di que te casarás conmigo y subamos a hacer el amor.

—No —Melody se levantó de la silla, ansiosa por alejarse del calor hipnótico de sus ojos. Dios, cómo la aturdía. Abrió la mosquitera y alargó la mano hacia el picaporte.

Pero la puerta estaba cerrada.

Lo intentó otra vez mientras rezaba por que sólo se hubiera atascado un momento. Pero no se movió. Se había cerrado firmemente de golpe tras ella.

Brittany y ella guardaban una llave de repuesto debajo de una tabla suelta, bajo el felpudo de la puerta principal, pero cuando levantó el felpudo la llave no apareció. Claro. La había usado la última vez que se le cerró la puerta estando fuera. Y seguía donde la había dejado: en el aparador de la entrada. Podía verla a través de la ventana, brillando, burlona, entre el montón de correo basura.

Notaba que Jones la estaba observando mientras luchaba por contener las náuseas que la acometían, una tras otra.

No podía entrar en casa.

Las ventanas del piso de abajo no estaban abiertas: Brittany acababa de leer una novela espeluznante sobre un asesino en serie y se empeñaba en cerrarlas por las noches. Hasta las del cuarto de los zapatos estaban cerradas. La única ventana abierta en toda la casa era la de la habitación del bebé: la habitación de la torre, en la tercera planta.

Iba a tener que pedirle ayuda a Jones.

Se volvió hacia él y respiró hondo para calmarse.

—¿Podrías ayudarme, por favor? Tengo que ir al hospital.

Él se levantó de un salto y se acercó a ella en un segundo.

—¿Estás bien?

Melody sintió una punzada de mala conciencia. Por un instante, se permitió desear que la preocupación que ensombrecía sus ojos fuera resultado del amor y no de la responsabilidad. Pero no quería hacerse ilusiones, así que alejó de sí aquellas ideas erráticas y compuso una sonrisa.

—No puedo entrar. Tengo que pedirle su llave a Brittany. Creo que seguramente estará todavía en el trabajo —por favor, Dios, que estuviera allí...

—Ya que vamos a ir al pueblo, ¿por qué no paramos a comer?

—Porque no quiero comer contigo, muchas gracias.

Él se acercó un poco más y jugueteó con el borde de su manga. La tocaba, sin llegar a tocarla del todo.

—Bueno, de acuerdo, entonces nos saltamos la comida, nos vamos a Boston en coche y tomamos el primer vuelo que haya a Las Vegas. Podemos casarnos antes de que anochezca en la capilla Wayne Newton o en algún sitio igual de emocionante. No, no contestes enseguida, cariño. Sé que la idea te abruma y te aturde de emoción.

Melody se rió a pesar de sí misma.

—Dios, no vas a darte por vencido, ¿verdad?

—No, señorita.

Las yemas de sus dedos rozaron el brazo de Melody y ella se apartó, irguiendo la espalda.

—Yo puedo ser tan tozuda como tú.

—No, no puedes. Vosotros los aburridos nunca sois tan tercos como nosotros los aventureros.

Melody sintió que otra oleada de aturdimiento se apoderaba de ella y estiró el brazo hacia atrás. De pronto necesitaba sentarse.

Jones la agarró del codo y la ayudó a sentarse en una silla.

—¿Esto es normal?

Ella apartó la mano.

—Es normal para mí.

—Ya que vamos a ir al hospital, tal vez podrían echarte un vistazo. Ya sabes, para asegurarnos de que está todo bien...

Ella se recostó en la silla y cerró los ojos.

—Está todo bien.

—Pues tú estás un poco verde.

Melody sintió que se sentaba a su lado, notó el calor de su pierna junto a su muslo, sintió la presión de su mano sobre su frente húmeda. Pero no tuvo fuerzas para moverse.

—Me siento un poco verde. Pero es normal. Para mí, o

eso me dice el médico. De vez en cuando vomito. Forma parte del paquete del embarazo. Del mío, por lo menos. Bebo un poco de ginger ale y como una galletita salada y luego, si tengo suerte, me encuentro mejor.

—¿Y el ginger ale y las galletitas están...?

—Convenientemente guardados en la cocina —concluyó ella—. Dentro de la casa.

—Espera. Voy a traértelos.

Melody sintió que se levantaba y al abrir los ojos lo vio bajar del porche.

—Jones...

Él le lanzó una sonrisa.

—No hay puerta que no pueda abrirse —le dijo, y desapareció de su vista.

Cowboy desenganchó la mosquitera y empujó la ventana hacia arriba un poco más. Se deslizó dentro de la casa y miró a su alrededor mientras volvía a colocar la mosquitera.

Aquella habitación estaba recién pintada. Las paredes eran blancas y los marcos de la ventana de brillantes colores primarios. Había una hilera de animales danzantes grabados en las paredes, en aquellos mismos tonos brillantes.

Estaba en la habitación del bebé.

Había una especie de cambiador contra la pared y una flamante cuna blanca montada en un rincón del cuarto. Unos cuantos osos de peluche con cara de tontorrones y sonrisa de felicidad esperaban ya en la cuna.

Cowboy tomó uno. Era tan suave y peludo como parecía, y Cowboy lo sostuvo mientras observaba el resto de la habitación.

Junto a la ventana abierta había una mecedora. También la habían pintado de blanco, y en el respaldo tenía cuidadosamente grabados algunos de los animales que había en las paredes. Sobre la cómoda había, dobladas, unas cortinas estampadas y varias barras de cortina: un proyecto aún por completar.

Era evidente que Melody ya había invertido mucho tiempo preparando aquella habitación para su bebé.

El bebé de los dos.

¿En qué habría pensado ella mientras pintaba aquellos animalitos rojos, amarillos y azules en las paredes? ¿Habría pensado en él? ¿Se habría preguntado dónde estaba, qué hacía?

Miró los ojos de plástico del oso de peluche y no pudo evitar devolverle su sonrisa bobalicona. Pero luego su sonrisa se desvaneció. Si Melody se salía con la suya, su hijo conocería mejor la cara de aquel peluche que la de su padre. Aquel oso sería su compañero constante, mientras que él sería un extraño.

Sintió una oleada de rabia y de frustración que rápidamente se convirtió en desaliento. No podía reprocharle a Melody su desconfianza. Todo lo que había dicho se basaba en la verdad.

No se conocían muy bien el uno al otro. Y para que un matrimonio funcionase hacía falta algo más que sexo y atracción física. Crecer en una casa llena de discusiones, de ira y de tensión podía ser mucho peor que criarse sin un padre.

Y él, además, no era un buen partido. Sí, había dado el salto de marinero raso a oficial, pero no aspiraba a seguir los pasos de su padre y convertirse en almirante.

Tenía algún dinero ahorrado, pero no mucho. En realidad, apenas le habría bastado para pagar el anillo que había comprado en la joyería del pueblo. Había gastado casi todo el dinero de que disponía en su coche y en la preciosa lancha motora que tenía amarrada en Virginia Beach. Le gustaban las máquinas veloces y en eso se gastaba el dinero.

Ni siquiera se le había ocurrido ahorrar. La necesidad de seguridad económica no se le había pasado por la cabeza. No había tenido intención de sentar la cabeza y fundar una familia en mucho tiempo.

Pero allí estaba. De pie, en la habitación de su futuro hijo, con un nudo en el estómago porque no había salida, ni solución fácil.

Sólo quedaba la solución obvia: apretar los dientes y apechugar con la responsabilidad que implicaba el matrimonio y un brusco cambio de vida.

Pero qué demonios: él había hecho a aquel bebé. Ahora iba a tener que vivir con eso. Literalmente.

Cowboy dejó con cuidado el oso en la cuna.

Tenía que bajar a buscar un poco de ginger ale y unas galletas saladas en la cocina, para Melody. Y luego, a pesar de sus dudas, tenía que salir al porche y convencerla de que hiciera lo mejor para el bebé y se casara con él.

Aunque, cada vez que se sentaba a su lado, cada vez que miraba sus ojos azules como el cielo, cada vez que pensaba en ella, le daban ganas de saltarse las negociaciones. No había nada que deseara más que tomarla en sus brazos y llevarla dentro de la casa. Quería llevarla a su dormitorio y enseñarle exactamente lo bien que se entendían. Quería hundirse dentro de ella, perderse en la dulzura que en los siete meses anteriores sólo había conocido en sueños.

A pesar de que el cuerpo casi perfecto de Melody estaba hinchado por el embarazo, la deseaba tanto que apenas podía respirar. Antes nunca se había fijado en las mujeres embarazadas; de hecho, consideraba la falta de una figura de reloj de arena un grave inconveniente. Ahora, en cambio, se encontraba fascinado por los cambios del cuerpo de Melody. Y no podía negar que sentía un arrebato de orgullo viril sumamente primitivo cada vez que la veía.

Él había hecho aquello. La había poseído y hecho suya.

Menos de nombre.

Naturalmente, aquella absurda sensación de orgullo iba acompañada por una buena dosis de temor. ¿Cómo demonios iba a ser un buen padre cuando no tenía ni idea de cómo se comportaba un buen padre? ¿Y cómo diablos iba a dar a luz Melody Evans, tan menuda y delicada, a un bebé tamaño Harlan Jones, destinado a medir un metro noventa, sin poner en riesgo su vida?

¿Y cómo iba a enfrentarse él a sus misiones antiterroristas con la Brigada Alfa, sabiendo que tenía una esposa y un hijo aguardándolo en casa, una esposa y un hijo que dependían de él?

Dio unos cuantos pasos y abrió la puerta del cuarto del bebé; de pronto se encontró en una habitación que parecía ser la de Melody.

Olía al perfume que había sentido a ráfagas ese día y el anterior. Olía a Melody: dulce y fresca. La habitación estaba un poco desordenada; había ropa colgada en el respaldo de una silla y la cama no estaba perfectamente hecha.

Las sábanas tenían un estampado de flores, a juego con la colcha. Sobre el suelo de tarima había algunos cojines tirados. La mesilla de noche estaba repleta de toda clase de cosas: libros, un radiocasete, discos compactos, frascos de loción y de laca de uñas.

Era una habitación bonita, delicada, cómoda y acogedora: como la propia Melody.

Cowboy sorprendió su reflejo en el espejo de cuerpo entero de la puerta del armario. La rigidez de su uniforme de paseo acentuaba su altura y la anchura de sus hombros y, rodeado de cortinas de encaje y florecitas de color rosa, parecía indudablemente fuera de lugar.

Intentó imaginarse vestido de paisano, con vaqueros y camiseta, con el pelo suelto, en lugar de aquella coleta más bien austera, pero ni siquiera así parecía encajar en la bonita estampa de aquella habitación. Era demasiado grandullón. Demasiado musculoso. Demasiado masculino.

Cuadró los hombros. Sintiéndolo mucho, Melody iba a tener que acostumbrarse a él. O redecorar la casa. Porque ninguno de los dos tenía elección. Había ido allí para quedarse.

Bajó las escaleras y encontró la cocina.

Toda la casa estaba decorada con una mezcla agradable de muebles antiguos y modernos. Estaba limpia, pero no obsesivamente.

Registró los armarios en busca de las galletas y encontró una caja. La agarró, sacó una lata de ginger ale del frigorífico, lleno casi hasta los topes de verduras, y recorrió el pasillo hacia la puerta principal. La abrió y se aseguró de que no se cerraba antes de salir al porche.

Melody estaba sentada, casi doblada por la mitad, con la cabeza entre las rodillas. Era una postura difícil, con aquella tripa.

—A veces esto me ayuda, si noto que me voy a desmayar —le dijo sin levantar la mirada.

Cowboy se agachó a su lado.

—¿Sientes que te vas a desmayar?

—Creo que ha sido por imaginarte trepando hasta la ventana del tercer piso —reconoció ella—. Imagino que ha sido así como has entrado en la casa —se volvió para mirarlo por entre un velo de pelo rubio; tenía los ojos abiertos de par en par y los labios fruncidos en un mohín interrogativo—. ¿Me equivoco?

—No es para tanto —Cowboy tenía ganas de besarla, pero en lugar de hacerlo abrió la lata de refresco.

Ella se incorporó y se apartó el pelo de la cara.

—A no ser que hubieras resbalado y te hubieras caído. Entonces sí habría sido para tanto.

Él se echó a reír mientras le daba la lata.

—Era imposible que resbalara. No es una escalada tan difícil.

Ella levantó las cejas en un arco delicado e inquisitivo al tiempo que bebía un sorbo de ginger ale.

—¿No? ¿Y qué es según tú una escalada difícil?

Cowboy se descubrió mirando las pecas que salpicaban liberalmente sus mejillas y su nariz. Su cutis parecía suave y terso, y él podía oler la frescura dulce de su cabello limpio. Santo Dios, cuánto deseaba besarla. Pero ella le había hecho una pregunta.

—Veamos... —se aclaró la garganta—. Difícil es trepar por el lateral de una plataforma petrolífera con borrasca, saliendo de un mar a cinco grados centígrados, llevando a la espalda más de cincuenta kilos de equipo empapado. Comparado con eso, esto no es nada. Pan comido —se miró el uniforme—. Ni siquiera me he manchado.

Ella bebió otro sorbo de refresco mientras lo miraba pensativamente.

—Bueno, pues me has dado la razón.

Cowboy no la entendió.

—¿La razón...?

—Trepar hasta la tercera planta de una casa no es «pan comido». Es peligroso. Y es lo contrario de lo normal y corriente.

Él se rió.

—Oh, vamos. ¿Estás diciendo que debería haberte dejado aquí, mareada, aun sabiendo que tardaría tres minutos máximo en entrar en la casa y traerte el refresco y las galletas?

Melody se apretó la lata fría contra la mejilla.

—Sí. No. ¡No lo sé!

—Bueno, ¿y qué? Puedo hacer algunas cosas que otros no pueden hacer —repuso él.

Ella se levantó.

—Eso es como si Superman dijera: «Bueno, ¿y qué? Puedo saltar un rascacielos de un solo brinco».

Se disponía a entrar en la casa. Cowboy debería haber cerrado la puerta al salir.

—Melody, por favor. Tienes que darme una oportunidad...

—¿Una oportunidad? —su risa estaba teñida de histeria—. Pedirle a alguien que vuele a Las Vegas para casarse contigo no es precisamente lo que yo llamaría una oportunidad.

Él se irguió.

—No puedo creer que ni siquiera quieras intentarlo.

—¿Qué hay que intentar? Tu permiso acaba mañana por la mañana. Sólo Dios sabe qué vas a hacer después y por cuánto tiempo. Si me casara contigo esta noche, sería una... —se detuvo, cerró los ojos y sacudió la cabeza—. No —dijo—, olvídalo. Olvida que he dicho eso. No tiene importancia, porque no voy a casarme contigo —abrió la mosquitera—. Ni ahora, ni nunca. Es así de simple, Jones. Y no puedes hacer nada para que cambie de idea, como no sea transformarte en un contable corto de vista o en un programador informático tirando a calvo.

Cowboy se detuvo cuando iba a dar un paso hacia ella. Temía que entrara en la casa.

—Me las arreglaré para que me den más días de permiso.

—No —dijo ella, y tenía lágrimas en los ojos—. No lo hagas. Lo siento, Jones, pero no lo hagas, por favor. La próxima vez que necesite que me rescaten, te llamaré, ¿de acuerdo? Pero hasta entonces haznos a ambos un favor y mantente al margen.

—Mel, espera...

Ella cerró la puerta con firmeza y él resistió el impulso de ponerse a maldecir y echarla abajo de una patada.

¿Y ahora qué?

A no ser que entrara tras ella, tendría que quedarse esperando a que volviera a salir. Y algo le decía que no era probable que volviera a salir ese día.

Necesitaba más tiempo. Mucho más tiempo.

Y conocía exactamente al hombre que podía ayudarlo.

CAPÍTULO 7

–¿Podría alguien gastarse cien pavos para ponerle más memoria a este chisme? Es como intentar navegar con un ordenador para niños. Juro por Dios que, si tarda mucho más, no seré responsable de mis actos –Wes estaba mirando la pantalla del ordenador con su mejor expresión de psicópata asesino cuando Cowboy le dio en el hombro.

–¿Has visto a Harvard?

Wes ni siquiera levantó los ojos.

–Eh, Bobby... ¿está H. por aquí? –gritó a través de la caseta, antes de mascullar dirigiéndose al ordenador–: No te cuelgues. ¡No te atrevas!

–No –contestó Bobby alzando la voz.

–No –Wes lo miró por fin–. Ah, hola, vaquero. Has vuelto. ¿Te encuentras mejor? –su sonrisa se volvió sagaz–. ¿Por fin has mojado?

Cowboy le dio un cachete en la nuca.

–Eso no es asunto tuyo, cabeza de chorlito. Y, por cierto, podía ver con mis propios ojos que Harvard no está aquí. Lo que te preguntaba es si sabías dónde puedo encontrarlo.

—Cowboy no ha mojado —anunció Wes con una voz de megáfono que contrastaba con la mole compacta de su cuerpo mientras Cowboy se adentraba en la caseta, en busca de una mesa libre y un teléfono—. Mirad, chicos. Es como una marmota mirando su propia sombra. Cowboy se va de permiso y no moja, y a nosotros nos tocan otros seis meses de invierno.

—Estamos en octubre —comentó Blue McCoy con su lento acento sureño—. De todos modos va a llegar el invierno.

—Menos mal que va a llegar algo —dijo Lucky.

Cowboy fingió no oírlos; levantó el teléfono y marcó el número de la casa de Joe Cat.

—Puede que sea el pelo —sugirió Wes—. Tal vez ella te hiciera caso si te lo cortaras.

—O puede que necesites una distracción —intervino Bobby—. Wes y yo hemos ligado con unas chicas asombrosas que van por el Western Bar. El problema es que son tres, así que nos harías un favor si...

—No, gracias —respondió Cowboy mientras oía sonar el teléfono—. No me interesa.

—Sí, eso dije yo también —Lucky puso los pies sobre la mesa—. Supuse que, tratándose de Wes y Bobby, no es que sean asombrosas como una modelo de ropa interior, sino como si salieran en la escena del bar de *La guerra de las galaxias*.

Bobby sacudió la cabeza.

—Esta vez te equivocas, O'Donlon. Estoy hablando de supermodelos en potencia.

—En potencia. Eso significa que o bien tienen doce años, o necesitan cirugía plástica —Lucky hizo girar los ojos.

—Uno de estos días, O'Donlon —dijo Blue con su voz

suave–, vas a darte de bruces con la única mujer del planeta capaz de colmar tu triste existencia, y pasarás de largo porque no tendrá un once en una escala del uno al diez.

—Sí, sí, ya sé, pobre de mí, qué pena —Lucky fingió enjugarse los ojos—. Voy a morir solo. Un viejo solo y arruinado.

En casa de Joe Cat saltó el contestador automático.

—Capitán Joe Catalanotto —dijo al oído de Cowboy, con acento neoyorquino, la voz de Cat—. Ahora no puedo atenderle. Deje un mensaje después de oír la señal.

—Hola, Skipper, soy Jones. Si ves a Harvard, dile que necesito verlo cuanto antes.

—Ese bar al que vamos es de tu estilo, vaquero —dijo Wesley con exagerado acento del oeste cuando Cowboy colgó el teléfono—. Hay baile tejano y todo tipo de cosas del oeste, menos un toro de rodeo.

—Incluidas Staci, Tiffani y la pequeña Samantha Lee —dijo Bobby con un suspiro—. Aunque, con la suerte que tenemos, Wes, Jones saldrá a la pista y se irá con las tres del brazo.

—No me interesa —repitió Cowboy—. De verdad.

La puerta se abrió de golpe al otro lado de la caseta.

Joe Cat entró con Harvard tras él. Ninguno de los dos parecía contento.

—Recogedlo todo, chicos, nos han reasignado. Nos vamos cagando leches de aquí.

A Cowboy le dio un vuelco el corazón. Maldición, lo último que quería era verse obligado a dejar la Brigada Alfa y pedir el traslado. Pero si iban a irse al extranjero...

Ahora tenía responsabilidades. Responsabilidades y otras prioridades.

Dos días antes, su objetivo principal habría sido quedarse en la Brigada Alfa todo el tiempo que fuera posible, fueran donde fuesen e hicieran lo que hiciesen.

Ese día, su objetivo principal era bien distinto.

—¿Qué coño pasa, Cat? —preguntó Bobby—. Creía que este rollo de entrenar a los FinCOM era el chollo del siglo.

—Sí, era la misión perfecta —dijo Lucky—. Un montón de relax, con el aliciente de fastidiar un poco a esos chupatintas.

Joe Cat estaba ofuscado.

—Sí, se suponía que este trabajo iba a ser una recompensa —les dijo—. Pero chollo o no, nuestra misión era entrenar a un grupo de agentes del FinCOM en técnicas antiterroristas. No podemos entrenar de verdad a esa gente si tenemos las manos completamente atadas... y los mandamases no nos dejan hacerlo de otro modo.

—Oh, vamos, Cat. Pues dejamos que los chupatintas duerman en su hotel elegante y que corran sus diez kilómetros en el asiento de atrás de una limusina —insistió Wes—. A nosotros qué nos importa.

—Sí, capitán, podemos aguantar lo del libro de normas —Lucky apartó los pies de la mesa—. No es para tanto.

—Seguramente nos haría el trabajo mucho más fácil —añadió Bobby.

—Esos agentes a los que se suponía que teníamos que entrenar —dijo Harvard con su voz grave y profunda— trabajarán como refuerzo de las unidades SEAL, o colaborarán con ellas. Y yo no quiero enfrentarme a un montón de terroristas chiflados si lo único que me garantiza que la Brigada Alfa no volverá a casa en bolsas de plástico es un equipo de cretinos del FinCOM mal entrenados.

Ninguno supo qué contestar a aquello.

—Entonces, ¿dónde va la Brigada Alfa, Cat? —Cowboy interrumpió el sombrío silencio.

El capitán, de pelo negro, miró a sus hombres y soltó una risa desprovista de humor.

—A Barrow —dijo, pronunciando con sumo cuidado.

—¿A Alaska? —a Wesley se le quebró la voz—. ¿En invierno?

—Eso es —dijo Cat con una sonrisa agria—. Esos capullos de ahí arriba no están muy contentos conmigo ahora mismo, y van a asegurarse de que lo sepa. Y vosotros vais a pagar por ello.

Alaska. Cowboy cerró los ojos y masculló una maldición.

—¿No piensas venir con nosotros, Junior? —Harvard nunca pasaba nada por alto, por muy sutil que fuera el comentario. Y Cowboy había dicho la «adónde va la Brigada Alfa», no «adónde vamos».

Cowboy bajó la voz.

—Tengo un problema, teniente. Confiaba en poder hablar contigo en privado. Necesito más días de vacaciones. Treinta, si es posible.

Wesley lo oyó.

—¿Vacaciones? Sí, H., a mí también me vendrían bien. Cualquier cosa con tal de no ir a Alaska.

—Vamos a recoger todo esto para llevarlo al almacén —ordenó Joe Cat—. Tenemos que estar en camino dentro de menos de dos horas.

Harvard sacudió la cabeza.

—Lo siento, Jones. No hay tiempo. Tendremos que solucionarlo cuando lleguemos a Barrow.

—Espera, teniente —Cowboy lo paró en seco. De pronto, se le había hecho evidente la solución a aquella jugarreta del alto mando—. ¿Es que no lo ves? Ésa es la solución. Vacaciones para todos.

Los ojos oscuros de Harvard brillaron, llenos de comprensión; luego se echó a reír.

—Harlan Jones Junior, eres un genio. Cat, ¿sabes qué se le ha ocurrido a Junior? La respuesta con R mayúscula.

—Seguro que a todos nos deben un montón de días. Qué demonios, a mí me deben ciento veinte días, según las normas —prosiguió Cowboy—. Y si dejamos pasar el tiempo suficiente, pongamos dos o tres semanas, no nos mandarán al norte de Alaska por el riesgo de que haga mal tiempo. Es imposible que manden a la Brigada Alfa a un sitio en el que podríamos quedar aislados por la nieve. Sé de gente que se fue allá arriba y no pudo volver hasta la primavera. Por muy cabreados que estén con Joe, no le harán eso a la mejor brigada antiterrorista del Equipo Diez de los SEAL.

Todos le estaban escuchando, incluido Joe Cat.

Blue McCoy se rió suavemente, meneando la cabeza.

—¿Qué te parece, Joe? —le dijo al capitán—. ¿Unas vacaciones en las islas Vírgenes con tu mujer y tu hijo, o prácticas con la brigada en aguas heladas en Barrow, Alaska?

Joe Cat miró a Cowboy y sonrió.

—Me van a machacar por esto, pero... ¿quién quiere vacaciones?

Las cortinas del cuarto del bebé estaban colgadas.

Melody se había propuesto colgarlas antes de que el tamaño de su tripa le impidiera subirse a una silla. Pero lo había ido posponiendo, y tenía intención de pedirle ayuda a Brittany.

Al parecer, su hermana se le había adelantado.

Melody volvió a entrar en su dormitorio y marcó rápidamente el número de su hermana en el hospital. Mientras esperaba a que Brittany se pusiera, se sentó en la cama y se quitó las medias. A pesar de que eran medías de embarazada, no soportaba llevarlas más de una o dos horas.

—Brittany Evans.

—Hola, soy yo —dijo Melody—. Quería decirte que ya he vuelto de la sesión de fotos de Ted.

—Has tardado más de lo que creías.

—Sí, tardamos en empezar.

—No habrás estado de pie todo el tiempo, ¿no? —preguntó Brittany.

—No, qué va —dijo Melody. No había estado de pie, había estado corriendo. Se tumbó en la cama, exhausta—. Gracias por colgar las cortinas.

—Estás cambiando de tema a propósito —la acusó Brittany—. Ha sido horroroso, ¿verdad? —preguntó—. Te has pasado la mitad del tiempo con los tobillos hinchados y la otra mitad en el aseo de señoras, vomitando.

—La mitad del tiempo, no.

—Tesoro, tienes que decirle a Ted Shepherd que lo dejas. Esto es una locura.

—Le dije que trabajaría hasta las elecciones. Se lo prometí —a Melody le gustaba estar tan atareada en el trabajo. En todo el día, sólo había pensado en Harlan Jones un par de docenas de veces, y no un millón de veces, como el día anterior.

Cerró los ojos y sintió una punzada de mala conciencia. Jones se había ido. Se había montado en su coche y se había ido. Pero eso era lo que ella quería, se recordó. Era lo mejor.

—Mira, esta noche llevo comida china para cenar —le dijo Brittany—, así que ni se te ocurra cocinar. Quiero que estés en la cama, echando la siesta, cuando llegue a casa.

—Créeme, no voy a ir a ninguna parte.

—Estaré en casa sobre las seis. Tengo que hacer unos recados.

—Espera, Britt. Gracias, de verdad, por colgar las cortinas.

Hubo una pausa al otro lado del teléfono.

—Sí, ya lo has dicho antes, ¿no? ¿Qué cortinas?

—Las del cuarto del bebé.

—Mel, no he tenido tiempo ni energías para entrar siquiera en el cuarto del bebé estos últimos días, y mucho menos de colgar las cortinas.

—Pero... —Melody se incorporó. Desde la cama, veía las escaleras que subían al cuarto de la torre que había convertido en la habitación del bebé. Las cortinas de colores vivos que había comprado a juego con los animales que había pintado en las paredes se movían suavemente, empujadas por la brisa que entraba por una ventana abierta.

¿Una ventana abierta...?

Melody se levantó.

—Dios mío, Brittany, creo que ha vuelto.

—¿Quién ha vuelto?

—Jones.

—¡Oh, gracias a Dios Todopoderoso!

—Eh, ¿tú de qué lado estás? —preguntó Melody, indignada.

—Del tuyo. Ese hombre está de muerte, Mel. Está claro que, en lo que respecta a sus responsabilidades, sabe cuáles son sus prioridades, es muy educado, parece muy dulce, tiene un gusto excelente en cuestión de joyas y está macizo como una estatua griega. Y, por si eso fuera poco, se parece a Kevin Costner, pero con más pelo. Cásate con él. Lo demás se arreglará por sí solo.

—No voy a casarme con él. No me quiere. Y yo no lo quiero a él.

—¿Por qué no? Yo ya estoy medio enamorada de él.

Melody se acercó a la ventana del dormitorio y miró hacia el jardín.

—Ay, Dios, Britt, tengo que dejarte. ¡Hay una tienda en el jardín!

—¿Una qué?

—Una tienda.

—¿Una tienda?

—Sí —dijo Melody—. Una tienda de campaña. Como...

Jones salió de la tienda al jardín. El sol relucía en su pecho y sus hombros desnudos. Llevaba sólo unos vaqueros descoloridos, unas botas camperas muy gastadas y una gorra de béisbol vieja. El pelo le caía, suelto, alrededor de los hombros morenos.

—Como una tienda del ejército —concluyó ella débilmente.

Melody comprendió que los Dockers y el polo que Jones se había puesto el día que llegó a Appleton eran como su flamante uniforme de paseo. Se había puesto ambos atuendos en un intento por parecer más formal, más conservador. Pero la ropa que llevaba en ese momento... Aquél era el verdadero Jones.

Su mensaje estaba claro. Se habían acabado los juegos.

Mientras Melody lo observaba, se inclinó para hacer un ajuste en la tienda, y los músculos de su espalda y de sus brazos sobresalieron en relieve. Parecía peligroso, duro y enloquecedoramente sexy.

A pesar de su melena, se parecía mucho más al hombre con el que Melody se había encontrado cara a cara en una embajada tomada por terroristas, hacía meses.

—¿Una tienda de campaña? —dijo Brittany—. ¿En nuestro jardín?

—Brittany, mira, tengo que dejarte. Él está aquí —Jones

se incorporó y dijo algo. Pero, ¿a quién? Un momento después, Andy Marshall salió de la tienda, riéndose, al parecer, de lo que había dicho Jones.

—Tesoro, no corras al...

—¡Adiós, Britt!

Melody colgó, respiró hondo y bajó las escaleras.

Salió por la puerta de la cocina y se quedó de pie en el porche trasero, mirando a Jones hasta que él levantó los ojos. Jones miró a Andy, pero no dijo ni una palabra. El chico desapareció.

Jones se limpió las manos en los muslos de los vaqueros mientras se acercaba a ella. Iba sonriendo, pero sus ojos tenían una expresión recelosa, como si no estuviera seguro de ser bienvenido.

Y tenía motivos para ello.

—¿Se puede saber qué estás haciendo? —preguntó Melody.

Él se volvió para mirar la tienda, como si comprobara dónde la había levantado.

—El hostal es un poco caro —le dijo—. Se me ocurrió que, como voy a quedarme una temporada, sería más económico...

—¿Cuánto tiempo piensas quedarte exactamente? —Melody no pudo evitar que le temblara la voz. ¿Cómo se atrevía a acampar en su jardín, donde ella se vería obligada a mirarlo, a fijarse en él, a hablar con él si quería ocuparse de sus plantas?

Jones puso un pie en uno de los escalones y apoyó los brazos sobre las rodillas mientras le lanzaba su mejor sonrisa.

—Todo el tiempo que sea necesario hasta que aceptes casarte conmigo.

Ella se sentó en el escalón de arriba.

—Dentro de un par de meses hará mucho frío para vivir en una tienda de campaña. Pero después de un par de años seguramente te acostumbrarás.

Él se rió.

—Cariño, es imposible que tú y yo vivamos tan cerca unas cuantas semanas, y no digamos un par de años, sin que uno de los dos, o los dos, entre en combustión espontánea.

Melody soltó un bufido.

—Despierta, Jones. ¿Me has mirado últimamente? A no ser que tengas debilidad por las pelotas de playa, no es probable que te haga arder en mucho tiempo.

—¿Bromeas? Estás preciosa. Es muy sexy...

Melody cerró los ojos.

—Jones, por favor, no hagas esto.

No debería haber cerrado los ojos. No lo vio subir el siguiente escalón y, cuando se dio cuenta de que la rodeaba con los brazos, era ya demasiado tarde. Estaba atrapada.

No había olvidado lo fuertes que eran sus brazos, lo segura que se sentía cuando la abrazaba. Y al mirarlo descubrió que tampoco había olvidado las motas marrones y doradas que flotaban en el siempre cambiante océano verde de sus ojos. Ni el modo en que se ensanchaba la misteriosa negrura de sus pupilas, que parecía bastar para tragársela por entero justo antes de besarla.

Jones sabía a café, con dos azucarillos y sin leche. Sabía a París a la luz de la luna, como el tacto áspero de los ladrillos cuando, al cubrir su boca con la suya, la apretó contra la pared de una casa construida cuatro siglos antes de que Colón navegara hacia occidente para alcanzar el Lejano Oriente y acabara descubriendo América.

Sabía a chocolate, a vino caro, a una segunda ración de

postre. Sabía a todo cuanto ella había deseado y se había negado por su propio bien.

La besó suave y dulcemente, casi con reverencia, como si la hubiera echado de menos tanto como ella pretendía no haberlo echado de menos a él. ¡Y, Dios, cuánto lo había añorado! Había un lugar en su pecho que durante todos aquellos meses parecía haber estado frío y hueco, hasta ahora. Ahora se sentía inundada de calidez, por dentro y por fuera.

Sintió que él la tocaba, notó el calor de su palma al apretar suavemente su vientre hinchado.

—Dios mío —susurró él—. Eres toda tú, ¿no?

Melody lo vio entonces. Jones hizo un esfuerzo por sonreír cuando lo miró, pero no pudo ocultar que estaba nervioso. Ella iba a tener un hijo suyo y, mientras estuvieran juntos, Jones no podría olvidarlo. Melody notó por su mirada lo desconcertado que estaba, lo violento que se sentía.

Y de pronto aquella oquedad volvió, haciendo que se sintiera aún más vacía.

Comprendió con toda certeza que, si le concedieran un solo deseo, Jones desearía haber tenido un preservativo en aquel vuelo a París. Comprendió que verse atado con una mujer y un hijo era lo último que quería. Comprendió que el último lugar del mundo en el que quería estar era allí, sentado en su porche, intentando convencerla para que hiciera algo que ni él mismo deseaba.

Y sin embargo allí estaba. Melody tuvo que admirarlo por ello.

Vio la determinación de su mirada cuando se inclinó hacia ella una vez más. Sus labios eran muy suaves cuando volvió a besarla. Melody recordó lo astuto que era cuando se trataba de interpretar sus deseos. De alguna forma sabía que conseguiría mucho más con aquellos besos tiernos y delicados que con las inhalaciones de deseo, apasionadas y abrasadoras, que habían compartido una y otra vez en París.

Naturalmente, era muy posible que la estuviera besando sin aquel estallido de pasión porque ya ni sintiera pasión por ella.

Y ¿por qué debía sentirla? Ella le recordaba constantemente sus obligaciones y sus responsabilidades. Y, encima, era tan sexy como un trailer.

Aun así, Jones la besaba con tanta dulzura que Melody sintió que se derretía.

Estaba en un atolladero. El subteniente Cowboy Jones era militar y experto en psicología. Mientras que otros hombres se habrían marchado, ahuyentados por sus constantes negativas, él permanecía inamovible. Y era evidente que tenía un plan de batalla en lo que a ella respectaba. Había descubierto que Melody no era inmune a él. Se había dado cuenta de que todavía la turbaba y había decidido poner al descubierto su deseo. Una y otra vez, las traicioneras hormonas de Melody se ponían de su lado. Ella iba a tener que ser aún más fuerte.

Iba a tener que apartarse de aquel beso delicioso que hacía que se le aflojaran las rodillas todavía más que de costumbre. Iba a tener que desenredar los dedos de la densa suavidad de su pelo. Iba a tener que ser más fuerte y más dura.

Se levantó, desasiéndose de su abrazo.

—Discúlpame —dijo. Era asombroso que pudiera parecer tan serena, cuando por dentro estaba experimentando un tornado de emociones—. Tengo que entrar —él también se levantó—. Sola —añadió.

Él intentó ocultar su frustración respirando hondo y sonriendo.

—Mel, cariño, ¿qué tengo que hacer para convencerte...?

—Creo que la presencia de tu tienda en mi jardín constituye un caso de allanamiento de morada. Te agradecería mucho que la quitaras de ahí.

Él se echó a reír.

—Se me ocurrió que así estaría escondida detrás de la casa. He pensado que cuanta menos gente lo sepa, mejor. Pero, si insistes, instalaré la tienda en el jardín de los Romanella. Vince me dijo que no le importaba. Naturalmente, entonces todo el mundo podrá verla desde la calle.

—No me importa —dijo Melody—. Es probable que todo el pueblo lo sepa ya.

Jones dio un paso hacia ella y Melody dio un paso atrás.

—Mel... —le tendió las manos, con las palmas hacia abajo, como si calmara a un animal salvaje—. Piénsalo un minuto. Estamos los dos en el mismo barco. Los dos intentamos encontrar la mejor salida a esta situación.

—Jones, sé que en realidad no quieres casarte conmigo —dijo ella—. Lo que no sé es cómo podrías pronunciar los votos nupciales. Sería una mentira. Hasta que la muerte nos separe. Sí, ya. Hasta que el divorcio nos separe, probablemente. Tú lo sabes tan bien como yo.

Él se recostó en la barandilla del porche y cruzó los brazos sobre el pecho.

—Tienes razón en que no quiero casarme —reconoció—. Pero si tengo que casarme con alguien, me gustaría que fuera contigo.

—Y a mí me gustaría casarme con alguien normal... —se interrumpió—. Dios, ¿no habíamos hablado ya de esto?

—Sí —contestó él—. Y voy a decirlo otra vez. Yo no soy distinto a cualquier otro hombre.

—De no ser porque, cuando te peleas a cuchillo con

otros cuatro tipos, ganas —Melody sacudió la cabeza—. Jones, ¿es que no ves lo fuera de lugar que estás aquí?

—Soy un SEAL —dijo él—. Estoy entrenado para adaptarme a cualquier entorno y cultura. Appleton, Massachusetts, no será tan difícil —se irguió—. ¿Dónde está la recortadora de setos? ¿En el garaje?

Ella parpadeó.

—¿Qué? ¿Para qué?

Él se ajustó la gorra de béisbol mientras bajaba los escalones y echaba a andar hacia atrás, por el sendero que llevaba al garaje.

—Dijiste que no me imaginabas usando una recortadora de setos. Voy a echarte una mano dejando que me veas usar una.

La risa de Melody sonó casi histérica.

—No vas a irte, ¿verdad? Vas a quedarte aquí eternamente para atormentarme.

Él se detuvo. Con el sol cayendo sobre él, su piel morena y su pelo claro relucían. Parecía invencible.

—Eso depende de tu definición del tormento.

Melody se sentó en los escalones y luego luchó por sofocar las ganas de romper a llorar. Estaba tan cansada... Se había agotado trabajando a jornada completa esos últimos meses, a pesar de lo difícil que estaba siendo su embarazo. Era imposible que siguiera trabajando y que al mismo tiempo tuviera que entablar una batalla de voluntades con un hombre cuyo vocabulario no incluía la palabra «rendición».

Jones volvió hacia el porche. Sus ojos se habían ensombrecido, llenos de preocupación.

—Cariño, pareces un poco cansada —su voz era suave—. Quizá debería dejar la demostración, para que puedas subir a echar una siesta antes de la cena, ¿no?

Melody comprendió lo que pretendía. Intentaba demostrarle que conocía la letra y la música de la canción de la clase media y el barrio residencial. Intentaba ser normal. Hablaba como si llevaran años casados.

Pero lo único que le había demostrado era que había visto unas cuantas reposiciones de *El Show de Bill Cosby* o de *Lazos de familia*. Una cosa era jugar a las casitas. Y otra bien distinta fingir estar felizmente casado el resto de su vida.

Melody se levantó con esfuerzo.

—Tú no eres normal —le dijo—. Nunca serás normal. Y no me beses —añadió—. Nunca más.

Él sonrió y le tendió de nuevo los brazos, pero Melody corrió a refugiarse en la casa, cerrando la mosquitera tras ella.

—Gracias por colgar las cortinas del cuarto del bebé —le dijo, crispada, a través de la mampara—. Pero la próxima vez que entres en mi casa sin que te invite, haré que te detengan.

Si la sonrisa de Jones vaciló, ella no lo vio.

CAPÍTULO 8

–¿Que has hecho qué?
–Le he dado una llave –repitió Brittany con calma mientras comprobaba el arroz y encendía el fuego debajo del wok, inclinándose para ajustar la llama.

Melody notaba tan flojas las rodillas que tuvo que sentarse.

–¿De la casa?
–Claro que de la casa –Brittany puso un poco de aceite en la sartén y siguió cortando las verduras para el revuelto–. ¿De qué serviría invitarlo a usar el cuarto de baño y la ducha si no le doy una llave de la casa?

Melody apoyó la cabeza en las manos.

–Brittany, ¿por qué me haces esto?
–Tesoro, tu SEAL lleva casi una semana viviendo en el jardín...

–¡Gracias a que tú lo invitaste! –Melody continuó imitando burlonamente la voz de su hermana–: «No, subteniente, claro que no nos importa que su tienda esté en nuestro jardín. Claro, subteniente, puede quedarse el tiempo que quiera». Casi esperaba que te ofrecieras a hacerle la colada y a ponerle un bombón en la almohada cada noche. Santo cielo, Britt, ¿ni siquiera se te ha ocurrido pensar que tal vez a mí no me apetezca tenerlo aquí al lado veinticuatro horas al día?

Su hermana no se inmutó.

—No estoy convencida de que sepas lo que quieres.

—¿Mientras que tú sí?

El aceite estaba bastante caliente, y Brittany comenzó a echar trozos de apio en el wok.

—No.

—Y aun así insistes en animarlo a que se quede.

—Mis ánimos no compensan tus desánimos. Pero dado que todavía no se ha ido —dijo Brittany—, creo que eso indica que piensa quedarse hasta que te des por vencida.

—No voy a darme por vencida.

Brittany se volvió para mirarla, con el cuchillo en la mano.

—Exacto. No vas a darte por vencida... si sigues así. Cuando te vas a trabajar por las mañanas, das un rodeo para ir hasta el coche. Cuando vuelves a casa, das un rodeo para llegar a tu habitación. No has dejado que el pobre hombre te diga más de tres frases estos últimos cuatro días.

Melody levantó la cabeza.

—¿El pobre hombre?

Brittany volvió a concentrarse en su guiso, añadiendo brócoli y tiras de calabacín al wok.

—En esto estoy con Estelle y Peggy, Mel. Sé que cuesta creer que ésas dos y yo seamos de la misma opinión, pero es cierto. Creemos que deberías dejar de pensar sólo en ti misma y casarte con él.

Melody se sentó aún más derecha.

—Cuando te dije que estaba embarazada, prometiste

que no me echarías sermones. Dijiste que me apoyarías tomara la decisión que tomara.

—Lo que acabo de decirte no es un sermón —dijo Brittany con firmeza mientras removía las verduras—. Era una opinión. Y te estoy apoyando lo mejor que sé.

—¿Dándole a Jones una llave de la casa e invitándolo a entrar cuando le apetezca?

—Ese hombre es una joya, Mel. El jardín nunca había estado tan bonito.

Claro que estaba bonito. Cada vez que Melody se volvía, Jones estaba al otro lado de la ventana, barriendo las hojas caídas, o enredando bajo el capó del coche de Brittany, o levantando pesas enormes. Cada vez que se volvía, veía un destello de sol reflejarse en sus músculos tersos y morenos.

Ya hiciera sol o lloviera, Jones salía sin camisa. Ya estuviera trabajando en el jardín o sentado leyendo un libro, siempre iba desnudo de cintura para arriba. Podía pensarse que pasado un tiempo ella se acostumbraría a ver todos aquellos músculos brillando al sol o mojados por la lluvia.

Sí, claro. Tal vez en su siguiente reencarnación...

—Y no sé qué le ha hecho tu subteniente a mi coche, pero hacía años que no marchaba tan bien —añadió Brittany—. Deberías dejar que le eche un vistazo al tuyo.

—No es mi subteniente. Y si lo que quieres es un coche que funcione bien —añadió Melody, acalorada—, tal vez debería casarme con Joe Hewlitt, el del taller.

—Eres increíblemente cabezota —se quejó Brittany.

—¿Podemos hablar de otra cosa? —le suplicó Melody—. ¿Es que no hay en el mundo nada más interesante que mi no-relación con Harlan Jones?

Brittany hizo sitio en el fondo del wok para los trozos de tofu que había cortado.

—Bueno, siempre está el último capítulo de las andanzas de Andy Marshall.

Melody se preparó.

—Oh, no. ¿Qué ha hecho esta vez?

El reloj de la cocina sonó y Brittany apagó el fuego bajo el arroz.

—Tom Beatrice lo pilló frente a la licorería de la calle Summer. Acababa de darle a Kevin Torpe diez pavos para que le comprara seis cervezas y un paquete de tabaco.

—Oh, Andy, no... —Melody suspiró, apoyando la barbilla en la palma de la mano—. Maldita sea, y yo que pensaba que por fin se estaba adaptando a Appleton.

Había visto a Andy en el jardín, rondando alrededor de Jones mientras éste trabajaba. Jones siempre tenía tiempo para hablar. A veces incluso se paraba para jugar un rato a la pelota con el chico. A Melody le impresionaba secretamente su paciencia, y confiaba en que Andy se hubiera vinculado por fin a un hombre que era un buen modelo a seguir.

No había duda. El chico estaba hambriento de afectos y atenciones. Melody se había tropezado con él un par de veces en el centro del pueblo durante la semana anterior.

La primera vez que hablaron, él alargó indeciso la mano para tocarle de nuevo la tripa, y sonrió casi con timidez cuando el bebé dio una patada.

La segunda vez, Melody se tropezó con él literalmente. Andy tenía la mejilla arañada y el labio hinchado, y aunque insistió en que se había caído de la bici, Melody sabía que Alex Parks y sus amigos habían vuelto a meterse con él. La tercera vez, el chico la saludó con un abrazo. Dijo hola al bebé apretando la cara contra su tripa... y recibió una patada en la nariz. Aquello lo hizo retorcerse de risa.

Era un buen chico. Melody estaba convencida de que,

en el fondo, era un muchacho dulce y cariñoso. No debería intentar crecer tan deprisa, bebiendo cerveza y fumando.

—Sólo tiene doce años. Seguramente ni siquiera le gusta el sabor de la cerveza.

—Tiene doce años, pero como si tuviera treinta —dijo Brittany con severidad—, que, al paso que va, será la edad que tenga cuando por fin salga de la cárcel. Es un milagro que Tom no haya encerrado a ese pequeño capullo.

—¿Quién es Tom y a qué capullo tenía que encerrar?

Los hombros de Melody se tensaron. De pronto, con sólo oír la voz de Jones, convirtió en un manojo de nervios.

Él estaba de pie al otro lado de la mosquitera, mirando hacia la cocina.

—Tom Beatrice es el jefe de policía de Appleton. Y el pequeño capullo es el chico que compite para Gamberro del Año: Andy Marshall. Vamos, pasa —dijo Brittany desde el fogón—. La cena está casi lista.

Melody se levantó y se acercó a su hermana.

—¿Lo has invitado a cenar? —murmuró entre dientes.

—Sí, lo he invitado a cenar —dijo Brittany con calma—. Hay cerveza en la nevera —le dijo a Jones—. Sírvete. Y, si no te importa, ¿puedes darme una a mí y servirle a Mel un vaso de leche?

—Será un placer. Hola, Mel —Jones se había vestido para la ocasión. Llevaba una camiseta y vaqueros, y se había recogido el pelo en una trenza—. ¿Cómo te sientes?

Traicionada. Melody se sentó a la mesa de la cocina y se obligó a sonreír.

—Bien, gracias.

—¿De veras? —Jones se sentó frente a ella, naturalmente, donde Melody no pudiera quitarle la vista de encima mientras comían. ¿Por qué tenía que ser tan guapo? ¿Y por qué tenía que sonreírle así todo el tiempo, como si compartieran constantemente un secreto o una broma privada muy personal?

—Mel vuelve a tener dolores de espalda —anunció Brittany al poner el wok sobre un salvamanteles, en medio de la mesa.

Jones bebió un sorbo de cerveza directamente de la botella sin dejar de mirar a Melody.

—Cuando quieras te doy un masaje.

Ella recordaba sus masajes de espalda. Los recordaba demasiado bien. Miró a todas partes, menos a sus ojos.

—Gracias, pero me bastará con meterme en la bañera.

Jones aceptó la fuente llena de arroz humeante que Brittany le ofrecía.

—Gracias. Tiene una pinta deliciosa. ¿Qué pasa con Andy Marshall?

—Al muy bobo lo han pillado intentando conseguir cerveza y tabaco —le dijo Melody.

Jones se detuvo mientras se servía arroz y la miró.

—¿Robando?

Ella negó con la cabeza.

—No. Pagó a Kevin Torpe para que se los comprara.

Jones asintió con la cabeza y le pasó la fuente.

—Por lo menos no estaba robando.

Sus dedos se tocaron y Melody comprendió que no había sido un accidente. Aun así, no hizo caso. No podía darle un vuelco el corazón cuando él la tocaba. Sencillamente, no podía permitirlo. Pero tuvo que esforzarse porque no le temblara la voz.

—No debería beber, ni fumar. Que robara o no la cerveza y los cigarrillos carece de importancia.

—No, claro que no. Es...

Sonó el teléfono, interrumpiéndolo.

Brittany se disculpó y se levantó para ir a contestar.

—¿Diga?

Jones bajó la voz.

—Creo que el hecho de que Andy no entrara en la tienda y saliera con una lata de cerveza robada en el bolsillo dice mucho de él.

—Sí, dice que quería más de una lata de cerveza. Quería un paquete de seis.

—Dice que no es un ladrón.

—Lo siento —los interrumpió Brittany—. Era Edie Myerson, del hospital. Brenda y Sharon están enfermas, con la gripe. Voy a tener que ir a trabajar por lo menos dos horas, hasta que llegue Betty McCreedy.

Melody miró a su hermana, sorprendida. ¿Iba a dejarla a solas con Jones?

—Pero...

—Lo siento. Tengo que irme corriendo —Brittany recogió su bolso y salió.

—¿Dónde está Andy? ¿Lo sabes? —preguntó Jones, retomando el hilo de su conversación como si la situación no hubiera pasado de violenta y embarazosa a imposible de sostener. Tomó un poco de arroz—. Madre mía, esto está buenísimo. Después de una semana comiendo hamburguesas y pollo frito, el cuerpo me pide verduras.

Melody dejó su tenedor.

—¿Brittany y tú teníais esto planeado?

Él se tragó la comida con un sorbo de cerveza de la botella.

—¿De veras crees que recurriría a la mentira y al subterfugio para tener ocasión de hablar contigo?

—Sí.

Jones sonrió.

—Sí, tienes razón. Lo haría. Pero no es así. Te lo juro. Tu hermana me invitó a cenar. Eso es todo.

El caso era que le creía. Brittany, por otro lado, seguramente había planeado marcharse desde el principio.

Melody recogió su tenedor, pero siguió dando vueltas al arroz en el plato mientras Jones se servía otra vez. Se había quedado sin apetito: una bandada de mariposas había ocupado por completo su estómago revuelto.

—Bueno, ¿qué tal el trabajo? —preguntó él—. ¿Sigues tan ocupada?

—Va a ser una locura cuando se acerquen las elecciones.

—¿Vas a poder seguir a este ritmo? —la miró fijamente—. Saqué de la biblioteca unos libros sobre embarazo y cuidados prenatales y todos coinciden en que durante los últimos meses es mejor no esforzarse demasiado. Pareces cansada, ¿sabes?

Melody bebió un sorbo de leche y deseó que él dejara de mirarla tan atentamente. Se sentía como si estuviera bajo un microscopio. Sabía que parecía cansada. Estaba cansada y desaliñada, y el vestido que llevaba la hacía parecer una carpa de circo. ¿Cómo la había descrito Andy? Gorda y ridícula.

—No me pasará nada.

—Tal vez podría ir al trabajo contigo. Ser tu ayudante, o tu recadero.

Melody estuvo a punto de verter la leche. ¿Ir al trabajo con ella? Dios, ¿no sería perfecto?

—No es buena idea, de veras —eso era poco decir.

—Quizá deberíamos llegar a un compromiso —sugirió él—. Yo no iré al trabajo contigo, si tú dejas de ignorarme.

Sonreía, pero había algo en sus ojos que convenció a Melody de que no estaba bromeando.

—Yo no te ignoro —protestó ella—. Practico la contención.

Jones se inclinó hacia ella, levantando las cejas.

—¿La contención?

Melody retrocedió, consciente de que se había ido de la lengua. Tenía que salir de allí antes de cometer alguna estupidez... como arrojarse en sus brazos.

—Discúlpame —apartó la silla de la mesa y se levantó; luego llevó su plato al fregadero.

Cowboy tomó otro sorbo de cerveza, ocultando la alegría que le embargaba. Podía hacerlo. Podía tener éxito en aquella misión.

Había empezado a dudar de su capacidad para llegar hasta Melody, a pensar que ella lo aborrecía, pero era al revés. Contención, había dicho ella.

Demonios, a Melody le gustaba tanto que no podía soportar estar en la misma habitación que él, por miedo a no ser capaz de resistirse a sus intentos de seducirla.

Sí, podía ganar aquella guerra. Podía convencerla de que se casara con él antes de que se le acabaran las vacaciones, y lo haría.

Pero su alegría iba acompañada de otra cosa. De algo afilado y penetrante. De algo muy parecido al miedo. Sí, podía tomarse su tiempo y hacerla ver que casarse con él era el único camino. Pero, ¿en qué situación se hallaría entonces?

Con una esposa y un bebé a cuestas. Atado a una bola y una cadena. Amarrado, incapacitado, fuera de la circulación, fuera de la acción. Marido y padre. Dos papeles que nunca se había creído listo para desempeñar.

Pero no tenía elección. No, si quería poder mirarse al espejo el resto de su vida.

Respiró hondo.

—Mel, espera.

Ella se volvió para mirarlo, recelosa.

Cowboy no se levantó. Sabía que, si se movía, ella se iría corriendo a la escalera. Maldición, le tenía tanto miedo... a él, y a la chispa que siempre saltaba cuando estaban juntos.

Aun así, Cowboy había logrado que confiara en él en circunstancias aún más difíciles. Lo conseguiría de nuevo. Tenía que conseguirlo, por duro que fuera y por más miedo de sí mismo que tuviese. Aquello era demasiado importante para él.

Respiró hondo de nuevo.

—¿Y si te prometiera...? —¿qué? ¿Que no iba a abrazarla? ¿Que no intentaría besarla? Necesitaba hacer ambas cosas, lo mismo que necesitaba respirar. Mantenerse apartado de ella iba a ser difícil. Pero no le quedaba más remedio. Iba a dolerle, pero no era la primera vez que hacía cosas difíciles y dolorosas—. ¿Y si te prometiera no tocarte? Elige una distancia. Un metro, dos, tres, los que sean, y te prometo que no cruzaré esa línea.

Ella no parecía muy convencida. Cowboy notó que estaba a punto de decir que no, pero no le dio ocasión de responder.

—También te prometo que esta noche no diré una sola palabra sobre bodas, obligaciones o responsabilidades. Hablaremos de cosas distintas. Hablaremos de... —estaba improvisando, pero ella aún no había salido de la cocina—. De Andy Marshall, ¿de acuerdo? Pensaremos qué vamos a hacer con él.

Ella se volvió para mirarlo.

—¿Qué podemos hacer?

Cowboy sabía ya que el mejor modo de tratar con Andy era directamente, sin miramientos, implacablemente. Había pensado pasarse a ver a Vince Romanella esa noche y pedirle permiso para pasar el día siguiente con el chico.

Pero, ¿por qué no darle una lección a Andy esa misma noche?

—Hay un sitio en el bosque, junto a la vieja cantera —le dijo a Melody, intentando persuadirla para que volviera a sentarse a la mesa—, que está siempre lleno de botellas de cerveza y colillas. Supongo que era ahí donde Andy pensaba llevarse las cervezas.

Melody se sentó por fin y Cowboy tuvo que hacer un esfuerzo por no reaccionar. Tenía que conservar la calma, o ella huiría.

—Sé dónde dices —dijo ella—. También era un sitio habitual de reunión cuando yo iba al instituto. Pero Andy sólo tiene doce años. No creo que sea bien recibido allí.

—Sí, si se presentara con seis botellas de cerveza bajo el brazo.

—¿Y por qué iba a querer hacerse amigo de chicos que están acabando el instituto? —se preguntó Melody.

—Ese chico que siempre se está peleando con él —dijo Cowboy—. ¿Cómo se llama? ¿Parks?

—Alex Parks.

—Va a primero o segundo, ¿no?

Melody asintió con la cabeza. Le estaba mirando a los ojos. Estaba allí sentada, hablando con él. Cowboy sabía que era una victoria muy pequeña, pero tenía que aprovecharla.

—Bueno, ahí lo tienes —dijo—. A mí me parece una buena estrategia. Hacerse amigo de gente que puede aplastar (o al menos controlar) a tus enemigos. Andy no es tonto.

—Entonces, las cervezas no eran más que una ofrenda a los dioses, por así decirlo. Andy no iba a bebérselas.

Sus ojos le suplicaban que le dijera que tenía razón. Cowboy deseó poder darle la razón para que le sonriera, pero no podía.

—Apuesto a que no pensaba bebérselas todas —le dijo—, pero seguro que pensaba beberse alguna. Probablemente las suficientes como para emborracharse. Y para acabar pensando que la noche había sido una experiencia positiva. Así que querría volver y repetirlo.

Melody asintió con la cabeza. Estaba muy seria y seguía con los ojos fijos en los de Cowboy, como si contuvieran toda la sabiduría y el conocimiento del universo.

—Así que lo que tenemos que hacer —continuó él— es asegurarnos de que su primera experiencia con un paquete de seis cervezas sea una pesadilla.

Ella parpadeó. Y luego se inclinó hacia delante.

—No estoy segura de entenderte.

—¿Te acuerdas de Crash? —preguntó Cowboy—. ¿De William Hawken, mi compañero de nado?

—Claro.

—No bebe ni una gota. Al menos, supongo que sigue sin beber. No bebía cuando estábamos haciendo el curso de entrenamiento. Me contó que no era mucho mayor que Andy cuando su tío lo pilló sacando una cerveza de la nevera —aquélla era una de las pocas historias de su infancia que le había contado Crash. Y se la había contado sólo para convencerlo de que no quería una cerveza, muchísimas gracias—. Ese día, su tío le enseñó un par de cosas y nosotros, por nuestra parte, vamos a hacer lo mismo con Andy —sonrió con desgana—. A mí también me habría venido bien, pero el vicealmirante paraba tan poco por casa que nunca sabía en qué líos me metía.

Ella lo estaba observando.

—Creía que me habías dicho que tu padre era muy estricto.

—Lo era... cuando estaba en casa. Pero cuando nos mudamos a Texas casi nunca estaba en casa. Un par de años hasta se perdió la Navidad.

Melody le estaba prestando toda su atención. Decía que no se conocían. Y por difícil que le resultara hablar de su infancia, era importante que ella comprendiera de dónde procedía... y por qué no podía alejarse de ella y del bebé.

—Yo era como Andy, ¿sabes? —prosiguió—. Siempre estaba excusando a mi padre. Tenía que ir donde se le necesitaba. Era muy importante. Tenía que estar donde se desarrollaba la acción. Aunque durante la guerra de Vietnam se ganó el derecho a quedarse sentado y relajarse, no pedía que lo destinaran a un sitio cómodo, como Hawai. Hawai no era exactamente donde quería ir mi madre, pero se habría conformado. Pero el viejo Harlan quería ascender.

»Yo siempre pensaba que su trabajo era muy duro: salir al mar para tantos meses, mandar sobre tantos hombres, sabiendo que, si había algún enfrentamiento, él estaría en medio. Pero el caso es que todo eso era muy fácil para él. Lo difícil éramos nosotros. Una mujer que no entendía por qué no dejaba la Armada y aceptaba un empleo vendiendo coches con su tío Harold. Y un crío que necesitaba que le dijeran constantemente que no bastaba con un aprobado raspado. ¿Sabes?, yo podía matarme trabajando, limpiarle la habitación de arriba abajo, y él se fijaba en la única mota de polvo que me había dejado. Sí —repitió suavemente—, nosotros éramos lo difícil, y huyó de nosotros.

Ella no dijo nada, pero Cowboy comprendió que entendía claramente lo que quería decirle. Él no pensaba huir.

Apartó la silla, moviéndose lentamente.

—¿Te importa que use el teléfono?

Ella sacudió la cabeza, distraída, como si siguiera absorta en lo que le había dicho. Pero luego levantó la mirada.

—Espera. No me has dicho qué hizo el tío de Crash ese día.

—¿Tienes el número de Vince Romanella? —Cowboy miró la lista de números de vecinos y amigos colgada de un panel de corcho, junto al teléfono de la cocina—. Aquí está. Y en cuanto al tío de Crash... —le sonrió—. Vas a tener que esperar para verlo —marcó el número de Vince.

Ella se rió, incrédula.

—Jones, dímelo.

—Hola, Vince —dijo él—. Soy Jones, ya sabes, el de las Evans, tus vecinas. Me he enterado del lío en que se ha metido Andy esta tarde. ¿Está por ahí?

—Seguramente estará en su cuarto, castigado para una semana, escribiendo una redacción de veinte páginas sobre por qué no debe beber cerveza —dijo Melody, haciendo girar los ojos—. Vince tiene el corazón en su sitio, pero algo me dice que ninguna redacción servirá para ayudar a un chico como Andy Marshall.

Al otro lado de la habitación, Jones volvió a sonreír.

—Tienes razón —le dijo sin levantar la voz mientras sacudía la cabeza y escuchaba a Vince contarle lo sucedido esa tarde... y el castigo ineficaz que había seguido—. Sí —dijo Jones, dirigiéndose al teléfono—. Sé que está castigado, Vince, pero creo conocer un modo de asegurarnos de que no vuelva a beber. Al menos, hasta que sea lo bastante mayor como para controlarlo —se rió—. ¿Tú también has oído hablar de ese método? Bueno, un amigo mío me contó que cuando era pequeño... Sí, eso lo entiendo. Como sus padres de acogida oficiales, el Estado no aprobaría que... Pero yo no soy su padre de acogida, así que... –volvió a reírse.

Su postura, recostado contra la encimera de la cocina, con el teléfono sujeto bajo la barbilla, le recordó a Melody a París. Jones había estado en aquella misma postura en el vestíbulo del hotel, apoyado contra el mostrador del conserje, atendiendo una llamada. Sólo que entonces llevaba su uniforme de la Armada y hablaba un francés impecable, y la miraba con ardor en los ojos.

Todavía había ardor allí, pero atemperado por gran cantidad de reserva y precaución. En París, a ninguno de los dos se le había ocurrido pensar en un embarazo no deseado. Pero allí, en Appleton, era difícil eludir el hecho de que habían cometido un error de cálculo. Ella llevaba consigo allí donde iba un recordatorio extremadamente obvio de ello.

Y aunque fingiera lo contrario, Melody sabía que Jones no quería casarse con ella en realidad.

–Está bien –dijo él al teléfono. Su leve acento del oeste todavía hacía que le corriera un estremecimiento por la espalda–. Eso sería estupendo. No hay mejor momento que el presente, así que mándalo aquí –colgó el teléfono–. Andy viene para acá.

Melody sofocó sus escalofríos.

–¿Qué piensas hacer?

Jones sonrió.

–Voy a esperar para decírtelo al mismo tiempo que a Andy. Así, haremos de poli bueno y poli malo, y parecerá muy convincente.

–Jones, por todos los santos...

La sonrisa de Jones se hizo más amplia.

—Yo creía que las embarazadas tenían mucha paciencia.

—¿Ah, sí? Pues estabas equivocado. Con tanta hormona suelta, a veces me dan ganas de subirme por las paredes.

—Uno de los libros que he leído decía que durante el embarazo muchas mujeres sienten una especie de serenidad.

—Pues a mí no me dieron mi ración —le dijo Melody.

Jones abrió la puerta de la despensa.

—Estoy dispuesto a darte masaje en la espalda cuando quieras. Sólo tienes que decírmelo.

Ella lo miró entornando los ojos.

—Eh, me has prometido...

—Sí, y lo siento. Por favor, acepta mis disculpas —tiró de la cuerda y se encendió la luz de la despensa—. ¿Tenéis alguna cerveza fuera de la nevera?

—Brittany las guarda ahí, en el estante de abajo —le dijo Melody—. ¿Por qué?

—Sí, aquí están —Jones salió de la despensa con un paquete de seis latas—. Bien calentitas. Así sabrán... mejor. Dile a tu hermana que las repondré. Pero ahora mismo Andy las necesita más que ella.

—¿Que Andy las necesita...? Jones, ¿qué vas a...?

—Más vale que salgamos al patio —pulsó los interruptores que había junto a la puerta de la cocina hasta que encontró el que encendía la luz del anticuado patio de fuera—. Esto va a complicarse un poco. Es mejor estar fuera.

—Por favor, dime qué...

Melody se interrumpió al ver a Andy parado con aire desafiante junto a los escalones de porche.

—Vince me ha dicho que querías verme.

—Sí, desde luego —Jones sostuvo abierta la puerta para que saliera Melody.

—Me dijo que te diera esto —el chico hablaba en tono monocorde mientras le tendía un paquete de cigarrillos medio vacío—. Dice que son de hace tres meses, de cuando su hermano vino de visita. Que te dijera que seguramente estarán rancios, pero que no creía que te importara.

Andy arrojó el paquete al aire y Jones lo agarró sin esfuerzo con la mano izquierda.

—Gracias. Tengo entendido que querías montar una fiesta esta noche.

Melody agarró su chaqueta de la percha que había junto a la puerta y se la puso al salir al aire fresco de la tarde.

—Hola, Andy —el chico no la miró. Ni siquiera levantó los ojos.

—¿Y qué? No es para tanto —le dijo Andy a Jones, malhumorado.

—Sí, ya me imaginaba que dirías eso —Jones dejó las cervezas sobre la mesa de picnic que había en el centro del patio. Quitó unas cuantas hojas caídas de una de las sillas para que se sentara Melody—. Sólo querías divertirte un poco. Y sólo era cerveza. No es para tanto.

Hubo un destello de sorpresa en los ojos de Andy, pero se contuvo y volvió a adoptar una expresión malhumorada.

—Pues sí —dijo—. Eso es. Sólo es cerveza.

Melody no se sentó.

—Jones, ¿qué estás haciendo? —susurró—. ¿De verdad le estás dando la razón?

—Lo único que digo es que la gente se enfada por tonterías. Siéntate, Andy —ordenó—. Así que te gusta la cerveza, ¿eh?

Andy se arrellanó en la silla, fingiéndose indiferente. Pero el modo en que jugueteaba con la correa de su amado reloj delataba su nerviosismo.

—No está mal. La he probado un par de veces. Como te decía, no es para tanto.

Jones sacó una de las latas del paquete de plástico.

—Beber un poco cerveza y fumar un par de cigarrillos. Lo de todos los sábados. Pensaba subir a la cantera, ¿eh?

Andy puso cara de póquer.

—¿Adónde?

—A la cantera —Jones exageró su pronunciación.

El chico se encogió de hombros.

—Es la primera vez que lo oigo.

—No intentes timar a un artista del timo. Sé que sabes dónde está la cantera. Estabas allí mientras yo nadaba. No creas que no os sentí, siguiéndome como una manada de elefantes.

—¡Yo no hice ruido! —Andy parecía ofendido.

—Tú armabas un estruendo.

—¡No es verdad!

—Bueno, está bien, tú hiciste relativamente poco ruido —dijo Jones—, pero con eso no basta. No hay ningún SEAL que no te hubiera oído.

Melody no pudo seguir callada ni un instante más.

—¿Vas a nadar a la cantera?

—Primero corre diez kilómetros —le dijo Andy—. Lo sé por el cuentakilómetros de mi bici. Luego nada. A veces media hora sin parar, y a veces con toda la ropa puesta.

Jones se encogió de hombros.

—A veces, en mi trabajo, hay que darse un chapuzón imprevisto y uno acaba en el agua con toda la ropa y el equipo. Conviene mantenerse en forma para cualquier situación.

—Pero esa agua está fría hasta en agosto —dijo Melody—. Estamos en octubre, y últimamente hiela por las noches. Debe de estar helada.

Jones sonrió.

—Sí, bueno, últimamente nado un poco más rápido.

—Y luego, después de nadar, corres otros diez kilómetros de vuelta aquí —dijo Andy—. Y te pones a entrenar con tus pesas.

Melody sabía lo de las pesas. Llevaba una semana oyendo su tintineo mientras se vestía. Pero no tenía ni idea de que, antes de ponerse a levantar aquellas pesas enormes, corría y nadaba. Debía de levantarse con las primeras luces del día.

—Aunque estoy de vacaciones, es importante para mí mantenerme en forma —explicó él.

Melody estuvo a punto de soltar una carcajada. ¿Aquél era el hombre que iba a demostrarle que era un tipo corriente?

—Pero nos estamos desviando de la cuestión —continuó Jones—. Estábamos hablando de cerveza, ¿no? —le tendió una de las latas a Andy—. ¿Quieres una?

Andy se incorporó, sorprendido.

Melody estuvo a punto de caerse redonda al suelo.

—¡Jones! No puedes ofrecerle eso. ¡Tiene doce años!

—Está claro que ya la ha bebido unas cuantas veces —contestó Jones, sin apartar la vista del chico—. ¿No la quieres, Andy? No es una marca especialmente buena, pero tampoco es mala. Al menos, para ser cerveza americana. Pero eso seguramente ya lo sabes, ¿no? Como bebes cerveza...

—Bueno, sí, claro —Andy echó mano de la lata, pero Jones no la soltó.

—Hay una pega —le dijo el SEAL—. No puedes beber sólo una. Tienes que beberte el paquete de seis entero. En la próxima hora.

Melody no podía creer lo que estaba oyendo.

—Andy no puede beberse él solo seis cervezas en una hora.

Andy dio un respingo.

—Claro que puedo.

Cowboy se inclinó hacia delante.

—¿Eso es un sí?

—¡Claro! —contestó el chico.

Cowboy abrió la lata y se la dio.

—Pues adelante, amigo mío.

—Jones —siseó Melody—, es imposible que beba tanto sin... —se detuvo, y Cowboy comprendió que por fin había entendido.

Tenía razón. Era imposible que un chico tan pequeño se bebiera dos latas de cerveza caliente, y mucho menos un paquete de seis, en una hora sin marearse espantosamente.

Y ése era el quid de la cuestión.

Cowboy iba a asegurarse de que Andy asociara el sabor amargo de la cerveza con uno de los efectos más desagradables de la ebriedad.

Observó a Andy beber un sorbo indeciso de la lata. Luego vio al chico arrugar la nariz al notar el sabor fuerte de la cerveza.

—¡Qué asco! ¡Está caliente!

—Así es como la sirven en Inglaterra —le dijo Cowboy—. Fría tiene menos sabor. Sólo las nenazas beben cerveza fría —miró a Mel. Ella lo miraba con una ceja levantada, como si dijera: «¿Ah, sí?». Jones había bebido cerveza bien fría esa misma tarde, en la cena. Él le guiñó rápidamente un ojo—. Vamos, Andrew. Date prisa. Estás perdiendo el tiempo y todavía te quedan cinco latas.

Andy parecía un poco menos seguro cuando respiró hondo y bebió un largo trago de cerveza, y luego otro y otro. El chico era más duro de lo que Cowboy había pensado: se esforzaba con denuedo por contener las arcadas y no escupir la cerveza amarga y caliente.

Pero Andy no era lo bastante duro. Dejó la lata vacía sobre la mesa, eructó sonoramente y pareció a punto protestar cuando Cowboy abrió otra lata y la empujó hacia él.

—No tienes tiempo para hablar —le dijo Cowboy—. Sólo tienes tiempo para beber.

Andy parecía aún más inseguro, pero tomó la lata y empezó a beber.

—¿Estás seguro de que esto va a funcionar? —preguntó Melody en voz baja, deslizándose junto a él en el asiento.

Ya estaba funcionando mejor de lo que Jones esperaba. Melody se había sentado a su lado, lo estaba mirando, interactuaba con él. Él era consciente de su presencia, consciente del azul cielo de sus ojos, consciente de su perfume dulce... y más que consciente de que aún le quedaba mucho camino por recorrer antes de ganarse su confianza por entero.

Pero no era eso a lo que se refería ella. Hablaba de Andy.

—Sí —le dijo él con aplomo. Funcionaría. Especialmente, con el factor tabaco.

Se sacó un mechero del bolsillo del vaquero y recogió el paquete medio vacío que le había mandado Vince. Los cigarrillos eran viejos y estaban rancios, le había dicho Andy. Sí, aquello iba a funcionar, estaba claro.

Cowboy le tendió el paquete y lo sacudió ligeramente para que saliera un cigarrillo.

Andy dejó la lata de cerveza sobre la mesa, aliviado, y tomó el cigarrillo. Quizá le apeteciera o quizá no, pero Cowboy sabía lo que estaba pensando: cualquier cosa con tal de dejar de beber un momento aquella asquerosa cerveza.

Cowboy oyó la risa incrédula de Melody cuando se inclinó sobre la mesa para darle fuego a Andy.

—Santo Dios —dijo ella—, no puedo creer que esté aquí, dándole cerveza y tabaco a un niño.

Andy no pudo protestar al oír que lo llamaba «niño». Había dado una calada al cigarrillo y tosía como si estuviera a punto de asfixiarse.

Cowboy le dio la lata de cerveza.

—Toma, puede que esto te ayude.

Sabía perfectamente que no lo ayudaría. Sólo serviría para que se pusiera aún más verde.

—No puedo... beber más —jadeó el chico cuando por fin encontró aire.

—¿Bromeas? —dijo Cowboy—. Tienes que acabarte ésa y beberte cuatro más. Hemos hecho un trato, ¿recuerdas?

—¿Cuatro más? —Andy parecía al borde de las lágrimas.

Cowboy abrió otra lata.

—Cuatro más.

Melody le puso una mano sobre el brazo.

—Jones, sólo es un niño...

—De eso se trata —él bajó la voz y se inclinó hacia ella para que Andy no lo oyera—. Es un niño que quiere salir con chavales de instituto que también son demasiado jóvenes para beber. Ese bosque es peligroso, teniendo en cuenta cómo se inunda la cantera. Si esos chicos andan por ahí a oscuras, deberían hacerlo sobrios, no borrachos —se volvió hacia Andy—. Ni siquiera te has tomado la tercera. Ponte las pilas, Marshall.

Melody le apretó con más fuerza el brazo.

—Pero está...

—A punto de aprender una lección importante —la interrumpió Cowboy—. No quiero que pare hasta que tenga que parar. Créeme, ya no falta mucho —ella intentó protestar de nuevo, pero él puso la mano sobre la suya–. Cariño, sé que esto te parece duro, pero la alternativa es aún más dura. Imagina lo mal que te sentirás si algún domingo por la mañana tenemos que ir a dragar esa laguna porque aquí este genio anduvo por allí la noche anterior borracho, se cayó y se ahogó.

Melody no había pensado en aquello, y Jones vio una expresión de sorpresa en sus ojos. Estaba tan cerca que él podía contar las pecas de su nariz, tan cerca que podía besarla...

Ella parecía estar pensando lo mismo, porque de pronto se irguió y apartó la mano.

Melody lo había tocado. Jones comprendió que se daba cuenta cuando un rubor rosado cubrió sus mejillas. Tanto hablar sobre mantener las distancias... y era ella la que no podía tener las manos quietas.

–Lo siento –murmuró ella.

–Sé que no era por mí –se apresuró a asegurarle él–. Es que estabas preocupada por Andy. No lo he malinterpretado, así que no te preocupes, ¿de acuerdo?

Pero antes de que ella pudiera contestar, Andy se levantó de un salto y corrió hacia los matorrales.

Cowboy se levantó.

–Entra en casa, Mel. Yo me ocupo de él a partir de aquí. Seguramente será mejor no tener público. Ya sabes, para salvar los últimos jirones de su orgullo viril.

El ruido que hizo Andy al vomitar por segunda vez pareció resonar en la quietud del anochecer. Melody hizo una mueca mientras se levantaba y se dirigía a la puerta de la cocina.

–Más vale que entre, antes de que me una a él.

–Vaya, lo siento, ni siquiera se me ha ocurrido esa posibilidad.

—Era una broma. Mala, claro, pero... —le sonrió. Fue una sonrisa leve, pero una sonrisa al fin y al cabo. El corazón de Jones dio un salto de alegría al verla—. ¿Seguro que no quieres que te traiga nada? ¿Una toalla o unos paños húmedos?

—No, gracias. Tengo una toalla de sobra en la tienda. No tiene sentido que laves más —una broma. Ella había hecho una broma. Jones había conseguido que se sintiera lo bastante a gusto como para hacer una broma—. Anda, vete. Andy se pondrá bien. Luego nos vemos.

Melody vaciló y lo miró desde el porche trasero de la casa. Cowboy habría querido creer que era porque se resistía a alejarse de su compañía. Pero sabía que no era así y, cuando volvió a mirar, ella se había ido.

—Eh, Andy —dijo al levantar suavemente al chico del suelo, bajo los arbustos—. ¿Todavía estás de juerga?

El muchacho volvió la cabeza y, con un gruñido, vació el resto de su estómago en la camiseta y los vaqueros de Cowboy.

Era el colofón perfecto para una semana horrorosa.

Pero a Cowboy no le molestó. Le importaba un comino. Sólo podía pensar en la sonrisa de Melody.

CAPÍTULO 9

El bebé estaba practicando con ímpetu su número de claqué.

Melody miró el reloj por enésima vez esa noche. Era la 1:24.

Le dolía la espalda, notaba los pechos hinchados, tenía que hacer pis otra vez y de vez en cuando el bebé se giraba de cierta manera y disparaba un pinchazo de dolor de ciática que le atravesaba toda la pierna derecha, desde las nalgas a la pantorrilla.

Melody sacó las piernas de la cama. Sólo podría dormir si se levantaba y caminaba un poco. Con suerte, el vaivén haría que el niño se durmiera.

Se puso la bata y las zapatillas de estar en casa y, tras una breve parada en el cuarto de baño, se dirigió al piso de abajo. Le apetecía un sándwich de cecina, y sabía que había un cuarto de cecina en lonchas en la nevera. Con un poco de suerte, podría preparase el sándwich y comerse la mitad antes de que desapareciera el antojo.

Pero la luz de la cocina ya estaba encendida, y se detuvo en la puerta, deslumbrada por la claridad.

—¿Brittany?

—No, soy yo —Jones. Estaba sentado a la mesa de la cocina, sin camisa, por supuesto—. Lo siento, he intentado no hacer ruido. ¿Te he despertado?

—No, sólo estaba... No podía dormir y... —Melody intentó cerrarse la bata para ocultar su fino camisón de algodón, pero era inútil. La bata casi no se cerraba por delante.

Su impulso de salir huyendo se vio atemperado por el hecho de que ya no tenía solamente apetito: estaba hambrienta. El antojo de comer aquel sándwich se había desbocado. Miró la nevera y calculó la distancia entre ella y Jones.

Estaba demasiado cerca. Qué demonios: hasta estar a dos kilómetros de aquel hombre era demasiado cerca. Se dio la vuelta para volver arriba, consciente de la ironía de la situación. El bebé se había calmado por su paseo, pero ahora era ella la que no podía dormir porque estaba inquieta.

Pero Jones se levantó.

—Puedo irme, si quieres. Sólo estaba esperando a que se secara mi ropa.

Melody se dio cuenta de que sólo llevaba encima una toalla, atada flojamente alrededor de las caderas estrechas. Mientras ella la miraba, casi hipnotizada, la toalla comenzó a soltarse.

—Andy dio el bostezo psicodélico encima de los únicos vaqueros que tenía limpios —continuó Jones, y, agarrando la toalla en el último instante, volvió a sujetársela alrededor de la cintura.

Melody tuvo que reírse, al mismo tiempo aliviada y absurdamente decepcionada porque no estuviera desnudo ante ella.

—Nunca había oído llamarlo así. Para ser un eufemismo, suena casi agradable.

Él sonrió como si pudiera leerle el pensamiento.

—Créeme, no fue nada agradable. De hecho, fue muy desagradable, más bien espantoso. Pero era necesario.

Ella seguía en la puerta. Sabía que estaba allí, pero no parecía poder alejarse. La toalla volvió a resbalar y él se dio por vencido y la sujetó con una mano.

—¿Cómo está Andy? —preguntó ella.

—Bastante mal, pero por fin se ha dormido. Tuvo el aliciente añadido de las náuseas secas, después de que Vince y yo consiguiéramos limpiarlo y meterlo en la cama.

Él tenía aún el pelo mojado de la ducha. Melody sabía cómo olería, si se acercaba a él. Deliciosamente limpio y peligrosamente dulce. Jones hacía que hasta el olor del jabón barato pareciera exótico y misterioso.

—¿Por qué no vienes a sentarte? —dijo él con calma—. Si tienes hambre, puedo prepararte algo de comer. Sirven las mismas normas que para la cena. Hablamos, eso es todo.

Melody recordaba haberse quedado despierta hasta tarde con aquel hombre, dándose de comer el uno al otro la comida que les llevaba el servicio de habitaciones y hablando de cualquier cosa que se les pasaba por la cabeza. Libros, películas, música. Sabía que a él le gustaban Stephen King, las películas de acción de Harrison Ford y las canciones country de Diamond Rio. Pero no sabía por qué. Sus conversaciones nunca habían sido muy serias. Jones la interrumpía a menudo en mitad de una frase para besarla, hasta que la habitación comenzaba a dar vueltas, él se hundía dentro de ella y la charla quedaba olvidada.

Le había contado más sobre él esa tarde que en todo el tiempo que habían pasado en París. Podía imaginárselo de niño, muy parecido a Andy Marshall, desesperado por conseguir la aprobación de su padre. Se lo imaginaba metiéndose en los líos que parecían atraer a Andy como un poderoso imán. Se moría de ganas por averiguar cómo había cambiado. ¿Cómo había pasado de ser casi un delincuente juvenil a convertirse en aquel hombre equilibrado y seguro de sí mismo?

Melody entró en la cocina.

—¿Por qué no te sientas? —le dijo—. Sólo voy a prepararme un sándwich.

—¿Seguro que no quieres que te ayude?

—Preferiría que te sentaras. Así sé que no se te caerá la toalla.

Él se rió.

—Lo siento. No tenía nada limpio que ponerme, de verdad.

—Siéntate, Jones —le ordenó ella. Sintió que la observaba mientras sacaba el fiambre y la mostaza de la nevera. Los dejó sobre la mesa—. Lo que de verdad me apetece es un sándwich a la plancha, con cecina, chucrut y queso suizo con pan integral. Y un montón de mayonesa chorreando por los lados. Pero no tenemos queso suizo, ni mayonesa.

—Sal —dijo él—. Lo que te apetece es sal. Pero he leído que no es bueno tomar mucha sal durante el embarazo.

—De vez en cuando hay que romper las normas —le dijo Melody mientras sacaba dos platos de un armario.

—Si quieres, voy en un momento a comprar —se ofreció él—. Hay un supermercado cerca de aquí que abre todo el día.

Ella lo miró mientras sacaba el pan de un aparador.

—Te imagino allí, vestido sólo con tu toalla.

Él se levantó.

—Me pondré los vaqueros mojados. No me molesta. Créeme, he llevado cosas peores.

—No —dijo Melody—. Gracias, pero no. Para cuando volvieras, se me habría pasado el antojo.

—¿Seguro?

—Sí. Es muy raro. Me dan estos antojos y luego, en cuanto tengo delante la comida, me dan arcadas. Sobre todo, si he tardado mucho en prepararlo. De repente la comida que tanto me apetecía se convierte en lo último que me acercaría a la boca. Es mejor que lo prepare y empiece a comérmelo rápidamente —se sentó frente a él a la mesa para empezar a preparar el sándwich—. Sírvete.

—Gracias —Jones se recostó en la silla. Tomó uno de los platos y sacó un par de rebanadas de la bolsa de pan.

—Bueno, ¿y qué va a pasar ahora con Andy? —preguntó Melody.

—Voy a levantarlo temprano —le dijo Jones, tomando la mostaza—. Para que sienta las delicias de una buena resaca. Y luego vamos a ir a la biblioteca a buscar estadísticas sobre la correlación entre empezar a beber a los doce años y el alcoholismo —la miró mientras se lamía los dedos—. Creo que estaría bien que vinieras.

—¿Qué bien voy a hacerle a Andy por ir con vosotros?

—Oh, no es por Andy. Es por mí. Quiero que vengas porque me gusta tu compañía —sonrió mientras mordía el sándwich.

Melody intentó no sentirse halagada. Sabía que sus palabras sólo formaban parte de su intento por seducirla.

—No sé —dijo—. El sábado es el único día que puedo dormir hasta tarde.

—Andy y yo estaremos en la biblioteca un buen rato —le dijo él—. Puedes ir a buscarnos allí.

—No sé...

—No hace falta que me lo digas ahora. Piénsatelo. A ver qué tal te encuentras por la mañana —la vio dar un mordisco indeciso al sándwich—. ¿Qué tal está?

Estaba... delicioso.

—Bien —reconoció ella—. Al menos, ese mordisco.

—Debe de ser muy raro estar embarazada —dijo Jones—. Ni siquiera puedo imaginar cómo sería tener a otra persona dentro de mí.

—Fue muy extraño al principio, cuando empecé a notar que el bebé se movía —dijo Melody entre mordisco y mordisco—. Todavía no se me notaba mucho, pero sentía una especie de cosquilleo. Como si el sándwich de queso fundido que había tomado para comer cobrara vida y se pusiera a bailotear.

Jones se echó a reír.

—Eso sí lo he sentido. Se llama indigestión.

—No, esto es distinto. No duele. Pero es muy extraño. Una especie de milagro —no pudo evitar sonreír al apoyar la mano sobre su vientre; sobre su bebé—. Un milagro, sí.

—La idea resulta asombrosa —dijo Jones—. Y aterradora. Quiero decir que todavía queda un mes y medio para que el bebé decida que quiere salir. Pero para entonces será un palmo más alto que tú. Te aseguro que cuando te miro me asusto, Melody. Eres tan menuda y ese bebé es tan grande... ¿Cómo va a funcionar?

—Es natural, Jones. Las mujeres tienen hijos desde el principio de los tiempos.

Él se quedó callado un momento.

—Lo siento —dijo por fin—. Prometí que no hablaríamos de esto. Es sólo que... No me gusta que las cosas escapen a mi control.

Melody dejó el sándwich a medio comer sobre su plato. Se le había quitado el apetito.

—Sé lo difícil que es esto para ti —le dijo—. Sé que debe de parecerte que, en un abrir y cerrar de ojos, toda tu vida ha descarrilado.

—Pero pasó —repuso Jones— y ya no hay vuelta atrás. Sólo podemos seguir adelante.

—Tienes razón —dijo Melody—. Y lo que nos espera a ti y a mí son caminos muy distintos.

Él se rió, rompiendo el humor sombrío en el que ambos parecían haber caído.

—Sí, ya, caminos distintos. Ya hemos hablado de eso antes, cariño. Lo que quiero saber es quién va a acompañarte a las clases de preparación al parto. Vas a seguir el método Lamaze, ¿no?

Melody parpadeó.

—Cuánto sabes de esto...

—He estado leyendo. Me gustaría que me aceptaras como acompañante. Si todavía aceptas solicitudes, claro está.

—Brittany ya me ha dicho que me acompañará ella —le dijo, y dio gracias al cielo para sus adentros. Se imaginaba a Cowboy Jones en el paritorio cuando diera a luz. Eso sí que sería una doble tortura.

—Sí, me lo imaginaba. Sólo esperaba que... —miró su comida sin acabar—. Ya no quieres más sándwich, ¿eh?

Melody asintió con la cabeza mientras se levantaba.

—Será mejor que me vaya a la cama.

—Sí, sube. Yo recogeré todo esto —Jones sonrió—. Ha sido agradable. Podríamos hacerlo otra vez. Cada noche el resto de nuestras vidas, por ejemplo —se dio una palmada en la cabeza—. Maldita sea, ya estoy otra vez. Claro que, como tú misma has dicho, de vez en cuando hay que romper las normas.

—Buenas noches, Jones —dijo ella con exagerada exasperación.

Él se rió.

—Buenas noches, cariño.

Melody no miró hacia atrás al subir las escaleras. Sabía que, si miraba, vería a Jones mirándola con una sonrisa.

Pero sabía también que su sonrisa sería una máscara que cubría su frustración y su desánimo. Aquello era muy duro para él, teniendo en cuenta que, en realidad, no quería casarse con ella. Ya le habría costado bastante poner en marcha los engranajes y seguir adelante. Pero sentarse allí noche tras noche, días tras día, e intentar convencerla de que lo mejor era que se casaran cuando ni él mismo se lo creía...

Melody sintió lástima por él.

Casi tanto como por sí misma.

—Hola, chicos. ¿Habéis encontrado algo?

Cowboy levantó la mirada del ordenador de la biblioteca y vio a Brittany Evans de pie tras la silla de Andy. Se volvió, miró más allá y recorrió rápidamente la sala con la vista, buscando a su hermana. Pero, si Melody estaba allí, estaría escondida entre las estanterías, porque no se la veía por ninguna parte.

—Está fuera —contestó Brittany a su pregunta tácita—. Está un poco mareada, así que se ha quedado esperando un momento, sentada en un banco de la calle.

—¿La has dejado sola?

—Sólo un minuto. Pero se me ha ocurrido que en vez de quedarme con ella... En fin, he pensado que tal vez quieras cambiarme el puesto.

—Sí —dijo Jones mientras se levantaba—. Gracias.

Andy lo miró con enojo.

—Eh, que yo no necesito una niñera.

—Es cierto —dijo Brittany con energía al sentarse en la silla de Cowboy—. No la necesitas. Necesitas un guardián. Y parece que también un profesor de gramática. ¿Qué estás buscando? ¿Las estadísticas de sobredosis de alcohol en menores con resultado de muerte? Niños que han muerto por beber demasiado. Un tema fascinante, ¿eh? ¿Qué tal tienes el estómago esta mañana, por cierto?

Cowboy no esperó a oír la respuesta de Andy; cruzó el vestíbulo de la biblioteca, empujó la pesada puerta de madera y salió a la calle.

Mel estaba sentada en un banco, como había dicho Brittany. Todavía, cada vez que la veía, se quedaba en suspenso. Era preciosa. Su pelo dorado reflejaba el sol otoñal. Y aunque hacía fresco, se había quitado la chaqueta y llevaba sólo un vestido sin mangas. Tenía los brazos ligeramente bronceados y tan delgados como siempre. Cowboy estaba seguro de que podría rodear sus dos muñecas con el pulgar y el índice de una mano. Si ella le dejaba acercarse lo suficiente, claro.

Cuando se acercó al banco, le sorprendió que ella no se levantara de un salto y retrocediera... hasta que se dio cuenta de que, detrás de las gafas de sol, tenía los ojos cerrados.

Estaba muy pálida.

—Cariño, ¿estás bien? —Cowboy se sentó a su lado.

Ella no abrió los ojos.

—Me mareo tanto... —reconoció—. Sólo con el paseo desde el coche... —abrió los ojos y lo miró—. No es justo. Mi madre es una de esas mujeres tan absurdamente sanas que estuvo jugando al tenis hasta el día antes de darme a luz. Dos hijas, y no vomitó ni una sola vez.

—Pero tú no sólo tienes los genes de tu madre —dijo Cowboy—. La mitad son de tu padre.

Ella sonrió melancólicamente.

–Sí, bueno, él tampoco tenía náuseas por la mañana.

La brisa agitó su pelo, meciendo un mechón junto a su mejilla. Cowboy deseó tocar su cabello, apartarlo y notar en los dedos su tacto sedoso.

–No hablas mucho de él –Cowboy se agachó y tomó una hoja de arce roja y perfecta que el viento había arrastrado hasta sus pies–. Recuerdo que cuando estuvimos en París me contaste que tu madre había vuelto a casarse y que vivía en Florida, pero nunca mencionaste a tu padre.

–Murió el verano que yo cumplí dieciséis años –Melody hizo una pausa–. Nunca lo conocí, en realidad. Quiero decir que vivimos en la misma casa dieciséis años, pero nunca estuvimos muy unidos. Trabajaba siete días a la semana, dieciocho horas al día. Era corredor de inversiones. Si quieres que te diga la verdad, no sé qué vio mi madre en él.

–Puede que fuera pura dinamita en la cama.

Melody estuvo a punto de atragantarse.

–¡Dios, qué idea!

–Eh, Brittany y tú habéis salido de alguna parte, ¿no? Los padres también son personas –sonrió–. Aunque tengo que reconocer que me da miedo imaginarme a mi madre con el vicealmirante.

Melody se mordisqueaba el labio inferior pensativamente mientras lo miraba.

–¿Por qué será que siempre acabamos hablando de sexo?

–Quizá por que hace ya más de siete meses que no lo practico –admitió él–. Pienso mucho en ello.

–No hablarás en serio –ella estaba perpleja.

Cowboy se encogió de hombros. Lo había dicho sin querer darle importancia.

—¿Quieres que te traiga un refresco o algo que te asiente el estómago?

Melody no quería que la distrajera.

—¿Me estás diciendo de verdad que desde que estuvimos juntos en París no has...? ¿Ni una sola vez?

—No —Cowboy empezaba a estar azorado. Se levantó—. ¿Por qué no damos un paseo y vamos a comprar un par de latas de ginger ale?

—¿Por qué, Jones? —Melody tenía los ojos como platos—. No puedo creer que no hayas tenido un montón de oportunidades de... Quiero decir que... —se rió con nerviosismo—. Bueno, he visto cómo te miran las mujeres.

Cowboy suspiró y volvió a sentarse. Debería haber imaginado que ella no lo dejaría correr así como así.

—Sí, tienes razón. En estos meses he estado en bares en los que sabía sin ninguna duda que podía llevarme a casa a alguna chica —le sostuvo la mirada—. Pero yo no quería a una chica cualquiera. Te quería a ti —torció la boca en una sonrisa, consciente de que había desvelado más de lo que pretendía—. Para ser solamente lujuria y necesidad de satisfacción, es un sentimiento muy poderoso, ¿no crees?

Vio la confusión reflejada en sus ojos mientras intentaba asimilar lo que él acababa de decirle. Deseó que le tendiera los brazos, que se rindiera a la verdad, que admitiera que él tenía razón: que entre ellos había algo más que atracción física. Quería que le susurrara que ella no había tenido ningún amante desde la última vez que habían estado juntos. No podía creer que lo hubiera tenido, pero no lo sabía con toda seguridad, y quería oírselo decir.

Pero, sobre todo, quería que lo besara.

Melody, sin embargo, no lo besó.

Así que Cowboy hizo algo que tampoco estaba mal. Se inclinó y la besó.

Ella no se apartó, así que volvió a besarla, urgiéndola a abrir la boca y atrayéndola hacia sí al tiempo que apretaba la mano contra su vientre redondeado y sensual. Era tan dulce, sus labios eran tan suaves... Sintió que se derretía por dentro, notó que sus músculos se licuaban, llenos de deseo, y que una nueva esperanza embargaba su espíritu.

Iba a tener otra oportunidad de hacerle el amor. Tal vez pronto. Quizás incluso (por favor, Dios) ese mismo día.

—Soñaba con besarte así —susurró levantando la cabeza con la esperanza de ver reflejado en sus ojos la misma pasión que sentía él.

Ella estaba sin aliento, pero cuando Cowboy bajó la cabeza para besarla de nuevo, lo detuvo.

—Dios, qué bueno eres, ¿no?

—¿Bueno...? —pero comprendió lo que ella quería decir en cuanto hubo pronunciado aquella palabra. Melody pensaba que todo lo que había dicho, que todo lo que hacía, formaba parte de un plan para seducirla.

En cierto modo, tenía razón. Pero también se equivocaba. Era más que eso. Era mucho más.

Pero antes de que pudiera abrir la boca para llevarle la contraria, lo sintió. Bajo su mano, el bebé de Melody (su bebé) se movió.

—Oh, Dios mío —dijo, boquiabierto, y miró a los ojos a Mel. Todos los pensamientos huyeron de su cabeza—. Mel, lo he sentido moverse.

Melody se rió al ver su cara de asombro. También ella había olvidado sus reproches. Deslizó la mano por un lado de su vientre.

—Espera, pon la mano aquí —le dijo—. Ésta es una de sus rodillas.

Era asombroso. Había un bulto duro que sobresalía ligeramente en la tersura de su vientre. Era la rodilla del bebé. La rodilla de su hijo.

—Tiene rodillas —susurró Cowboy—. Oh, Dios mío.

No había pensado en el bebé en términos de rodillas, codos, brazos y piernas. Pero aquel bebé tenía, decididamente, una rodilla.

—Aquí —Melody colocó su mano sobre el otro lado de su tripa—. Esto de aquí es la cabeza.

Pero de pronto el bebé cambió de postura y Cowboy sintió su movimiento bajo las manos. No era Melody la que hacía aquello. Era... otra persona. Alguien que no existía antes de que Melody y él hicieran el amor en aquel vuelo con destino a París. Cowboy estaba sin aliento; comprendió de nuevo la magnitud de la situación y se sintió tremendamente desconcertado.

—Da miedo, ¿eh? —susurró Melody.

Él la miró a los ojos y asintió.

—Sí.

—Miedo de verdad —añadió ella, sonriendo ligeramente, con melancolía.

—Yo nunca he visto un bebé realmente, ¿sabes?, excepto en fotografías —reconoció Cowboy. Se humedeció los labios, que de pronto se le habían quedado secos—. Y tienes razón, la idea de que haya alguien que me pertenezca me da un miedo mortal —pero el bebé volvió a moverse y él no pudo evitar sonreír—. Está nadando ahí dentro, ¿verdad?

Ella asintió con la cabeza.

Cowboy seguía tocándola, pero a ella no parecía importarle. Deseó que estuvieran solos en la cocina de su casa, y no en un banco, frente a la biblioteca pública.

Melody cerró los ojos otra vez y él comprendió que le gustaba que tocara su cuerpo.

—Sé que crees que te estás saliendo con la tuya, pero no es verdad —dijo ella de pronto, abriendo los ojos y mirándolo—. Soy tan terca como tú, Jones.

Él sonrió.

—Sí, bueno, por regla general yo nunca cejo, ni pierdo. Así que sólo me queda otra opción. Y es ganar.

—Tal vez haya un modo de que ambos salgamos ganando.

Cowboy la apretó con más fuerza y se inclinó para frotar la nariz contra su cuello suave.

—Sé que lo hay. Podemos volver a tu casa y encerrarnos en tu habitación seis días seguidos.

Melody se apartó de él.

—Hablo en serio.

—Yo también.

Ella sacudió la cabeza con impaciencia.

—Jones ¿y si te reconociera como padre del bebé y te concediera derechos de visita?

—¿Derechos de visita? —preguntó él, incrédulo—. ¿Vas a darme permiso para visitar al niño dos o tres veces al año, y crees que voy a pensar que eso significa que he ganado?

—Es un compromiso —le dijo ella; sus ojos eran de un tono de azul muy formal—. Para mí tampoco sería divertido. Tendría que olvidarme de cortar nuestra relación limpiamente, como esperaba. Y piensa en lo difícil que será para el hombre con el que por fin me case, que tú aparezcas con todos tus músculos dos o tres veces al año.

Cowboy sacudió la cabeza.

—No hay trato. Soy el padre del bebé. Y el padre de un bebé debería estar casado con la mamá del bebé.

Los ojos de Melody brillaron.

—Lástima que no pensaras tanto en la moral en aquel vuelo a París. Si no recuerdo mal, entonces no me hablaste de matrimonio. Lo único que dijiste tenía que ver con cómo y dónde tenía que tocarte, y con el modo más eficaz de quitarnos la ropa en aquel aseo diminuto.

Él no pudo ocultar una risa.

—No olvides nuestra conversación de tres segundos y medio sobre nuestra falta de condones.

Ella lo miró con el ceño fruncido.

—Esto no tiene gracia.

—Lo siento. Y tienes razón. He escogido un mal momento para unirme a la moral de la mayoría —la tomó de la mano y entrelazó suavemente sus dedos—. Pero, cariño, no puedo evitar sentir así. Y, sobre todo después de pasar la mañana con Andy, creo que es responsabilidad nuestra, por el bien del bebé, intentar al menos vivir juntos como marido y mujer.

—¿Por qué? —ella se volvió ligeramente para mirarlo mientras apartaba la mano con delicadeza—. ¿Por qué es tan importante para ti?

—No quiero que el niño crezca como Andy —le dijo Cowboy, muy serio—. O como yo. Cariño, no quiero que crezca como crecí yo, pensando que a mi padre le importaba un pimiento —cedió al deseo de tocar su pelo y, apartando un mechón que había quedado prendido en sus pestañas, se lo enrolló en el dedo—. ¿Sabes?, creo sinceramente que esta mañana ha sido la primera vez que Andy ha entrado en una biblioteca. No sabía lo que era un carné de biblioteca. No estoy seguro de que pueda leer la mitad de lo que hemos visto en la pantalla del ordenador. Y sé que nunca ha tenido un libro en sus manos, fuera de la escuela. *Tom Sawyer*, Mel. Ese chico nunca lo ha leído, nunca había oído hablar de él. «¿Mark Twain? ¿Quién es?», me ha dicho. Maldita sea. Y no estoy diciendo que, si su padre estuviera con él, las cosas serían distintas, pero el caso es que cuesta tener amor propio cuando una de las dos personas más importantes de tu vida te abandona. Y cuesta mucho salir adelante cuando no se tiene amor propio.

Cowboy respiró hondo y prosiguió:

—Quiero que el bebé que llevas dentro se guste. Quiero que sepa sin una sombra de duda que su papá lo quiere... tanto como para casarse con su madre y darle un apellido legítimo.

Melody le sostuvo la mirada mientras se levantaba, y Cowboy confió en que sus palabras hubieran surtido efecto.

—Piénsalo —le dijo—. Por favor.

Ella asintió con la cabeza. Y cambió de tema mientras entraban en la biblioteca.

—Más vale que rescatemos a Andy. Britt no le cae muy bien.

Pero Cowboy vio a Andy y a la hermana de Mel sentados donde los había dejado, delante del ordenador, con las cabezas juntas.

Apenas levantaron la vista cuando Cowboy y Melody se acercaron. Estaban jugando a un sanguinario juego de ordenador que sin duda habían encontrado navegando por la red.

—Jugaríamos mucho mejor en el ordenador de mi casa —le dijo Britt a Andy mientras usaba con destreza el teclado para entablar un combate mortal con una banda de trolls—. Los gráficos serían mucho más claros. Deberías pasarte por allí algún día. Te lo enseñaré, si quieres.

—¿Tu ordenador puede buscar en Internet, como éste? —preguntó Andy.

Brittany soltó un bufido.

—Sí, y en la mitad de tiempo. Ya verás qué diferencia. Te aseguro que este ordenador es de la Edad de Piedra.

Melody miró a Cowboy con las cejas ligeramente levantadas.

Él tuvo que sonreír. Si Brittany y Andy podían convertirse en aliados, había esperanzas de que Melody y él hicieran lo mismo.

Observó a Melody mientras ella se acercaba a una estantería llena de libros nuevos.

Melody no tenía ni idea de lo preciosa que era.

No tenía ni idea de cuánto la deseaba.

No tenía ni idea de lo paciente que podía ser.

Una vez, fue a una misión de espionaje con Blue McCoy. Les habían encargado vigilar una casa de vacaciones en la Selva Negra, en Alemania, en la que, según fuentes del FinCOM, al final de la semana se alojaría un terrorista buscado en relación con una serie de atentados en Londres.

Las fuentes del FinCOM se equivocaban: el terrorista apareció cinco días antes de lo previsto, y McCoy y Cowboy se escondieron entre los matorrales, junto a la puerta trasera y justo debajo de la ventana del cuarto de estar. Quedaron atrapados entre la casa y la entrada para coches, profusamente iluminada, escondidos por la sombra del follaje, pero incapaces de moverse sin arriesgarse a que los equipos de guardias de seguridad y soldados profesionales que patrullaban constantemente la finca los detectasen.

Estuvieron tendidos boca abajo tres días y medio, contando soldados y guardias y escuchando las conversaciones *auf Deutsch* y en varios dialectos árabes que tenían lugar en el cuarto de estar. Transmitieron toda aquella información a Joe Cat por los auriculares de la radio y esperaron (y esperaron y esperaron) a que la Brigada Alfa tuviera luz verde para atrapar a los terroristas y liberarlos.

Cowboy salió de aquello oliendo fatal y muy enfadado, pero sabiendo que podía esperar todo el tiempo que hiciera falta.

Melody Evans no lo sabía, pero no tenía ninguna oportunidad.

CAPÍTULO 10

Melody se despertó, consciente de que su siesta se había alargado mucho más allá de media tarde. La habitación estaba a oscuras y fuera era de noche. Su despertador marcaba las 23:14.

Alguien había entrado en su dormitorio mientras estaba dormida y la había tapado con una manta. Pero esa persona no podía haber sido su hermana, que había tenido que irse al hospital antes de que ella subiera a echarse y que, dado que su cuarto estaba vacío y la casa en silencio, no había regresado aún.

Melody miró a través de la ventana la tienda del jardín de atrás. Estaba a oscuras. Sin duda Jones se había ido a dormir después de arroparla.

O había sido él, o había sido Andy. El chico pasaba mucho tiempo en casa, trabajando (o jugando) con Britt en el ordenador. En la semana transcurrida desde que Jones le había dado el escarmiento, Andy se comportaba menos como un ex presidiario de veintitrés años y más como un chico de doce años.

Brittany y él habían hecho muy buenas migas... lo cual

les sentaba bien a ambos. Desde su divorcio, Britt solía fijarse más en las cosas negativas que en las positivas. Pero cuando Andy andaba por allí, Melody oía con mucha más frecuencia la risa musical de su hermana.

Britt se quejaba de él, desde luego. Que si había migas alrededor del ordenador. Que si dejaba platos sucios en la mesa de la cocina. Pero le había dado al chico su contraseña del ordenador y dejaba que lo usara hasta cuando tenía turno de tarde o de noche en el hospital.

Andy era un buen chico, pese a su mala reputación. Tenía encanto natural y verdadero sentido del humor. Pero no se habría separado del ordenador de Britt el tiempo suficiente para subir y taparla con una manta. Tenía que haber sido Jones.

Durante la semana anterior, él había acudido cada mañana y se había sentado en la cocina mientras ella desayunaba, antes de irse a trabajar. Después de verla comer con desgana una tostada seca varios días seguidos, le había preparado huevos con beicon, tortitas y gachas de avena con la esperanza de que le apeteciera alguno de aquellos platos.

También la estaba esperando cuando volvía del trabajo. Ella se había acostumbrado a sentarse en el porche delantero con él, a hablar tranquilamente y a contemplar el sol del atardecer, que volvía las hojas brillantes del otoño de tonos de rojo y naranja aún más vívidos.

Jones siempre cenaba con ellas. Al igual que Andy, se las había ingeniado para encantar por completo a Brittany. Y, en cuanto a Melody, se estaba acostumbrando a que él le sonriera desde el otro lado de la mesa de la cocina.

Estaba esperando que volviera a besarla, como la había besado delante de la biblioteca. Pero, como si intuyera su turbación, él mantenía las distancias y le dejaba espacio de sobra.

Sin embargo, a menudo, cuando sus ojos se encontraban, se producía una chispa ardiente y sobrecogedora, y la mirada de Jones se posaba sobre su boca. Su mensaje era muy claro. Quería besarla de nuevo y quería asegurarse de que ella lo sabía.

La idea de que Jones hubiera estado en su cuarto, la hubiera tapado con una manta y la hubiera visto dormir resultaba desconcertante, y Melody intentó alejarla de sí. No quería pensar en eso. No quería pensar en Jones. Se concentró en el hambre que tenía mientras bajaba a la cocina. Tenía un hambre perversa, como decían en Boston.

Mordisqueó una galleta salada mientras buscaba algo que comer en la nevera y en la despensa. La gripe seguía haciendo estragos entre la plantilla de enfermeras del hospital, y Brittany no había tenido tiempo de hacer la compra. No había nada que comer en casa. O, mejor dicho, nada que a Melody le apeteciera comer.

Habría ido a comprar ella misma, pero Britt le había hecho prometer bajo pena de muerte que no intentaría empujar el carrito y luchar con la multitud del supermercado hasta después de que naciera el bebé.

Pero, si Britt se salía con la suya, Melody se pasaría los meses siguientes en la cama. Y por las cosas que le había dicho la semana anterior frente a la biblioteca, Jones era de la misma opinión. Pero él quería que se quedara en la cama por razones bien distintas.

Melody no podía creer que su motivo fuera la pura pasión. Ella no estaba precisamente sexy últimamente (a menos, claro, que a uno le gustaran las calabazas). Las palabras de Andy, «gorda y ridícula», acudieron enseguida a su cabeza. No, tenía que creer que Jones la quería en la cama sólo porque sabía que, una vez la tuviera allí, él estaría mucho más cerca de lograr su objetivo: casarse con ella.

Por el bien del bebé.

Con un suspiro, descolgó su chaqueta de la percha de la entrada y comprobó que tenía las llaves del coche y la cartera en los bolsillos. Brittany le había prohibido ir al supermercado, pero la tienda de la autopista era otro cantar.

Tal vez, si se paseaba por los pasillos, encontrara algo que le apeteciera comer: algo aparte de un paquete entero de galletas de chocolate, claro.

Abrió la puerta y al salir al porche estuvo a punto de tropezar con Jones. Él la agarró con los dos brazos y la sujetó con fuerza para impedir que ambos se cayeran por los escalones.

Su cuerpo era cálido y su pelo estaba revuelto, como si él también acabara de despertarse. Melody lo había visto así en París. No recordaba cuántas veces se había despertado lentamente bajo el calor de las mantas y al abrir los ojos había visto su sonrisa perezosa y sus soñolientos ojos verdes.

En aquel entonces, el tiempo perdió todo su sentido. Dormían cuando estaban cansados, comían cuando tenían hambre y hacían el amor el resto del tiempo. A veces, cuando se despertaban, era de madrugada. A veces, la luz cálida del atardecer se colaba bajo las cortinas.

Pero eso no importaba. El resto del mundo había dejado de existir. Lo que importaba estaba allí, en aquella habitación, en aquella cama.

—He visto encenderse la luz —dijo él con la voz todavía ronca por el sueño y el acento tejano aún más pronunciado—. Y se me ha ocurrido venir, a ver si estabas bien.

—Estoy bien —Melody dio un paso atrás y él la soltó. La noche era fría, y ella echó enseguida de menos su calor—. Pero tengo hambre. Voy a acercarme a la Criminal.

Él pestañeó.

—¿Que... qué?

Ella empezó a bajar los escalones.

—Voy a ir a Honey Farms, la tienda que hay en la carretera de Connecticut.

Jones la entendía.

—Sí. Pero... ¿cómo la has llamado?

—La Criminal. Ya sabes, porque los precios que tienen son criminales.

Él se rió, sinceramente divertido.

—Me gusta el nombre. La Criminal.

Melody no pudo evitar sonreír.

—No hace falta mucho para hacerte feliz, ¿verdad, Jones?

—No, señorita. Y ahora mismo me volvería loco de alegría ir a la Criminal por ti. Dame las llaves de tu coche, dime lo que quieres y te lo traigo dentro de diez minutos.

Melody miró a su alrededor.

—¿Dónde está tu coche?

—Era... eh... un poco caro mantener un coche de alquiler tanto tiempo —sacó una goma de pelo del bolsillo de sus vaqueros. Se peinó con los dedos y hizo una coleta—. Lo devolví hace semana y media.

—Dios, ni me había fijado.

Jones le tendió la mano.

—Vamos, dame las llaves y dime qué quieres para cenar.

Ella pasó a su lado y se dirigió hacia su coche.

—Gracias, pero no. No sé lo que quiero. Pensaba ir a echar un vistazo.

—¿Te importa que te acompañe?

—No —contestó Melody, sorprendida porque fuera cierto—. No me importa.

Abrió la puerta de su coche, pero él corrió a cortarle el paso.

—¿Qué te parece si conduzco yo?

—¿Sabes conducir un coche con marchas manuales?

Jones se limitó a mirarla.

—Ya —dijo ella, dándole las llaves—. Eres un SEAL. Dios, ¿puedes creer que casi se me olvida? Si puedes pilotar un avión, puedes manejar mi coche, por peculiar que sea.

Era mucho más fácil sentarse en el asiento del coche sin tener el volante en medio. Jones esperó a encender el motor hasta que ella cerró la puerta y se puso el cinturón de seguridad.

—El embrague puede tener muy mala uva —empezó a decir ella, pero se detuvo al ver que él le lanzaba otra mirada cargada de intención.

Pero Jones le sonrió, y ella se descubrió devolviéndole la sonrisa. Siempre se descubría sonriendo cuando estaba con él.

Jones logró sacar el coche de la entrada y enfilar la calle principal sin que el coche se le calara o avanzara a saltos. Conducía fácil y cómodamente, con una mano sobre el volante y la otra apoyada apenas en la palanca de cambios. Tenía unas manos muy bonitas. Eran fuertes y capaces, como él mismo.

—Estaba pensando —dijo, rompiendo por fin el silencio mientras se acercaban a la tienda— que mañana podría ser un buen día para preparar el jardín para el invierno. Se supone que va a hacer un día soleado y que rondaremos los quince grados —la miró—. Podría ayudarte después de ir a la iglesia, si quieres.

Melody no supo qué decir.

—Me temo que nunca he sido muy aficionado a la jardinería. No estoy muy seguro de qué hay que hacer —él carraspeó—. Supongo que lo mejor es que me ponga a tus órdenes. Tú me dices qué tengo que hacer, qué hay que levantar, qué hay que mover, y yo lo hago.

Sólo había otro coche en el aparcamiento de la tienda de la autopista y estaba junto a los teléfonos. Jones aparcó junto a la puerta y apagó el motor. Pero se movió ligeramente para mirarla, en lugar de salir.

—¿Qué te parece? —preguntó.

Melody lo miró a los ojos y sonrió.

—Me parece que te has enterado de que mañana, después de la iglesia, hay una recogida de manzanas benéfica en la finca Hetterman y quieres tener un buen motivo para no ir.

Jones se echó a reír.

—No, no me había enterado. ¿Qué es eso de la recogida de manzanas?

—Hetterman siempre ha tenido problemas para contratar jornaleros que recojan las últimas manzanas. Es una granja de autoservicio. La gente de la ciudad viene durante toda la temporada a recoger sus propias manzanas, pero siempre quedan muchas. Hará unos siete años, Hetterman hizo un trato con un grupo de *girl scouts* del pueblo. Si las chicas conseguían que veinte personas fueran a recoger manzanas un día entero, Hetterman prometió dar a un alumno del instituto una beca de quinientos dólares. Bueno, las chicas se superaron. Consiguieron que fueran cien personas, y las manzanas estuvieron recogidas en tres horas, no en un día. Desde entonces, la recogida de manzanas se ha convertido en una tradición local. El año pasado, se presentaron cuatrocientas personas y acabaron en menos de dos horas. Y la ferretería de los hermanos Glenzen, la Iglesia Congregacional, el First City Bank y unos cuantos benefactores más se han unido a los quinientos dólares de Hetterman, y ahora la beca es de cinco mil dólares —Melody se rió de sí misma—. Escúchame. Hablo como una buena samaritana. Pero no puedo evitarlo. La idea de que toda esa gente trabaja junta por una causa tan buena me pone la piel de gallina. Lo sé, lo sé, soy una tonta.

—No, no lo eres —Jones le sonreía levemente—. A mí también me gusta la idea. Es un auténtico trabajo en equipo —la observaba atentamente, con especial atención, como si lo que le había dicho fuera lo más importante del universo. Pero ser el centro de atención de toda aquella intensidad resultaba abrumador.

La luz amarillenta y mortecina de las farolas del aparcamiento atravesaba la luna del coche, formando intrincados dibujos de luces y sombras sobre el salpicadero. Había silencio, y aquello era demasiado íntimo. Melody debía salir del coche, lo sabía.

—Este año intentan que participen seiscientas personas y hacerlo todo en menos de una hora. Quieren intentar batir un récord.

Él alargó la mano y comenzó a juguetear con uno de sus rizos. Tocándola, pero sin tocarla.

—Entonces, será mejor que pensemos en ir, ¿no?

Melody se rió y desasió suavemente su mechón de pelo, intentando disipar aquel estado de ánimo, sabiendo que debía hacerlo. No tenía otro remedio. Si no hacía algo, Jones no tardaría mucho en inclinarse y besarla.

—No te veo pasando ni media hora recogiendo manzanas —se desabrochó el cinturón de seguridad, pero Jones no hizo amago de salir del coche.

—¿Por qué no?

—Habla en serio, Jones.

—Hablo en serio. Parece divertido. En serio.

—Recoger manzanas no es precisamente lo tuyo.

—Sí, bueno, puede que no sepa nada de eso —dijo él—, pero sé trabajar en equipo, y creo que me sentiría orgulloso de formar parte de ese equipo.

Melody salió del coche a toda prisa. Tenía que hacerlo, o cometería alguna idiotez: como besarlo.

Pero él pareció leerle el pensamiento porque la siguió y la agarró de la mano antes de que llegara a la puerta de la tienda.

—Vamos —dijo, y sus ojos parecían desafiarla—. Que sea nuestro plan de mañana. Iremos a recoger manzanas, comeremos y luego volveremos a casa y trabajaremos en el jardín —sonrió—. Y luego, por la tarde, si te sientes aventurera, podemos dar un paseo hasta el refugio para pájaros de Audubon.

Melody se rió y Jones se inclinó y la besó.

Ella sabía lo que estaba haciendo, lo que llevaba haciendo toda la semana. Intentaba debilitarla poco a poco, paso a paso. Intentaba que se enamorara de él. Se lo estaba tomando todo con mucha calma. Se esforzaba por ser extremadamente tierno.

Pero aquél no fue un beso tierno y sosegado. Esta vez, se apoderó de su boca con un ansia que la dejó sin aliento. Ella sintió el sabor de su pasión, junto con el sabor dulce, a menta, de la pasta de dientes que debía de haber usado justo antes de salir de la tienda de campaña para reunirse con ella.

Sintió sus manos en el pelo, en la espalda, deslizándose para tocar su trasero. Jones la había abrazado así en París, apretándola ligeramente contra él para que sintiera su erección.

Ahora, sin embargo, se interponía entre ellos su tripa del tamaño de una sandía.

Lo oyó gruñir y reírse, lleno de frustración.

—Hacerte el amor va a ser muy interesante. Vamos a tener que ponernos muy creativos, ¿no?

Melody sentía cómo palpitaba su corazón. Respiraba trabajosamente cuando lo miró a los ojos, pero no parecía capaz de apartarse. No quería apartarse. Quería que la llevara a casa y volviera a besarla así. Quería hacer el amor con él. Dios, qué débil era. Jones había derruido sus defensas en poco más de dos semanas. Pero tal vez hubiera sido una locura pensar que podía resistirse a él.

Sin embargo, en lugar de llevarla al coche, Jones alargó el brazo hacia la puerta de la Criminal.

—Vamos a por lo que hemos venido.

Se apartó para dejarla pasar.

Melody se llevó la mano a los labios al entrar en la tienda. Aquel beso había sido tan abrasador que sin duda le había dejado una marca. Pero sus labios seguían intactos.

Las luces del techo eran deslumbrantes comparadas con las del aparcamiento, y Melody guiñó un poco los ojos al pasear la mirada por la tienda pequeña y lúgubre.

Isaac Forte despachaba esa noche. Siempre le tocaba el turno de noche, lo cual parecía apropiado. Con su cara pálida y flaca y su cuerpo casi esquelético, le recordaba a un vampiro. Si alguna vez le tocaba la luz del sol, sin duda se convertiría en polvo. Pero ella también se había convertido en una criatura nocturna en los meses anteriores. Y sus extraños antojos la habían convertido en una clienta habitual de la tienda, así que conocía bastante bien a Isaac. El hombre tenía sus problemas, pero tener que beber sangre humana para mantenerse vivo no era uno de ellos, gracias al cielo.

—Hola, Isaac —dijo Melody.

Junto al mostrador había dos hombres con chaquetas negras. Isaac los estaba atendiendo y...

Jones se movió tan rápido que apenas se le vio.

Dio una patada y algo salió volando al otro lado del local.

Una pistola. Uno de aquellos hombres llevaba una pistola y Jones lo había desarmado y había puesto la pistola fuera de su alcance antes de que Melody se diera cuenta siquiera.

—¡Sal de aquí! —gritó Jones mientras tiraba al suelo de un golpe a uno de los hombres, haciendo que el otro tropezara con él.

El primero estaba aturdido, pero el segundo se alejó a rastras, intentando asir la pistola caída. Melody podía verla, reluciente y mortífera, en el suelo, delante de las palomitas y las cortezas de maíz.

—¡Maldita sea, Melody, vete! —gritó Jones, y agarró al segundo hombre por la chaqueta de cuero.

Le estaba hablando a ella. Quería que se pusiera a salvo.

Un expositor de libros cayó al suelo con estrépito mientras el hombre luchaba por desasirse e intentaba alcanzar la pistola. Melody siguió observando la escena, hipnotizada por el miedo mientras Jones seguía agarrando a aquel hombre sin siquiera pararse un instante cuando lanzó una patada a la espalda al otro, al que estaba aturdido, que cayó al suelo con un golpe seco.

No había nada de justo en aquella pelea. No había normas, ni cortesías, ni tiempos muertos. Jones golpeaba la cabeza del hombre de la pistola contra el suelo mientras éste seguía lanzándole golpes. Codos, rodillas, manos, pies: todo le servía para golpear a Jones, pero no había modo de parar al SEAL. Siempre volvía a arremeter.

La expresión de su cara lo había transformado, y sus ojos brillaban con una luz impía. Parecía más una bestia que un hombre. Tenía los labios replegados en una aterradora mueca de rabia.

Apartó la pistola con el pie al tiempo que lanzaba al hombre violentamente en dirección contraria. Cajas de ganchitos estallaron por todas partes cuando se abalanzó sobre él y lo golpeó una y otra vez, hasta que no quedó duda de que no iba a levantarse. Al menos, de momento.

Fuera, en el aparcamiento, el coche que aguardaba arrancó con un chirrido de neumáticos.

A pesar de que los dos hombres estaban inconscientes, Jones se acercó rápidamente a la pistola. Melody estuvo a punto de derrumbarse de alivio cuando sus manos se cerraron sobre ella. Jones estaba a salvo. Ella no iba a tener que ver cómo lo acribillaban a balazos.

Oyó las sirenas de la policía a lo lejos. Sin duda Isaac había hecho sonar la alarma al empezar la pelea. Ahora miraba recelosamente por encima del mostrador, con los ojos como platos fijos en Jones.

Jones echó un vistazo a la pistola y sacó las balas. Y luego la miró. Sus ojos parecían aún iluminados desde dentro por la ira del mismísimo diablo.

—Maldita sea, la próxima vez que te dé una orden, cúmplela —respiraba trabajosamente; su pecho subía y bajaba mientras intentaba tomar suficiente aire. Le sangraba la nariz y tenía la pechera de la camiseta manchada de rojo, pero no parecía darse cuenta.

—¿Una orden? Pero...

—Nada de peros —Jones dejó la pistola descargada sobre el mostrador con un golpe. Melody nunca lo había visto así. Ni siquiera durante el rescate en la embajada. Estaba furioso. Con ella—. Esos cerdos tenían una pistola, Melody. Si ése de ahí —señaló al hombre que se había resistido más— hubiera podido recuperarla, puedes estar segura de que la habría usado. Y últimamente no eres un blanco pequeño, cariño.

Dolida, Melody se volvió y salió de la Criminal.

—Ahora te vas —dijo él, abriendo la puerta de un tirón para seguirla—. Perfecto.

Ella se volvió bruscamente para mirarlo.

—Yo no recibo órdenes de ti. No soy uno de tus compañeros. ¡Ni siquiera sé recibir órdenes!

—Pues en Oriente Medio te las arreglaste muy bien.

—Sí, bueno, mira a tu alrededor. Esto no es Oriente Medio. Es Appleton, Massachusetts. Y a mí no me han entrenado para reaccionar al instante si me meto sin querer en un atraco a una tienda —se le quebró la voz en una risa que era casi un sollozo—. Dios, y yo que empezaba a pensar que eras un tipo normal. Sí, tú eres normal... y yo tengo todas las papeletas para ganar el concurso de Miss América en bañador. ¡Qué risa!

La noche se estaba volviendo gélida. O quizá no fuera el relente lo que la hacía temblar.

—Dame las llaves del coche —dijo, levantando la barbilla, decidida a no derrumbarse delante de él—. Quiero irme a casa.

Él se pasó las manos por el pelo revuelto, cerró los ojos y se apretó las sienes con las manos. Intentaba visiblemente abandonar su actitud de combate. Cuando volvió a hablar, su voz sonó más firme.

—No creo que pueda irme sin más. Querrán una declaración...

—No te estoy pidiendo que te vayas. Estoy segura de que algún policía podrá llevarte a casa cuando acabes.

Jones le tendió el brazo.

—Melody...

Ella se puso rígida, cerró los ojos y se negó a sentir nada cuando él la abrazó.

—No quiero que me toques —le dijo con los dientes apretados.

Jones retrocedió, pero sólo un poco. Respiró hondo y obligó a su ira a disiparse.

—Cariño, tienes que entenderlo. Vi ese revólver y...

—Hiciste lo que tenías que hacer —concluyó ella—. Lo que te han enseñado a hacer. Atacaste. Eso se te da muy bien, tengo que reconocerlo —se apartó de sus brazos—. Por favor, dile al comisario Beatrice que me pasaré por la comisaría mañana para declarar. Pero ahora mismo tengo que irme a casa.

Él sostenía las llaves del coche en la mano.

—¿Por qué no dejas que te lleve? —levantó la vista cuando el primer coche de policía entró en el aparcamiento, y levantó la voz para que se le oyera por encima del ruido de la sirena—. Les diré a esos tipos que volveré enseguida —la sirena se detuvo, y él se quedó gritando en medio del silencio—. No quiero que conduzcas.

Melody le quitó las llaves.

—Estoy bien. Puedo conducir.

Isaac Forte salió a recibir a los policías y los tres se acercaron a Jones. Melody aprovechó la ocasión para montar en su coche. Pero debería haber sabido que Jones no permitiría que se fuera así como así. Se acercó al lateral del coche y esperó a que ella bajara la ventanilla.

—No tardaré —le dijo. Bajó la mirada y pareció fijarse por primera vez en la sangra de su camiseta. Tenía un arañazo en el brazo y se tocaba cuidadosamente la parte interior de los labios con la lengua, como si se hubiera cortado con sus propios dientes—. ¿Podemos hablar cuando vuelva?

Ella miraba por el parabrisas, temerosa de encontrarse con sus ojos.

—No creo que sea buena idea.

—Mel, por favor. Sé que no tenía derecho a hablarte así, pero me daba miedo que te hicieran daño...

—Estoy cansada, Jones —mintió ella—. Voy a tomarme un plato de sopa y a irme a la cama —él se había apoyado con ambas manos en el techo del coche, así que no podía arrancar. Pero metió la marcha, de todos modos. Sabía que él veía que las luces de marcha atrás se habían encendido. Pero, al ver que no se apartaba, Melody por fin lo miró—. Quiero irme ya —dijo, luchando porque no le temblara la voz.

La ira de Jones se había disipado, y parecía cansado y vapuleado... como si hubiera perdido la pelea, en lugar de ganarla.

—Lo siento —le dijo, incorporándose. Si no hubiera sabido que era imposible, a Melody le habría parecido que tenía lágrimas en los ojos—. Mel, lo siento muchísimo.

—Yo también —murmuró ella.

Soltó el embrague y salió marcha atrás del aparcamiento. El coche sólo se le caló una vez al salir a la carretera que llevaba a su casa.

—¿Qué hay?

Cowboy levantó la mirada del libro y sonrió a Andy.

—Hola, chaval. Estoy preparando el jardín de Mel para el invierno.

—No —bufó el chico—. Estás ahí sentado, leyendo un libro.

Tenía el labio hinchado y un feo arañazo en la mandíbula. Se había metido en otra pelea, seguramente con

Alex Parks, aquel chico más mayor al que tanto le gustaba atormentarlo.

Los ojos marrones de Andy parecían desafiarlo a hacer algún comentario sobre sus heridas.

—Bueno, sí, estoy leyendo un libro —dijo Cowboy, sin decir nada a propósito—. Es el primer paso. Verás, primero tengo que saber qué hay que hacer. Ya sabes, averiguar qué herramientas y qué cosas necesito.

—¿Y lo pone en ese libro?

—Sí. Lo creas o no, toda la información que necesito para hacer casi cualquier cosa está a cuatro kilómetros por esa carretera, en la biblioteca del pueblo. ¿Que tienes que arreglar un frigorífico? Eso es pan comido. Búscate un libro. Se puede aprender otro idioma, construir una casa desde los cimientos, herrar un caballo... lo que quieras. Todo lo que necesitas saber está en las bibliotecas, te lo garantizo. Sobre todo ahora que están conectadas a Internet.

Andy miró los parterres del jardín, las plantas que se habían helado y se habían puesto marrones con el relente nocturno, y observó luego las últimas judías que se aferraban aún tercamente a la vida. Volvió a mirar a Cowboy, impertérrito.

—¿Y qué hay que hacer? Todo está muerto. De todos modos no se puede plantar nada hasta la primavera.

—¿Sabes algo de abonos? —preguntó Cowboy.

—No.

—Yo tampoco. Bueno, tenía sólo una vaga idea hasta que empecé este libro. Pero por lo visto es bueno abonar la tierra. Todavía no he llegado a la parte donde explica por qué, pero estoy en ello.

Andy hizo girar los ojos.

—¿Sabes?, hay un modo mucho más fácil de hacer todo esto.

—¿Ah, sí?

—Sí. Pregúntale a Melody qué quiere que hagas.

Preguntarle a Melody. Era una idea estupenda. Pero por desgracia Cowboy no podía preguntarle nada a Melody hasta que dejara de esconderse de él.

Habían pasado casi tres días desde el incidente en la tienda. La Criminal, la llamaba ella. Y el nombre le quedaba bien. Allí se habían topado con una actividad delictiva, de eso no había duda.

Dios, nunca había conocido un miedo comparable a la punzada de terror que lo había atravesado al ver aquel revólver. Había tenido una décima de segundo para decidir qué hacía, y en esa fracción de segundo, por primera vez en su vida, había considerado la posibilidad de recular. Había pensado en rendirse.

Pero en aquel instante no había podido saber si aquellos hombres estaban drogados. No sabía con certeza, de un solo vistazo, si estaban locos, si habían tomado alguna sustancia química, o si estaban colocados, desesperados y dispuestos a eliminar a cualquiera que los mirara mal.

Sólo sabía por experiencia que, cuando él llevaba una pistola, estaba dispuesto a usarla. Tenía que asumir que lo mismo podía decirse de aquellos payasos. Así que había atacado en esa décima de segundo, cuando el revólver, que apuntaba al dependiente, se volvió hacia ellos.

La pelea había durado ochenta y cinco segundos.

Pero habían sido ochenta y cinco segundos infernales.

Melody estaba allí parada, mirándolo. Ni siquiera había intentado cubrirse. Se había quedado allí, expuesta, donde hubieran podido derribarla o acribillarla si aquel malnacido se hubiera apoderado del revólver.

Cowboy había tardado el doble de lo que debería en reducir al enemigo y hacerse con el arma. Su miedo a que Melody resultara herida o muriera se había interpuesto en su camino. Y después lo había pagado con ella. Le había gritado cuando lo que de verdad quería hacer era estrecharla entre sus brazos hasta el fin de los tiempos.

Pero su actuación no la había impresionado mucho, en ningún sentido. Y había vuelto a huir.

Antes de que entraran en aquella tienda, Melody había estado a punto de invitarlo a subir a su cuarto a pasar la noche; Cowboy estaba casi seguro. Había estado muy cerca de aliviar por fin aquella frustración infernal.

Naturalmente, ahora la frustración era diez veces peor. Ni siquiera veía a Melody desde hacía tres días. Al diablo con el sexo. El hecho de no verla lo estaba volviendo loco.

—¿Quieres que se lo pregunte yo por ti? —dijo Andy—. Voy a entrar. Britt me dijo que podía usar su ordenador para buscar una cosa en Internet.

—¿Qué vas a buscar?

Andy se encogió de hombros.

—Unas cosas sobre el ejército.

—¿Ah, sí? ¿Qué clase de cosas?

Otro encogimiento de hombros.

—No sé.

Cowboy miró al chico con atención.

—¿Estás pensando en enrolarte?

—Puede ser.

—El único modo de convertirse en un SEAL es enrolarse en la Armada, no en el Ejército de Tierra.

—Sí —dijo Andy—, lo sé. ¿Esta noche vas a correr?

Cowboy había empezado a entrenarse por la noche, además de por la mañana, en un intento de disipar su frustración.

—¿Por qué? ¿Quieres intentarlo otra vez?

Andy había ido a correr con él la tarde anterior. Pero sólo había corrido tres kilómetros; luego había desistido.

—Sí.

—¿Sabes?, si empiezas a entrenarte ahora, serás un monstruo cuando acabes el instituto.

Andy dio una patada a un montón de hierba.

—Ojalá fuera un monstruo ahora.

Cowboy se fijó en su cara magullada.

—Alex Parks otra vez, ¿eh?

—Es un capullo.

—Si quieres, puedo ayudarte con tu EF —se ofreció Cowboy—. Ya sabes, con tu entrenamiento físico. Y, si quieres, también puedo enseñarte a pelear.

Andy asintió lentamente con la cabeza.

—Quizá —dijo—. ¿Cuál es la pega?

Cowboy sonrió. El chico aprendía rápido.

—Tienes razón. Hay una condición.

Andy soltó un gruñido.

—No va a gustarme, ¿verdad?

—Tienes que prometer que, cuando te haya enseñado a darle una paliza a Alex Parks, sólo usarás lo que has aprendido para defenderte. Y cuando Parks descubra que eres muy capaz de patearle el culo, darás media vuelta y te marcharás.

Andy parecía incrédulo.

—¿Y qué tiene eso de bueno?

—Es mi condición. O lo tomas o lo dejas.

—¿Cómo sabes que cumpliré mi promesa?

—Porque, si no la cumples, te partiré en dos —contestó Cowboy con una sonrisa—. Ah, y hay otra pega. Tienes que aprender un poco de disciplina. Tienes que aprender a cumplir órdenes. Mis órdenes. Cuando te diga que saltes, saltas. Cuando te diga que te estés quieto, te estás quieto. Una sola protesta, una sola queja, una sola mala cara, de la clase que sea, y no hay trato.

—Vaya, haces que suene tan bien que es imposible decirte que no —dijo Andy, haciendo girar los ojos.

—Ah, sí. Otra cosa. Si te hago una pregunta, contestas enseguida. Dices «sí, señor» o «no, señor».

—¿Quieres que te llame «señor»?

—Sí —bien sabía Dios que Andy tenía que aprender un par de cosas sobre el respeto.

Andy se quedó callado.

—Entonces, ¿hay trato? —preguntó Cowboy.

El chico masculló una maldición.

—Sí, de acuerdo.

—Sí, señor —lo corrigió Cowboy.

—Sí, señor. Jolín —Andy se volvió hacia la casa—. Voy a decirle a Melody que necesitas su ayuda con el jardín.

—Gracias, chaval, pero no saldrá de todos modos. Lleva días escondiéndose de mí.

—También le diré que lo sientes. Señor. Dios.

—Con «señor» basta, Marshall. No hace falta que también me llames «Dios» —bromeó.

—Madre mía —Andy volvió a hacer girar los ojos mientras se dirigía a la puerta de la cocina.

Era cierto que Cowboy lo sentía. Sentía muchas cosas. Sentía no haber entrado en la casa y no haber aporreado la puerta del cuarto de Mel al llegar a casa esa noche. Sentía no haber encontrado aún un modo de obligarla a sentarse a hablar con él.

No estaba seguro, sin embargo, de qué le diría. No sabía si estaba listo para confesarle que, después de que ella se marchara de la tienda, mientras estaba contestando a las preguntas de Tom Beatrice, el jefe de policía de Appleton, había tenido que excusarse. Había entrado en el aseo de caballeros y había vomitado violentamente.

Al principio, había pensado que debía de ser la gripe: todo el pueblo parecía estar cayendo víctima de una cepa especialmente agresiva del virus. Pero cuando la noche fue pasando y no volvió a marearse, se vio obligado a enfrentarse a la verdad.

Eran los coletazos del miedo lo que le había hecho inclinarse ante el dios de porcelana. El miedo por el bienestar de Melody lo había atenazado y se negaba a soltarlo, había hecho que se le revolvieran las tripas y que su presión arterial subiera hasta que se había visto obligado a vaciar el estómago.

Era extraño. Su carrera en los SEAL conllevaba muchos peligros. Y no le importaba. Sabía que podía sobrevivir casi a cualquier cosa, si para ello tenía que pelear. Pero si su supervivencia dependía de algo que escapaba a su control (como los peligros intrínsecos que todos ellos afrontaban cada vez que saltaban de un avión, sabiendo que, si fallaba el paracaídas, si las cuerdas se enredaban o la lona no se abría bien, acabarían convertidos en una mancha casi irreconocible en el suelo), si su supervivencia dependía de un capricho del azar, sabía que viviría o moriría por antojo de los dioses. Ni el miedo ni la preocupación cambiarían eso, así que rara vez se molestaba con uno u otra.

Pero había descubierto que no podía mostrarse tan indiferente en lo que concernía a la seguridad de Melody. Cada vez que pensaba en aquel revólver apuntándola, incluso ahora, pasados tres días, todavía se le revolvía el estómago.

Aquello se parecía a la sensación que experimentaba cuando pensaba en que iba a tener que dar a luz al hijo que llevaba dentro.

Como solía hacer cuando se veía obligado a enfrentarse a algo que no entendía, había sacado de la biblioteca un montón de libros sobre el embarazo. Los había leído casi todos de cabo a rabo y, francamente, la lista de posibles complicaciones resultantes del embarazo y el parto hacía que se le helara la sangre.

Había mujeres que entraban en coma debido a la diabetes asociada a la gestación. O que sufrían infartos debido a la presión que sufría su organismo. Algunas sencillamente se desangraban hasta morir. Las tasas de mortalidad que aparecían en los libros eran asombrosas. Parecía imposible que en aquella época, con tantos avances médicos, siguieran muriendo mujeres por dar a luz un hijo.

Había querido ir al hospital a donar sangre, para que la reservaran para Melody, por si acaso le hacía falta. Era un donante universal, pero sabía que, con todas las vacunas que le habían puesto al viajar por el mundo, no era el candidato idóneo.

Había hablado con Brittany para saber si su grupo sanguíneo era compatible con el de su hermana; por si estaba dispuesta a donar sangre y ayudarle a aliviar su miedo. Ella lo había mirado como si estuviera loco, pero había aceptado hacerlo.

Cowboy miró hacia la casa, hacia la ventana del cuarto de Melody. Deseó que la cortina se moviera. Confió en ver una sombra retirándose o un atisbo de luz, pero no vio nada.

Melody estaba lejos de la ventana.

Y a él se le estaba agotando la paciencia.

CAPÍTULO 11

Melody oyó sonar el timbre desde su habitación.
Concentró toda su atención en el libro, decidida a seguir leyendo. Era Jones. Tenía que ser Jones.
Hacía cinco días que había huido de él en la tienda de la autopista, y había estado armándose de valor, esperando a que se le agotara la paciencia y fuera a enfrentarse a ella.
Andy estaba abajo, usando el ordenador de Britt. Melody le había dicho que iba a dormir una siesta. Cerró los ojos un momento y rezó para que le dijera a Jones que se fuera.
Pero luego oyó voces: una voz grave que no se parecía mucho a la de Jones, y la de Andy, aguda y estridente. No entendía las palabras, pero el chico parecía estar enfadado o disgustado.
La voz más grave sonó de nuevo y Melody oyó lo que parecía una silla al caer. No, definitivamente no era Jones quien estaba abajo con Andy.
Melody abrió la puerta de su habitación y bajó a toda prisa las escaleras que llevaban a la cocina.
–¡No he sido yo! –gritaba Andy–. ¡Yo no he hecho nada!

Tom Beatrice, el jefe de policía, se interponía entre Andy y la puerta, listo para atrapar al chico si intentaba huir.

—Esto será más fácil para ti si dices la verdad, hijo.

Andy temblaba de rabia.

—Estoy diciendo la verdad.

—Vas a tener que venir conmigo, hijo.

—¡Deje de llamarme así! ¡Yo no soy su hijo!

Ninguno de los dos había notado que Melody estaba en la puerta. Ella levantó la voz para que la oyeran.

—¿Qué está pasando aquí?

—Eso me pregunto yo también —James abrió la mosquitera y entró en la cocina.

El jefe de policía los miró a ambos con expresión contrita.

—Vince Romanella me ha dicho que encontraría aquí al chico. Me temo que tengo que llevármelo a comisaría para interrogarlo.

—¿Qué? —Melody miró a Andy, pero él permanecía callado, con una expresión pétrea. Ella no intentó mirar a Jones, pero sentía sus ojos clavados en ella desde el otro lado de la habitación—. ¿Por qué?

—Hace un par de noches, alguien entró en una casa de Looking Glass Road y la destrozó —explicó Tom—. Andy fue visto en esa zona sobre las nueve, más o menos cuando tuvieron lugar los hechos.

—Eso es muy circunstancial, ¿no le parece, comisario? —Jones expresó en voz alta la incredulidad de Melody.

—Bueno, también hay otras pruebas que apuntan en esa dirección —Tom sacudió la cabeza—. La casa está hecha un asco. Es un auténtico desastre. Las ventanas y los espejos rotos. Pintadas por todas partes.

Jones miró un momento a Melody; luego se volvió hacia el chico.

—Marshall, ¿fuiste tú? —su voz era suave, casi despreocupada.

Andy cuadró los hombros.

—No, señor.

Jones se volvió hacia Tom.

—Comisario, no fue él.

Tom se rascó la parte de atrás de la cabeza.

—Bueno, subteniente, aprecio su fe en el chico, pero sus huellas dactilares están por todas partes. Va a tener que acompañarme a comisaría.

—¿Huellas dactilares? —repitió Jones.

—Por dentro y por fuera.

Jones clavó los ojos en el chico. Esta vez, cuando habló, su voz sonó más dura, más exigente.

—Marshall, voy a preguntártelo otra vez. ¿Tuviste algo que ver con el destrozo de esa casa?

Andy tenía los ojos llenos de lágrimas.

—Tenía que haber sabido que no me creerías —murmuró—. Eres como todos los demás.

—Contesta a mi pregunta.

Andy contestó con un exabrupto. Como si se lo pensara mejor, añadió:

—Señor —luego se volvió hacia Tom Beatrice—. Acabemos con esto de una vez.

—Andy, yo estoy de tu parte... —empezó a decir Jones, pero Andy pasó a su lado dándole un empujón, con la mano de Tom sobre su brazo.

Melody dio un paso adelante.

—Ve con él —le dijo a Jones—. Va a necesitarte.

Jones asintió con la cabeza; se fijó en su vestido acampanado, en su pelo revuelto, en el esmalte azul de las uñas de sus pies, antes de mirarla a los ojos.

—Me daba miedo perderte, Mel —dijo—. Esa noche... te

grité porque no había pasado tanto miedo en toda mi vida. Fue un error, pero también lo es no permitir que me disculpara. Dio media vuelta y salió.

—Jones.
Cowboy se incorporó dentro de su tienda. De pronto estaba completamente despierto y se preguntaba si por fin empezaba a perder la razón. Habría jurado que había oído la voz de Melody llamándolo. Naturalmente, había tenido un sueño particularmente satisfactorio y erótico en el que aparecía ella...
—¿Jones?
Era ella. Cowboy vio su silueta inconfundible fuera de la tienda. Alargó el brazo para subir la cremallera.
—Mel, ¿estás bien?
—Sí, estoy bien —llevaba sólo un camisón y una bata, y se estremecía ligeramente—. Pero acabamos de recibir una llamada de Vince Romanella —escudriñó el interior de la tienda de campaña. Él se alegró de estar a oscuras, y de que el saco de dormir lo tapara casi por entero, incluida su erección, consecuencia directa del sueño—. Jones, Andy no está ahí contigo, ¿verdad?
—No —abrió un poco más la solapa de la tienda—. Cariño, ahí fuera está helando. Entra.
—Parece que ahí dentro también hace mucho frío —repuso ella sin acercarse. Cowboy no veía sus ojos en la oscuridad—. No sé cómo lo soportas.
—No es para tanto —su saco de dormir era agradable. Y el sueño que había tenido bastaba para prender fuego a todo el estado de Massachusetts.
—Jones, Andy ha desaparecido. Vince dice que oyó un ruido y que cuando se levantó vio que su cama estaba vacía.

Cowboy recogió sus vaqueros, se los puso rápidamente y luchó un momento con la cremallera. Deseó que su erección se disipara.

—¿Qué hora es?

—Casi las cuatro. Vince cree que Andy falta desde medianoche, más o menos, cuando Kirsty y él se fueron a la cama. Tom Beatrice está organizando una partida de búsqueda.

Jones se puso las botas y agarró una camiseta y una chaqueta.

—¿Puedo usar tu teléfono?

—Claro —ella se apartó para dejarlo salir de la tienda—. ¿Sabes dónde puede haber ido?

Él cerró la tienda para que no entrara ningún animal, se irguió y se puso la camiseta mientras caminaban hacia la casa.

—No. No quiso hablarme en comisaría. Y lo único que le dijo al comisario fue que le habían tendido una trampa —intentó desenredarse con impaciencia un nudo que tenía en el pelo—. Yo le habría creído si sólo se hubieran encontrado sus huellas en una lata de cerveza, o en unas cuantas cosas aquí y allá, ¿sabes? —dejó de tocarse el pelo, dándose por vencido, y le abrió la puerta a Melody; luego entró tras ella en la cocina iluminada. Brittany estaba levantada y hablaba por teléfono—. Pero según el atestado de la policía sus huellas estaban en los muebles, en las paredes, en todas las habitaciones. Estuvo en esa casa, no hay duda.

—Pero él lo niega —dijo Melody, con los ojos muy abiertos—. Y con mucha vehemencia, según creo —se sentó en una silla de la cocina y se removió, incómoda, como si le doliera la espalda otra vez. Pero, ¿qué importaba? Daba igual que él supiera dar unos masajes de espalda mortales. No pensaba dejar que se le acercara.

Pero, pese a su evidente malestar, estaba especialmente guapa esa noche. Se había recogido el pelo en una trenza, y mientras dormía se le habían escapado algunos mechones que flotaban delicadamente alrededor de su cara. Sin maquillaje, tenía un aspecto fresco y dulce. Parecía casi demasiado joven para cuidar a un niño, cuanto más para tener uno.

Mientras él la miraba, se mordisqueó el labio. Tenía unos labios preciosos: carnosos y rojos, incluso sin la ayuda de cosméticos. En su sueño, ella le sonreía casi malévolamente antes de agachar la cabeza y...

«No sigas por ahí», se reprendió Cowboy. Por más que quisiera, no podía dejar que sus pensamientos siguieran ese camino. Tenía que pensar en Andy Marshall. Condenado chico. ¿Qué demonios intentaba demostrar?

—Huir así es como reconocer su culpabilidad —dijo Cowboy.

—A veces la gente huye porque tiene miedo —Melody no sólo se refería a Andy: Cowboy lo comprendió porque de pronto no lo miraba a los ojos.

—A veces la gente no comprende que todo el mundo tiene miedo de algo —contestó—. Lo mejor que puedes hacer es afrontar el miedo. Aprender todo lo que puedas sobre él. Y aprender a convivir con él. El conocimiento es fundamental, cuando se trata de quitarles las zarpas a los monstruos más temibles.

—¿Es eso lo que has intentado hacer conmigo? —preguntó ella; ya no fingía hablar de Andy—. ¿Aprender a convivir con tu miedo? ¿Enfrentarte a los temores de un compromiso de por vida? Y no intentes fingir que la idea de casarte no te da miedo. Sé que sí.

Él se decidió por la verdad. ¿Por qué no? No tenía nada que perder.

—Tienes razón —dijo—. Me asusta. Pero ya he hecho cosas que me asustaban otras veces, y gracias a ellas he acabado siendo mejor persona.

Antes de que Melody pudiera responder, Brittany colgó el teléfono.

—Van a empezar la búsqueda por la laguna de la cantera —anunció—. Alex Parks acaba de decirle a su padre que Andy lo llamó y le dijo que se reuniera con él allí, en el bosque, justo después de medianoche. Alex dice que no fue, pero las tripas me dicen que no ha contado toda la verdad. Todo el que quiera y pueda participar en la búsqueda tiene que presentarse donde acaba la carretera de la cantera.

Melody se levantó.

—Voy a cambiarme.

—El que quiera y pueda, tesoro —dijo Brittany—. No las embarazadas de siete meses y medio.

—¡Pero quiero ayudar!

—Ayuda dándole al subteniente las llaves de tu coche y diciéndole adiós con la mano —le dijo Brittany—. No creerás de verdad que Cowboy va a dedicar toda su atención a buscar al chico si está preocupado porque estés allí, ¿no?

Melody lo miró fijamente.

—Pues… no te preocupes por mí.

Cowboy sonrió con desgana.

—Cariño, eso es como decirme que no respire.

Ella pareció a punto de echarse a llorar.

—Mis llaves están junto a la puerta —le dijo—. Llévate mi coche. Pero llama en cuanto sepas algo.

A las ocho menos cuarto, Melody se había cansado de esperar. Jones no había llamado. Aún no había llamado. Por suerte, Brittany también se había cansado de esperar.

A las ocho, Britt la llevó al final de la carretera de la cantera. A lo largo de un kilómetro, la estrecha calzada estaba flanqueada a ambos lados por coches aparcados.

—Tú quédate aquí —le dijo Britt—. Yo voy a aparcar y vuelvo.

—¿Estás segura? —preguntó Melody.

Brittany levantó las cejas.

—¿De veras crees que te traería hasta aquí, con el frío que hace, y que luego dejaría que anduvieras un kilómetro más? Debería hacerme examinar la cabeza por traerte... y todo por el bien de ese estúpido crío.

—No es estúpido —Melody abrió la puerta.

—Es increíblemente estúpido —contestó Britt—. No me llamó antes de marcharse. Yo sé qué no fue él quien saqueó esa casa.

Melody miró a su hermana.

—¿Lo sabes?

—Sí, y cuando veníamos para acá me he dado cuenta de que además puedo probarlo. El chico ha estado conectándose, usando mi ordenador, todas las noches de esta semana, ¿no? Yo estaba trabajando la noche que entraron en la casa, y tú probablemente ya estabas en la cama, pero Andy estaba en casa, con mi ordenador. Acabo de darme cuenta de que recibí un e-mail suyo en el trabajo esa noche. Así que puedo proporcionarle una coartada sólida. Sólo tengo que acceder a la información de mi cuenta. Demostrará que esa noche estaba conectado, navegando por Internet.

—¿De veras crees que Andy es inocente?

Brittany se encogió de hombros.

—Pues sí. Dice que no fue él. Puede que ese chico sea

un auténtico incordio, pero he llegado a conocerlo bastante bien estas últimas semanas, y no es un mentiroso.

—Pero todas esas huellas...

—Lo sé. Eso aún no lo tengo claro, pero si Andy dice que no fue él, es que no fue él.

—Creo que deberías decírselo a Tom Beatrice enseguida —dijo Melody, y tuvo que sonreír—. Jamás hubiera creído que acabarías siendo la defensora de Andy.

—Sí, bueno, estaba equivocada con él. Es un buen chico —una expresión de preocupación cruzó su cara—. Espero que esté bien.

—Jones lo encontrará —le dijo Melody mientras salía del coche. Tenía una confianza total en el SEAL. Era muy bueno en aquello. Rescatar rehenes, desarmar a pistoleros y encontrar a niños perdidos entraba todo dentro de la categoría de «pan comido».

—No vayas más allá de la cantera —le dijo Brittany amenazadoramente, inclinándose sobre el asiento para mirarla—. Si vuelvo y me entero de que has hecho alguna locura, como unirte a la partida de búsqueda, juro que no volveré a dejarte salir de casa.

—No voy a unirme a la partida de búsqueda. Te lo prometo —fue entonces cuando los vio—. ¡Oh, Dios!

—¿Estás bien?

—Botes, Britt —había dos camiones atravesados en el descampado. Los dos llevaban remolques para embarcaciones. Estaban vacíos, lo que significaba que los botes se estaban usando—. Están dragando la laguna.

Brittany puso el coche en punto muerto y apagó el motor. Abrió la puerta y miró los tráileres por encima del techo del coche. Se puso pálida, pero negó con la cabeza.

—Eso no significa nada.

Melody parpadeó para contener las lágrimas.

—Sí, claro que sí. Tú lo sabes.

Brittany cerró de golpe la puerta y dejó el coche allí mismo, donde bloqueaba al menos a otros cuatro vehículos.

—No, no significa nada —dijo con decisión.

Mel siguió a su hermana por el sendero que llevaba a la cantera inundada.

Se había congregado una multitud. Mel vio a Estelle Warner y a Peggy Rogers, rodeadas por otras mujeres del Club de Señoras, provistas de vaqueros y botas de montaña. Tom Beatrice y casi todo el cuerpo de policía de Appleton estaban hablando con varios policías del estado, mientras Vince y Kirsty Romanella merodeaban por allí. Incluso Alex Parks estaba allí, sentado en una roca, con cara de haber llorado. Y de pie, a ambos lados, estaba toda la gente que se había ofrecido a ayudar a buscar a Andy en el bosque. Había casi más que en la recogida de manzanas de Hetterman de la semana anterior. La gente hablaba en voz baja mientras observaba sombríamente los botes.

—No están dragando la laguna —Brittany se hizo sombra con la mano sobre los ojos, intentando ver más allá del resplandor del sol de primera hora de la mañana—. ¿Qué están haciendo?

Jones estaba en uno de los botes. Aunque estaba demasiado lejos para verlo con claridad, Melody lo reconoció por su postura. Por eso, por la gorra de béisbol que llevaba en la cabeza y por el hecho de que, a pesar de que la temperatura no llegaba a los diez grados, llevaba la chaqueta desabrochada.

Jones era totalmente inmune al frío.

—El agua es tan profunda en algunos lados, que no se puede dragar —Melody se volvió y vio a Estelle Warner tras ellas–. Están usando una especie de sonar para intentar encontrar algo que se parezca a un cuerpo en el fondo del socavón –dijo la anciana–. En algunas partes, la cantera tiene cien metros de profundidad. Puede que más en otras.

–No pueden estar seguros de que esté ahí –Melody tenía el corazón en la garganta–. ¿No están buscando en otros sitios?

–Teniendo en cuenta que un testigo presencial vio al chico lanzarse al agua y que se ha encontrado su ropa exactamente donde ese testigo dijo que estaría...

–Oh, no... –Brittany buscó la mano de Melody.

Estelle parecía incluso más severa que de costumbre.

–Me temo que sí. Parece que el chico de los Parks se encontró con Andy Marshall aquí anoche. Por lo que dice, Andy siempre andaba buscando pelea, y anoche igual. Desafió a Alex Parks a cruzar a nado la laguna de la cantera y, como Alex se achantó, Andy se quitó la ropa y se lanzó de cabeza al agua. Tenía que estar casi helada, pero ese diablo de muchacho se tiró de todos modos.

Los botes se dirigían hacia la orilla. Jones se quitó la gorra y se apartó el pelo de la cara, haciéndose de nuevo la coleta. Mientras Melody lo observaba, volvió a ponerse la gorra. Cuando estuvo más cerca, ella pudo ver que tenía una expresión decididamente amarga.

–Al parecer, el chico de los Parks no vio a Andy salir del agua –les dijo Estelle–. Dice que estuvo buscándolo y llamándolo un rato, pero que no le contestó. Estaba oscuro, claro, y no se veía gran cosa. Es probable que el chico se tirara en mal sitio y que se golpeara la cabeza con una roca. O puede que se helara de frío.

Brittany apretaba los dedos de Melody.

–Por favor, que no hayan encontrado nada –susurró.

—Ese teniente tuyo —le dijo Estelle a Melody—, echó un vistazo a la ropa de Andy, que estaba justo donde el chico de los Parks había dicho, y luego hizo un par de llamadas a Boston. Y ese otro, el negro alto, apareció un par de horas después, con el sonar. Parece que también ha traído equipación para bucear.

Harvard. Harvard estaba en el bote con Jones. Melody lo veía ahora, elevándose sobre todos los demás, incluido Jones. Su cabeza afeitada relucía, exótica, a la luz del sol. Su expresión, como la de Jones, era agria.

Melody notó que Jones la veía al bajarse del bote. Lo vio vacilar, mirar rápidamente a Harvard, y comprendió lo que sucedía. No le había dicho a su amigo que estaba embarazada.

Habría tenido gracia, si la situación no fuera tan seria.

Aun así, Jones se acercó a ella y Melody comprendió al mirarlo a los ojos que cómo reaccionara Harvard al darse cuenta de que estaba embarazada era lo que menos le preocupaba.

Él no dijo hola, ni se anduvo con rodeos.

—Cariño, creemos que está ahí abajo.

Brittany se dejó caer al suelo. Estelle se arrodilló junto a ella y la abrazó con fuerza: dos enemigas mortales aliadas de nuevo, esta vez gracias a la muerte de un chiquillo.

—No —musitó Melody. Pero veía la verdad escrita claramente en los ojos turbulentos de Jones. Él tenía una expresión severa, pétrea y airada.

—Es culpa mía —su voz era tan rasposa y seca como su mirada—. Pensé que le convenía aprender un poco de disciplina. Me lo he llevado algunos días a correr, para que se entrenara. Le dije que los SEAL tenían que acostumbrarse al agua fría. Le hablé de la Semana Infernal, de cómo hay que sentarse en el agua helada y aguantar. Él quería intentarlo; intentar nadar en la cantera, así que le dejé hacerlo. Sólo saltamos y volvimos a salir. Se me ocurrió dejar que probara lo que era el frío de verdad.

Se detuvo y respiró hondo antes de continuar.

—Ése fue mi error. No le dejé quedarse en el agua. Lo saqué enseguida. No dejé que le dieran calambres, o que comprobara lo duro que es nadar cuando tienes todos los músculos del cuerpo agarrotados por el frío. Creo que le di falsas esperanzas para que volviera a intentarlo.

—Aun así, no es culpa tuya —Melody sentía deseos de tocarlo, de estrecharlo entre sus brazos, pero él parecía distante, tan inanimado y quieto, tan amargo, duro e incalcanzable.

Harvard se había acercado y estaba a su lado, y ella sintió sus ojos curiosos fijos en ella, pero no apartó la mirada de Jones. No podía apartarla. Él se culpaba verdaderamente por aquella tragedia.

—Es culpa mía. Le hablé de los compañeros de nado, de que los SEAL nunca nadan o se lanzan al agua sin otro miembro del equipo, pero sé que me vio romper las normas nadando solo en la cantera.

—Junior, deberíamos meternos en el agua —dijo Harvard con serenidad—. Si tenemos que bajar cincuenta metros, tardaremos un rato —cuando Melody por fin lo miró, inclinó la cabeza—. ¿Cómo estás, Melody? Tienes un aspecto muy... saludable.

—¿Puedes decirle que no es culpa suya, por favor?

—La señora dice que no es culpa tuya, Jones.

La expresión de Jones no cambió al darse la vuelta.

—Sí, ya. Acabemos de una vez.

Melody no pudo soportarlo ni un segundo más. Lo agarró de la mano.

—Harlan...

Hubo un destello de sorpresa en su mirada: sorpresa porque ella hubiera usado su nombre de pila, y porque lo hubiera tocado. Pero aquella emoción se petrificó al instante, junto con todos los demás sentimientos de Jones. Hasta sus dedos estaban fríos.

Melody sabía que aquella rabia pétrea era su modo de defenderse de la idea de que tenía que sumergirse en el agua y (probablemente) sacar el cuerpo sin vida del muchacho al que todos habían llegado a querer durante las semanas anteriores. Pero sabía también que todo lo que sentía Jones (toda su mala conciencia, su miedo y su dolor paralizante y espantoso) seguía dentro de él. La ira no anulaba sus demás emociones; sólo las ocultaba.

Comprendió de pronto que lo conocía bastante bien. Durante las semanas precedentes, a pesar de sus intentos de mantener las distancias, había llegado a conocer su vasto repertorio de sonrisas: lo que significaban, lo que transmitían y lo que sentía Jones. También había llegado a conocer sus silencios. Y conocía de primera mano su método para enfrentarse al miedo.

Lo escondía tras una ira fría como el hielo.

—Ten cuidado —le susurró. Unos años antes, un club de buceo local había frecuentado la laguna de la cantera, hasta que uno de sus miembros murió y se consideró que aquél era un sitio demasiado peligroso para bucear.

Los ojos de Jones no revelaban nada; nada, salvo el hecho de que, bajo su aparente frialdad, estaba sufriendo. Asintió con la cabeza y hasta intentó componer una sonrisa.

—Es pan comido.

—Estaremos abajo un rato —le dijo Harvard—. Sumergirse a esa profundidad requiere paradas regulares para bajar y para subir. Es lento y, si vais a esperar aquí, se os hará eterno. Quizá sea mejor que volváis a casa y esperéis a que os llamemos.

—Jones ha olvidado cómo se usa el teléfono —dijo Melody, sin dejar de mirarlo a los ojos.

—Siento no haberte llamado —dijo él en voz baja—. Pero sólo tenía malas noticias —la emoción cruzó su cara y, por un instante, Melody pensó que estaba a punto de ceder a su dolor y de caer al suelo, como había hecho Brittany. Pero no lo hizo—. Me pareció absurdo preocuparte hasta que supiéramos con toda seguridad que Andy estaba muerto —pronunció aquella palabra sin inflexión, bruscamente, usándola para hacer aflorar su ira y mantener a raya sus demás emociones.

—Eso aún no es seguro —Melody le apretó la mano. Pero sus palabras eran una pura baladronada. Veía la certeza de Jones en sus ojos.

—Vete a casa —le dijo él.

—No —contestó. Si encontraba a Andy, iba a necesitarla allí... tanto como ella a él—. Esperaré a que salgas. Podemos irnos a casa juntos.

Apenas podía creer que aquellas palabras hubieran salido de su boca. Irse juntos a casa...

La expresión de Jones no cambió. Por un momento, ni siquiera se movió. Pero luego, en un solo movimiento, la estrechó entre sus brazos y la besó con fuerza en la boca. Melody se aferró a él y le devolvió el beso con la misma vehemencia. Lo deseaba, lo necesitaba... y necesitaba que él lo supiera.

Jones se apartó, respirando trabajosamente. No dijo nada sobre aquel beso increíble. Se quitó la chaqueta y se la dio a Melody.

—Extiende esto en el suelo para que tengas algo seco sobre lo que sentarte —su voz era áspera y sus ojos seguían teniendo una expresión colérica, pero acarició suavemente su cara con un dedo–. No quiero que te resfríes.

Era casi como si la quisiera. Era casi como si fueran novios y llevaran años juntos.

–Ten cuidado –repitió ella.

Mientras la miraba, los ojos de Jones adquirieron de pronto una expresión sombría.

–Es demasiado tarde –le dijo con calma–. No tuve cuidado con Andy, y ahora es demasiado tarde.

Melody intentó no llorar cuando él dio media vuelta y se alejó.

CAPÍTULO 12

A Cowboy solía encantarle bucear, pero aquello era un puro infierno. Harvard y él bajaban en línea recta, usando una cuerda marcada para calcular la distancia, y se detenían a intervalos regulares para que sus cuerpos se acostumbraran a la presión creciente del agua.

El tiempo que pasaban parados, esperando, se hacía eterno.

Pero era necesario. Si pasaban demasiado deprisa desde la superficie a una profundidad por encima de los treinta metros, y luego volvían a ascender, podían sufrir un colapso.

Cowboy había visto a un tipo que no se creía lo peligroso que era aquello. El muy idiota había sufrido daños cerebrales, a causa de las burbujas de nitrógeno que se habían formado en su organismo. Y no había vuelto a caminar.

A pesar de que los SEAL eran famosos por romper las normas, aquélla era una norma que nunca rompían. Ni siquiera cuando tenían mucha prisa.

A pesar de lo que le había dicho a Melody, aquella inmersión no era pan comido. A esa profundidad, Harvard y él tenían que respirar usando bombonas especiales de gases mezclados para impedir la narcosis del nitrógeno, también conocida como éxtasis de las profundidades. Por si eso fuera poco, había un tiempo límite para permanecer a aquella profundidad. Y el número y la duración de las paradas de descompresión que tendrían que hacer en el camino de regreso complicaba más aún las cosas.

Con el equipo de buceo puesto, Harvard y él no podían hablar. Y a aquella profundidad hacía mucho frío y estaba muy, muy oscuro. Cowboy no veía a Harvard a su lado. Sólo sentía su presencia.

De todos los hombres de la Brigada Alfa, Cowboy se alegraba de que hubiera sido Harvard quien estaba a corta distancia de allí, visitando a su familia en su pueblo, a las afueras de Boston. A diferencia de los demás chicos, Harvard sabía cuándo guardar silencio.

Mientras se ponían los trajes de buceo en aguas frías, Harvard sólo había hecho un breve comentario sobre el embarazo de Melody. Había dicho:

—No bromeabas, cuando me dijiste que tenías un problema. No haces nada a medias, ¿eh, Junior?

—No —había contestado Cowboy.

—Supongo que harás lo que es debido.

—Sí —había contestado Cowboy automáticamente. Desde hacía tiempo, su única meta era casarse con Melody y ser un verdadero padre para su bebé. Pero eso había sido antes de que fallara por completo a Andy. ¿A quién intentaba engañar, de todos modos? No sabía nada sobre la paternidad. El hecho de que estuviera buceando en aquella laguna con la esperanza de recuperar el cuerpo sin vida de Andy era buena prueba de ello.

Cowboy flotaba en la oscuridad, sin saber qué desear.

Confiaba en que no encontraran el cuerpo de Andy, pero al mismo tiempo, si el chico se había ahogado en la cantera, esperaba que lo encontraran rápidamente. Así se acabarían la espera y las dudas. Y sería mucho mejor que no encontrarlo nunca, que no saber nunca con certeza qué le había ocurrido.

Encendió la linterna y apuntó con ella directamente hacia abajo, consciente de que la luz no llegaría, a través del agua lodosa, al lugar donde el sonar había señalado un objeto del tamaño aproximado y la densidad de un cuerpo humano.

Cowboy apagó la linterna, sumiéndolos de nuevo a ambos en una oscuridad hermética. Tenían que reservar las pilas de las linternas para cuando las necesitaran de verdad.

Cerró los ojos. Sabía que podía hacer cualquier cosa, si era necesario. Pero ver el haz de luz reflejarse en la cara pálida e hinchada de Andy Marshall iba a ser lo más duro que había hecho nunca.

Casi tan duro como reconocer que tal vez Melody tuviera razón desde el principio; casi tan duro como sería alejarse de su dulce sonrisa.

Iba a tener que hacer lo correcto. Pero tal vez lo correcto fuera dejarla en paz.

—Sólo era un montón de basura —oyó Melody que Jones le decía a Tom Beatrice al acercarse al grupo de hombres—. Había una afloración de rocas. Buscamos por esa zona lo mejor que pudimos, teniendo en cuanta lo limitado que teníamos el tiempo a esa profundidad —todavía tenía una expresión amarga en la boca—. Pero no era más que una parte de la cantera.

Ella había estado a punto de desfallecer de alegría al ver aparecer las cabezas de Jones y Harvard en la superficie del agua.

Jones debía de saber que estaría observando, loca de preocupación, porque enseguida se volvió para buscarla con la mirada entre la multitud que se había congregado en la orilla. Mientras salía del agua helada de la laguna, la miró y se tocó la coronilla con la punta de los dedos: aquélla era la señal de los buzos para decir que todo iba bien. Jones estaba bien, gracias a Dios. Y el objeto que indicaba el sonar no era el cuerpo de Andy. Sólo era una bolsa de basura.

–¿Cuánto tiempo tenéis que esperar antes de hacer otra inmersión? –preguntó Tom Beatrice.

–Lo más pronto que podríamos hacerlo sería esta noche, de madrugada –le dijo Jones.

–Pero sería aconsejable esperar hasta mañana –añadió Harvard. Miró a los ojos al otro SEAL–. Tú lo sabes tan bien como yo, Jones: un retraso de cuatro o cinco horas no va a cambiar nada, si el chico está ahí abajo.

Jones paseó la mirada por el gentío, vio a los Romanella, a Estelle Warner, a Brittany. Su mirada se posó en Melody antes de volver a clavarse en el jefe de policía.

–Lo siento, Tom –dijo–. El teniente Becker tiene razón. Será mejor que esperemos y sigamos buscando por la mañana.

–Está bien, hijo –le dijo Tom–. Ya es bastante arriesgado bucear ahí dentro a plena luz del día –miró a su alrededor, a los hombres que habían llevado los botes–. Volveremos a encontrarnos aquí a las ocho de la mañana. ¡Vamos a sacar esos botes del agua!

Brittany tocó el brazo de Melody, llevándosela a un lado.

—Me voy.

—Yo voy a esperar a Jones —le dijo Mel a su hermana.

—Lo sé —contestó Brittany. Tenía los ojos enrojecidos, pero logró esbozar una sonrisa llorosa—. Es agradable saber que algo bueno saldrá de todo esto.

Melody sacudió la cabeza.

—No te hagas una idea equivocada, Britt. El hecho de que me preocupe por Jones no significa que piense casarme con él. Porque no es así. No se trata de eso. Somos amigos.

Ni ella misma estaba segura de qué se trataba. De amistad, tal vez. O de consuelo. De amistad y de consuelo, con una buena dosis de atracción. Sí, en lo que a Cowboy Jones concernía, su intenta atracción por él siempre formaba parte de la ecuación.

Brittany la miraba escépticamente, con una ceja levantada.

—¿Amigos?

Melody se sonrojó, recordando cómo la había besado él delante de todo el mundo, y cómo se había aferrado ella a él, devolviéndole toda su pasión y algo más. Pero, fuera lo que fuese lo que había pensado en ese momento, lo que había sentido, había pasado. Había recobrado la cordura.

O eso esperaba.

—Me gustaría que Jones fuera mi amigo. Naturalmente, teniendo en cuenta nuestra historia, será un poco confuso hasta que aclaremos las cosas...

Brittany no parecía muy convencida.

—Lo que tú digas. Yo me voy a trabajar, a ver si puedo distraerme y no pensar en Andy. Tengo turno de tarde. Tu amigo y tú tendréis la casa para vosotros solos.

Melody suspiró.

—Britt, no voy a...

Pero su hermana ya se había ido.

El gentío también se había dispersado. Jones y Harvard se estaban quitando el equipo de buceo y los voluminosos trajes de submarinismo.

Por primera vez desde que Melody lo conocía, Jones parecía tener frío. El agua estaba helada, y él había estado sumergido mucho tiempo. Tiritaba, a pesar de que alguien lo había tapado con una manta.

Luchaba por bajarse la cremallera del traje, y Melody se acercó a él.

—¿Quieres que lo haga yo?

Él le lanzó una sonrisa tensa.

—Qué ironía. Sólo después de cargarla por completo quieres desvestirme.

—Yo... pensaba que... —se sonrojó. Lo cierto era que había deseado desvestirlo desde el momento en que había vuelto a verlo. Pero que Dios la ayudara si él se daba cuenta.

La sonrisa de Jones se desvaneció, al tiempo que se desvanecían los restos de su ira. Parecía terriblemente cansado e infeliz.

—No sé qué está pasando exactamente entre nosotros, cariño, pero tengo que decirte que estoy seguro de que hoy no merezco ningún premio de consolación.

—Yo no he oído nada —canturreó Harvard mientras se quitaba el traje de buceo y se ponía casi de un salto los vaqueros encima de los calzoncillos de lana largos que llevaba debajo—. No estoy escuchando. Tengo agua en los oídos, no oigo nada —con las prisas, no se molestó en ponerse la camisa. Se echó la chaqueta de invierno encima de la camiseta interior—. De hecho, no estoy aquí, hace diez minutos que me he ido. Tengo todo el equipo, menos tu traje, Junior. Déjalo secar. Yo llenaré las bombonas para mañana.

—Gracias, H.

—Melody, nena, no hace falta que te diga que tengas cuidado con él. Está claro que ya habéis metido la idea de tener cuidado en una caja y la habéis atado con un gran lazo rojo —Harvard echó un vistazo a la cara de Jones y retrocedió—. Pero, como decía, ya me he ido. Volveré por la mañana.

Y entonces se marchó, dejando solos a Melody y Jones.

—Jones, no quería decir que... —empezó ella torpemente. Respiró hondo—. Al decir que nos fuéramos a casa, no sé si sonó como si...

—Está bien —dijo él—. No importa. Lo interpreté mal. Lo siento. Ese beso fue un error.

No, no había sido un error. Y él no había malinterpretado nada. En aquel momento, Melody había hablado sinceramente. Pero era demasiado cobarde para reconocerlo. Estaba claro que se había dejado llevar por sus emociones. Ahora que podía pensar con claridad, la idea de llevarlo a casa y subir con él a su habitación la asustaba mortalmente.

No podía enamorarse de él. No podía.

—Una paso adelante, dos pasos atrás —añadió Jones en voz baja, casi como si hablara para sí mismo, casi como si le hubiera leído el pensamiento—. El juego es tuyo, cariño. Tú inventas las reglas y yo las sigo.

Logró bajarse la cremallera del traje de buceo y quitárselo. Como Harvard, llevaba calzoncillos largos debajo. Se los quitó también y se cubrió desganadamente con la manta, sin importarle quién pudiera verlo.

Melody se dio la vuelta rápidamente y recogió los vaqueros de Jones de la roca donde los había dejado él. Pero cuando se disponía a dárselos sin mirarlo, se dio cuenta de que eran muy pequeños.

Comprendió lo que había pasado antes de que Jones hablara. Sostenía los vaqueros de Andy.

—Alguien los habrá puesto aquí por error —dijo él.

Los vaqueros y la camiseta de Andy. La ropa que llevaba antes de lanzarse a la laguna de la cantera. La ropa que se había quitado instantes antes de ahogarse.

Jones encontró sus pantalones y se los puso mientras Melody se sentaba lentamente sobre la roca.

Habían buscado al chico en los bosques que rodeaban la cantera, hasta cierta distancia. Si Andy hubiera logrado salir de la laguna y se hubiera derrumbado entre los matorrales, lo habrían encontrado. Y si había salido del agua y no se había desmayado... En fin, costaba imaginárselo corriendo por el bosque en ropa interior.

Andy se había ahogado. Había saltado al agua y no había salido. Mientras estaba allí sentada, con la ropa del chico entre las manos, Melody lo comprendió por fin. Andy Marshall estaba muerto.

Melody se había mantenido muy entera durante todo el día, pero de pronto, al asimilar la muerte del chico, no pudo refrenar las lágrimas. Por más que lo intentó, no logró impedir que se le escaparan. Una tras otra rodaron por su cara.

Jones se sentó a su lado, cerca pero sin tocarla. Se había puesto la camiseta y las botas de vaquero. Tenía aún la manta echada sobre los hombros y, sin decir palabra, tapó también a Melody.

Se quedaron allí sentados un momento, viendo cómo el sol de mediodía se reflejaba sobre la superficie de la cantera inundada.

—Me siento como si nunca fuera a entrar en calor —reconoció él.

Melody intentó en vano enjugarse las lágrimas. No podía detenerlas: seguían afluyendo.

—Deberíamos irnos a casa y beber algo caliente.

Fue como si él no la hubiera oído.

—Melody, lo siento muchísimo —se volvió hacia ella, y Melody vio que también estaba llorando—. Si no hubiera venido al pueblo, esto no habría ocurrido.

Ella tomó su mano debajo de la manta. Jones tenía los dedos helados.

—Eso no lo sabes.

—Pensé que podía ayudarlo —dijo él. Sus ojos brillaban mientras le apretaba con fuerza la mano—. Pensé que necesitaba a alguien que se preocupara lo suficiente por él como para ayudarlo a ir por el buen camino. Alguien que le marcara unos límites y que al mismo tiempo le exigiera cosas que nadie le había exigido antes —miró hacia el agua y un músculo vibró en su mandíbula—. Recordé lo que supuso para mí enrolarme en la Armada y se me ocurrió darle a probar algo parecido. Pensé...

Se interrumpió y Melody acabó por él.

—¿Que era pan comido?

Jones la miró y se rió, entre incrédulo y desanimado. Se enjugó los ojos con el dorso de la mano libre.

—Dios mío, qué equivocado estaba —sacudió la cabeza—. No puedo creer que me mintiera sobre esa casa de Looking Glass Road.

—No estaba mintiendo —le dijo Melody—. Al menos, eso cree Britt. Piensa que puede demostrar que Andy estaba usando su ordenador esa noche. Dice que estaba en nuestra casa, navegando por Internet, la noche que destrozaron la casa.

—Si no fue él, ¿cómo es posible que sus huellas estuvieran por todas partes?

Melody negó con la cabeza.

—No lo sé. Pero sí sé que Andy no cambió su versión.

Insistía en que no había sido él. Lo que me gustaría saber es por qué llamó a Alex Parks. ¿Y por qué aceptó Alex encontrarse con él aquí después de medianoche?

—Debí creer al chico. ¿Por qué no lo hice? —los músculos de la mandíbula de Jones vibraron otra vez—. Dijo que no había sido él. Se lo pregunté y me contestó. Debí ponerme de su lado. Debí confiar en él incondicionalmente.

Ahora fue Melody la que se volvió a contemplar el agua.

—Es difícil confiar en alguien incondicionalmente —le dijo—. Hasta la fe más poderosa tiene sus límites. Lo sé por experiencia —se obligó a mirarlo a los ojos—. Te confiaría mi vida, y lo hice. Pero me siento incapaz de confiarte mi corazón. Esperaba que me hicieras daño, y eso no puedo olvidarlo.

Los ojos de Jones eran muy verdes a la luz de la tarde temprana.

—¿De veras esperabas que te hiciera daño?

Melody asintió con la cabeza.

—No adrede, pero sí.

—Por eso no querías volver a verme. Por eso no le diste a lo nuestro una oportunidad.

—Sí —reconoció ella.

—Probablemente lo habría hecho —reconoció él también—. Hacerte daño, quiero decir. No adrede, como tú dices, pero...

Melody no quería hablar de aquello. Asintió de nuevo y cambió de tema, confiando en que él la siguiera.

—Del mismo modo, tú esperabas que Andy se metiera en algún lío. Así que, cuando pareció que estaba mintiendo, te dejaste convencer por tus expectativas.

—Dios, la fastidié de veras —Jones volvía a tener lágrimas en los ojos—. Creía saber lo que estaba haciendo, pero la verdad es que no estaba preparado para tratar con un niño. Lo he hecho todo mal.

—Eso no es cierto.

Pero él no la escuchaba.

—Cuando llegamos a los cincuenta metros, tuvimos que buscar el objeto que había detectado el sonar —hablaba sobre su inmersión en la laguna de la cantera, con Harvard—. Tardamos mucho tiempo en bajar hasta allí, con tantas paradas y tanta espera, pero cuando llegamos estaba muerto de miedo. Sólo quería cerrar los ojos y hundirme hasta el fondo. No quería mirar, no quería saberlo. Y entonces mi linterna iluminó algo, y vi un reflejo, y por un instante, Mel, vi a Andy. Los ojos me jugaron una mala pasada y vi su cara allá abajo.

Melody no sabía qué decir, así que no dijo nada. Siguió apretándole la mano.

—Mañana tendré que bajar otra vez —continuó él—. Y es probable que lo encuentre.

Estaba temblando. Melody no estaba segura de si temblaba por el frío aire invernal o por la negrura de sus pensamientos. Pero sabía que era hora de llevarlo a casa.

Se levantó, escapando de los confines de la manta, y tiró levemente de él para que se levantara.

—Vámonos, Jones —hizo una pausa—. ¿Todavía tienes las llaves de mi coche?

—Sí —él recogió su traje de buceo—. Están en mi bolsillo.

Melody dobló los vaqueros de Andy y volvió a dejarlos sobre la roca.

—Me pregunto si deberíamos intentar contactar con el padre de Andy. Andy estaba buscándolo en Internet. Me dijo que creía que tal vez estuviera destinado en una base del Ejército de Tierra en New Hampshire y...

Se dio cuenta de lo que estaba diciendo en el mismo instante que Jones.

—¿Qué acabas de decir? —preguntó él, volviéndose para mirarla.

—Que estaba buscando a su padre en Internet.

—Y que creía que lo había encontrado en New Hampshire.

Melody miró, perpleja, los ojos brillantes e intensos de Jones.

—¿Crees que...? —murmuró.

Jones agarró los vaqueros de Andy y rebuscó rápidamente en sus bolsillos.

—Cariño, ¿has visto su reloj? ¿Estaba su reloj aquí, con el resto de su ropa?

—No —Melody temía excitarse demasiado. Aunque Andy nunca iba a ninguna parte sin su reloj, no se habría metido con él en el agua. Así que, ¿por qué no estaba allí?—. Es posible que Alex Parks se lo llevara. Yo no me fiaría de ese chico.

—Sí, tienes razón. Es posible que lo tenga Alex. Pero... —Jones se pasó las manos por el pelo mojado—. La semana pasada, en la biblioteca, convencí a Andy para que sacara un ejemplar de *Tom Sawyer*. Me dijo que le había gustado... así que debió de leerlo.

—Oh, Dios mío —Melody se volvió hacia la laguna—. Debe de haber preparado todo esto para que pareciera que se había ahogado.

Jones la agarró de la mano.

—Vamos.

—¿Adónde?

—Tú, a casa. Yo, a New Hampshire.

La espalda la estaba matando.

Cowboy sacudió la cabeza con fastidio, asombrado por

haber dejado que lo acompañara. Había una hora y media de trayecto hasta New Hampshire... en ambos sentidos.

Ella procuraba no quejarse. Naturalmente. Aquella misma mujer había caminado ocho horas por el desierto con los talones llenos de ampollas, sin lamentarse ni una sola vez. No, no decía ni una palabra, pero su constante removerse en el asiento la delataba.

–Ya casi hemos llegado –dijo, y levantó la mirada del mapa, en medio del resplandor de la media tarde.

El pueblo era pequeño; saltaba a la vista que había sido construido a rebufo de la base militar cercana. Había una serie de bares y salones de billar a lo largo de la calle principal, un supermercado de aspecto cansino, un motel barato, un salón de tatuajes, una licorería y una estación de autobuses con una señal de neón chisporroteante.

Cowboy cambió de sentido en medio del pueblo.

–¿Qué haces? La base está en el otro sentido.

–Estoy siguiendo una corazonada.

–Pero...

–Todo esto (venir hasta aquí sin haber podido hablar siquiera por teléfono con el soldado Marshall) ha sido un gran esfuerzo, ¿no? –había usado un contacto que tenía en el Pentágono para localizar al padre de Andy, el soldado David Marshall, allí, en la base militar de Plainfield, New Hampshire.

Plainfield no era ningún chollo como destino. En realidad, era todo lo contrario. A la gente se la asignaba allí como castigo. Era algo parecido a una sentencia de cárcel. Y según el amigo de Cowboy en el Pentágono, David Marshall acumulaba motivos de sobra para recibir un castigo. Tenía un historial de infracciones de un kilómetro de largo, lleno de acusaciones desagradables, como el acoso sexual y el uso de una violencia excesiva al tratar con civiles.

Cuando Cowboy había llamado a Plainfield, le habían dicho que el soldado Marshall no podía ponerse. No había conseguido que la voz poco amistosa del otro lado de la línea verificara si Marshall seguía destinado en la base. Pero, por el tono de la llamada, sospechaba que Marshall padre estaba en medio de una severa reprimenda... o quizás incluso en el calabozo.

Si el soldado Marshall estaba en Plainfield y suponiendo que Andy hubiera podido verlo, no costaba imaginar su reacción al hallarse cara a cara con el hijo al que había abandonado doce años antes. No habría habido muchos besos y abrazos, eso seguro.

Cowboy paró en el aparcamiento lleno de baches que había junto a la estación de autobuses.

—Crees que el padre de Andy no querrá tener nada que ver con él —dijo Melody—. Pero, ¿de veras crees que Andy tendría dinero suficiente para comprar un billete de autobús para marcharse de aquí? Seguramente se gastó todo lo que tenía en llegar aquí desde Appleton.

—Creo que probablemente no tiene dinero ni para comprar algo de cenar, pero en la estación no se mojará, ni pasará frío. Puede quedarse aquí toda la noche, si lo necesita. Incluso puede dormir en un banco si finge estar esperando un autobús.

Ella lo miraba atentamente a la luz del anochecer mientras Jones echaba el freno de mano y apagaba el motor.

—Hablas como si lo supieras por experiencia.

Cowboy la miró a los ojos. Parecía que hacía una eternidad desde que no compartían una sonrisa. Habían hecho en silencio el viaje desde Massachusetts. De hecho, aquel día había sido uno de los menos alegres que Jones había conocido.

—Creo que tal vez me conozcas un poco demasiado bien.

—¿Cuántas veces te escapaste de pequeño?

—No sé. Perdí la cuenta. Pero lo más absurdo es que nadie me echaba de menos, en realidad. Así que dejé de escaparme. Pensé que fastidiaba más a mis padres si me quedaba.

Melody se removió en su asiento.

—Pero volviste a escaparte cuando tenías dieciséis años, ¿verdad? Me dijiste que fuiste a ver un rodeo y no volviste.

—Eso no fue escaparme. Fue que me hice mayor y me marché de casa —logró esbozar una sonrisa melancólica—. Bueno, puede que no me hiciera mayor. Todavía no estoy seguro de haberlo logrado.

—Yo creo que lo has hecho muy bien —sus ojos eran suaves a la luz del sol, que se disipaba rápidamente, y Cowboy comprendió con súbita certeza que lo único que tenía que hacer era inclinarse y ella dejaría que la besara. A pesar de todo lo que había dicho sobre sus errores y sus malas interpretaciones, con muy poco esfuerzo por parte de Cowboy, sería suya.

Él no lo entendía. Si Andy estaba muerto, y aunque estuviera vivo, Cowboy había demostrado que era un irresponsable, incapaz de cuidar a un niño. No tenía sentido. ¿Metía la pata y se llevaba a la chica? Lo que había hecho debería haberla hecho desear poner aún más distancia entre ellos. Cowboy no se lo explicaba.

Tal vez aquello se debiera sólo a la necesidad de consuelo, a la pena compartida... o a la esperanza. O quizá fueran sólo imaginaciones suyas. Lo descubriría enseguida besándola de nuevo, acercando la boca a la de ella y...

Tenía gracia. Todo ese tiempo, lo habría arriesgado prácticamente todo por tener la oportunidad de tomar a aquella mujer entre sus brazos y perderse en sus dulces besos. Pero ahora, por más que deseara sentir sus brazos rodeándolo, iba a tener que privarse de ese placer. Habían ido allí a buscar a Andy. Él debería estar buscando al chico, no besando a Melody.

Pero, Dios, cuánto deseaba besarla. Se ahogaba en el océano azul de sus ojos, se preguntaba hasta qué punto estaría dispuesta a consolarlo, y cuánto consuelo aceptaría a cambio...

—Estamos perdiendo el tiempo —le dijo ella, rompiendo el hechizo—. Deberíamos entrar.

Cowboy asintió con la cabeza y se dio cuenta de que estaba apretando tan fuerte el volante que se le habían puesto blancos los nudillos. Aflojó los dedos.

—Lo sé —él estaba perdiendo el tiempo. Lo cierto era que le daba miedo entrar en aquella estación y descubrir que su corazonada estaba equivocada. Temía que aquel viaje fuera el resultado de una ilusión infundada y que Andy estuviera de veras en el fondo de la laguna.

Melody se desabrochó el cinturón de seguridad.

—Iré yo. Tú quédate aquí.

Cowboy soltó un bufido.

—Nada de eso.

La ayudó a salir del coche y, cuando cerró la puerta, Melody se aferró a su mano. Cowboy había participado en algunas misiones difíciles desde que era un SEAL, pero aquélla era la primera vez que tenía una mano a la que agarrarse cuando llegaba el momento de la verdad. Y se alegraba de ello, se alegraba de que Melody estuviera allí.

—Por favor, Dios, que esté ahí dentro —murmuró ella cuando echaron a andar hacia la puerta.

—Si está —le dijo Cowboy—, hazme un favor. No dejes que lo mate.

Ella le apretó la mano.

—De acuerdo.

Cowboy respiró hondo, empujó la puerta y entraron juntos.

Era una estación vieja y destartalada. El aroma químico y dulzón del ambientador no enmascaraba por completo el olor a humo de tabaco y orines. Las paredes sombrías eran de un feo tono beis y las baldosas del suelo estaban agrietadas y picadas en algunos sitios, dejando al descubierto triángulos del cemento gris y sucio que había debajo. El aseo de caballeros tenía colgado en la puerta un cartel que decía *Fuera de servicio. Utilicen el aseo de las taquillas.* El bar había cerrado definitivamente, reemplazado por máquinas expendedoras. El roce de miles de dedos sucios había oscurecido hacía tiempo el amarillo y el naranja chillones de las sillas de plástico duro.

Andy Marshall estaba sentado en una de ellas, encorvado, con los codos sobre las rodillas y la frente apoyada en las palmas de las manos.

El alivio rugió en los oídos de Cowboy. El mundo entero, y la estación de autobuses con él, parecía vascular sobre su eje.

La alegría fue seguida por una gélida sacudida de ira. ¿Cómo podía haberles hecho Andy aquello? ¡El muy gamberro! ¡Les había dado un susto de muerte!

—Jones —se volvió y miró los ojos de Melody. Estaban llenos de lágrimas. Pero ella parpadeó para contenerlas y le sonrió—. Creo que ya ha recibido suficiente castigo

—dijo como si le hubiera leído el pensamiento, como si todo lo que él sentía estuviera escrito en su cara.

Cowboy asintió. Era obvio que al chico le habían arrancado sin anestesia su última esperanza. A ninguno de los dos les haría ningún bien que Cowboy se pusiera furioso con él y echara espumarajos por la boca.

—Voy a llamar a Tom Beatrice —le dijo a Melody; sabía que necesitaba recuperar el equilibrio antes de enfrentarse con el chico—. Y también quiero llamar a Harvard. Decirle que hemos encontrado vivo a Andy.

Ella siguió apretándole la mano hasta el último momento.

—Llama a Brittany, ¿quieres? Por favor.

—Sí —Cowboy se acercó a una hilera de cabinas desvencijadas, marcó el número de su tarjeta telefónica y vio a Melody acercarse a Andy.

Ella se sentó a su lado, pero el chico no levantó los ojos hasta que habló. Cowboy estaba demasiado lejos para oír lo que decía, pero Andy no pareció sorprendido al verla.

Los observó hablar mientras hacía sus llamadas. Tom se mostró serenamente aliviado. Harvard había salido, y Cowboy le dio a su padre un mensaje para él. Brittany lloró; luego maldijo al chico por su estupidez y con el mismo aliento dio gracias a Dios por que no le hubiera pasado nada.

Cuando Cowboy colgó el teléfono, Andy lo miró con recelo. La palidez de su cara le recordó aquella imagen fantasmal que creía haber visto a cincuenta metros de profundidad, bajo la superficie de la cantera inundada.

Andy estaba mucho más guapo con el brillo de la vida en los ojos.

De pronto, la ira de Cowboy se disipó. El chico estaba

vivo. Sí, había cometido un montón de errores, pero, ¿quién era él para hablar? Él también había cometido algunos errores inmensos.

Empezando siete meses y medio atrás, en aquel aseo del avión, con Melody. Sin apenas pensarlo, había jugado con el destino y había perdido... y había cambiado irrevocablemente la vida de Melody.

Ella lo miró mientras se acercaba, y Cowboy vio nerviosismo en sus ojos. Intentó sonreír para tranquilizarla, pero apenas le salió una mueca. Santo Dios, estaba muy cansado, pero ni siquiera podía pensar en aflojar el ritmo. Tenía que conducir una hora y media hasta Appleton antes de poder pensar siquiera en meterse en la cama.

En la cama de Melody.

Si ella le dejaba. O si se dejaba él, sabiendo lo que ya sabía: que no tenía derecho a ser el padre de nadie.

Se rió en silencio y desdeñosamente de sí mismo. Sí, ya. Como si fuera capaz de rechazar a Melody. Ya fuera la necesidad de consuelo, el amor verdadero o la pura lujuria lo que la arrojaba en sus brazos, no iba a decirle que no. Nunca.

—Lo siento —dijo Andy antes de que Cowboy se sentara.

—Sí —le dijo él—. Lo sé. Me alegro de que estés bien, chico.

—Pensé que quizá mi padre fuera como tú —Andy dio una patada a la pata metálica de la silla—. Pero no.

—Ojalá me hubieras dicho lo que pensabas hacer —Cowboy se alegraba de haber hecho primero esas llamadas. La voz le salía firme y tranquila, en vez áspera y temblorosa por la ira—. Habría venido contigo.

—No, no habrías venido —dijo el chico sin su chulería y su resentimiento de costumbre. Sus palabras sonaban planas, inexpresivas, desesperanzadas–. No me creíste cuando dije que no había destrozado esa casa.

–Sí –dijo Cowboy. Se aclaró la garganta–. Mira, Andy, te debo una disculpa por eso. Ahora sé que no fuiste tú. Es un poco tarde ya, claro. Pero espero que puedas perdonarme.

Hubo un leve destello de sorpresa en los ojos de Andy.

–¿Sabes que no...?

–Brittany te creyó –le dijo Melody–. Y descubrió un modo de probar que decías la verdad. La información de su cuenta de correo electrónico demostrará que estuviste conectado a Internet esa noche. Y aunque probablemente no serviría como coartada en un juicio, bastará para convencer a Tom Beatrice de que se ha equivocado de chico.

–Brittany me creyó, ¿eh? –Andy parecía divertido–. Madre mía, hubo un tiempo en que habría organizado un pelotón de linchamiento –miró a Cowboy y cuadró sus flacos hombros–. Pero puede que en parte sea culpable. Entré en esa casa hace dos semanas. Una de las ventanas de arriba estaba un poco abierta. Yo sabía que la casa estaba vacía, así que trepé hasta la ventana y entré. Pero no rompí nada, ni robé nada. Sólo miré.

–Y tocaste –añadió Cowboy.

Andy hizo girar los ojos.

–Sí. Dejé mis huellas por todas partes. Qué tonto. Seguro que alguien me vio entrar y se lo dijo a Alex Parks. Él hizo las pintadas y rompió las ventanas y los espejos y todo eso. Me lo contó anoche, en la cantera. Me dijo que quería asegurarse de que me iba del pueblo. Dijo que me tenía reservada una habitación en el correccional –sonrió amargamente–. Le di un susto de muerte cuando salté a la laguna.

–Nos diste un susto de muerte a todos.

—Fue una estupidez. Era muy peligroso hacer eso —le reprendió Melody—. Podías haberte ahogado de verdad.

Andy se arrellanó en su asiento.

—Ya, como si alguien fuera a echarme de menos. Como si le importara un comino a alguien. A mi padre no, desde luego. ¿Sabéis que ni siquiera sabía mi nombre? Me llamó Anthony. Anthony. Y habló conmigo cinco asquerosos minutos. Ése es el tiempo que me ha dedicado en doce años.

—Olvídate de tu padre —dijo Melody con vehemencia—. Es un idiota, Andy. No lo necesitas porque nos tienes a nosotros. Me tienes a mí, a Brittany y a Jones...

—Sí, ¿por cuánto tiempo? —había lágrimas en los ojos de Andy. No podía seguir haciéndose el indiferente. Le temblaba la voz—. Porque, después de este lío, los Servicios Sociales me sacarán de casa de los Romanella tan deprisa que no tendré tiempo ni de decir adiós.

—No se lo permitiremos —dijo Melody—. Hablaré con Vince y...

—¿Qué vas a decirle que haga? —bufó Andy—. ¿Adoptarme? Eso es lo único que se me ocurre que podría hacer que me quedara allí. Y seguro que iría de maravilla —sacudió la cabeza y maldijo en voz baja—. Apuesto a que Vince ya ha metido mis cosas en cajas.

—Alguien en los Servicios Sociales debe de tener autoridad para darte una segunda oportunidad —dijo Cowboy—. Es a Alex Parks a quien deberían encerrar por esto, no a ti.

Andy se enjugó fieramente las lágrimas.

—¿Y a ti qué te importa? Te vas a ir del pueblo dentro de unas semanas.

Cowboy no supo qué decir. El chico tenía razón. No iba a quedarse. Era un SEAL. Su trabajo lo obligaba a recorrer el mundo. Incluso en las mejores circunstancias, pasaría a menudo semanas enteras fuera de casa. Levantó la mirada, pero Melody se esforzó en no mirarlo.

—No sé por qué te empeñas tanto en casarte con ella —continuó Andy, señalando a Melody con el pulgar—, si sólo vas a verla a ella y al niño un par de veces al año. Mi padre puede ser un auténtico capullo, pero por lo menos no fingió que hacía otra cosa, aparte de darme su nombre cuando se casó con mi madre.

Melody se levantó.

—Creo que será mejor que nos vayamos —dijo—. Se está haciendo tarde.

—¿Sabes?, a Ted Shepherd le gustas —le dijo Andy a Melody.

—Andy, he cambiado de tema —la voz de Melody sonó crispada—. Tenemos que irnos, y tenemos que dejar de hablar de esto.

Andy se volvió hacia Cowboy.

—El tío para el que trabaja está loco por ella. No lo sabías, ¿a que no? Y tiene dinero, además. Podría ocuparse de ella y del niño, no hay problema. Brittany me dijo que algún día será gobernador. Pero mientras estés por aquí, Melody no podrá empezar nada con él. Y si te casas con ella...

—A casa, Andrew —dijo Melody con el tono que usaba cuando se le agotaba la paciencia—. Ahora mismo.

CAPÍTULO 13

—Tus clases de preparación al parto empiezan esta tarde —Brittany estaba en el comedor, revolviendo los cajones del aparador en busca de algo—. A las siete. En el hospital. En el salón oeste.

Melody se dejó caer en una silla de la cocina, consciente de que Jones la observaba desde el otro lado de la habitación. Las clases de preparación al parto. Dios. Eran casi las seis. Apenas tendría tiempo de darse una ducha.

—Britt, estoy molida. Voy a quedarme en casa.

Brittany dejó de rebuscar en los cajones el tiempo justo para asomar la cabeza por la puerta.

—Abigail Cloutier tiene una lista de espera de un kilómetro de largo para esa clase. Si no apareces, llamará a otra y entonces tendrás que esperar hasta la siguiente sesión, que no empieza hasta el mes que viene. Seguramente acabarás dando a luz antes de haber hecho la mitad del curso —desapareció de nuevo—. He hecho sopa de guisantes. Está en el fogón. Y hay pan calentándose en el horno.

—Espera un momento —dijo Melody, irguiéndose en la silla—. ¿No vas a ir conmigo?

—Aquí está mi pasaporte —dijo Brittany en tono triunfal. Cerró de golpe el cajón y entró en la cocina atusándose el pelo—. Lo necesito como segundo documento de identidad.

—No vas a ir conmigo, ¿verdad? —Melody miró a su hermana mientras intentaba contener el pánico. Si Brittany no la acompañaba, tendría que ir sola o... No miró a Jones. Se negaba a mirarlo.

Pero Brittany se había vestido de punta en blanco y saltaba a la vista que no era para ir a la clase de Abigail Cloutier. Llevaba un traje oscuro, medias y zapatos negros de tacón. Se había recogido el pelo rubio en una trenza francesa y hasta se había maquillado.

—Tesoro, los de Servicios Sociales piensan llevarse a Andy de vuelta a Boston esta misma noche. He estado hablando por teléfono con Vince Romanella y con doce trabajadores sociales por lo menos desde que Cowboy llamó esta tarde. Hay una reunión a las seis en casa de los Romanella —les dijo, y se volvió para mirar a Jones, que estaba apoyado en silencio contra la encimera de la cocina—. Supongo que se alargará hasta bastante tarde, así que no, Mel, esta noche no puedo ir contigo a las clases de preparación al parto.

—Iré yo —dijo Jones. Melody cerró los ojos.

Britt se rió.

—Suponía que te ofrecerías a acompañarla temporalmente.

Dios, lo último que Melody quería era sentarse con Jones en una habitación con una docena de parejas casadas. Pero eso no era lo peor. Había visto clases de preparación al parto en televisión, y en todas ellas se exigía cierta intimidad física (tocarse, al menos) entre la futura madre y su acompañante.

Ya le costaba bastante esfuerzo no arrojarse en brazos de Jones en circunstancias normales. Si se añadían emociones fuertes a la marmita borboteante de la pasión, estaría a punto de derretirse. Y si se añadía además una situación en la que Jones se vería obligado a tocarla, estaría perdida.

—Jones, tú pareces incluso más cansado que yo —contestó Melody, consciente de que, dijera lo que dijese, él no se daría por vencido. No sabía. Nunca había tenido que hacerlo.

Jones le lanzó una sonrisa torcida.

—Cariño, ¿va a ser más duro que bucear hasta cincuenta metros de profundidad?

—No —Melody se dio cuenta de que por primera vez desde su llegada a Appleton, hacía semanas, llevaba puesta una camiseta. Ella había creído sinceramente que no tenía ninguna. Hasta ese día, creía que Jones era incapaz de sentir el frío.

—Pues no hay más que hablar. Mientras no haya que respirar de una bombona de gas mezclado, será...

—Pan comido —concluyó Melody por él con un suspiro—. Habla por ti —murmuró ella.

Jones se irguió. La preocupación le había oscurecido los ojos.

—Mel, si de verdad estás demasiado cansada para ir, iré yo por ti. Puedo tomar notas y contártelo todo mañana por la mañana.

Hablaba en serio. Estaba hecho polvo, pero quería ayudarla como pudiera, y el efecto resultaba conmovedor. Melody intentó apartar la mirada. Tratándose de Jones, no debía pensar siquiera en conmoverse.

Pero un asomo de barba rubia brillaba en su barbilla, y aunque parecía exhausto, y debiera por derecho estar sentado y no de pie, estaba... conmovedoramente adorable. Melody no pudo evitar mirarlo, y él esbozó una sonrisa fatigada. Ella lo conocía lo bastante bien como para saber que estaría dispuesto a correr veinte kilómetros si se lo pedían. Cuarenta, si se lo pedía ella.

Brittany se puso su abrigo. Su bolso estaba junto a la puerta, y lo recogió.

—Si no vas a ir, llama a Abby ahora mismo —le dijo a su hermana.

Melody cerró los ojos.

—Voy a ir —con Jones. Oh, Dios. La sensación que se apoderó de ella era algo más que puro terror. Sentía un hormigueo en el estómago, una excitación parecida a la que se experimentaba en una montaña rusa.

Brittany abrió la puerta, pero, como si se lo pensara mejor, dio media vuelta.

—Ah, sólo para que lo sepas, esta noche pienso empezar el papeleo preliminar para adoptar a Andy.

Melody estuvo a punto de caerse de la silla.

—¿Qué?

—Ya me has oído.

—No puedo creer que hables en serio.

Britt dio un respingo.

—Si tú puedes ser madre soltera, yo también. Y, además, tenemos cuatro habitaciones vacías en casa.

Melody sacudió la cabeza.

—No te estoy criticando —le dijo—. Estoy... asombrada. Hace unas semanas, el nombre de Andy era intercambiable con el de Satán.

—Bueno, sí, pero eso fue antes de que lo conociera.

—Britt, tú no conoces en realidad a Andy Marshall —contestó Melody—. Quiero decir que quizá pienses que lo conoces, pero...

—Sé todo lo que necesito saber —dijo Brittany con

calma–. Sé que ahora mismo lo que necesita ese chico más que nada en el mundo es alguien que lo quiera de verdad. Sé que no es perfecto. Sé que va a darme muchos quebraderos de cabeza, pero no me importa. ¡No me importa! Porque, ¿sabes qué? Si pienso en mi vida sin ese chico... en fin, me parece fría, como si nunca fuera a volver la primavera. Lo he pensado largo y tendido. Lo quiero de verdad, Mel.

–No va ser tan fácil conseguirlo –la advirtió Melody–. Una madre soltera intentando adoptar a un chico problemático... No me extrañaría que los Servicios Sociales decidieran que Andy necesita una figura paterna fuerte y te rechazaran.

–Aunque no funcione –dijo Brittany–, Andy sabrá al menos que alguien lo quería. Eso, al menos, puedo dárselo.

Melody se levantó y dio un abrazo a su hermana.

–Ve a luchar por él –le susurró mientras intentaba contener las lágrimas.

Y luego Brittany se marchó, dejándola a solas en la cocina con Jones. Con Jones y sus tormentosos ojos verdes...

–Más vale que me duche y me cambie si vamos a salir –dijo él.

Ella asintió.

–Yo también.

–¿Estás segura de que no quieres que vaya yo? –preguntó él.

Melody ya no estaba segura de nada.

–La clase sólo dura una hora y media –le dijo–. Acabará antes de que nos demos cuenta.

Eso esperaba.

Jones se estaba sirviendo una taza de café cuando Melody regresó del aseo de señoras. Abby Cloutier, la monitora del curso, les había dejado diez minutos de descanso para ir al baño, lo cual era necesario en una clase llena de mujeres embarazadas casi a punto de dar a luz.

De momento, se habían sentado en sillas plegables en una habitación a oscuras y habían visto una película sobre el parto. Ella apenas había podido prestar atención con Jones sentado tan cerca. Tenerlo allí era una distracción. Olía bien y parecía aún mejor.

Pero no la había tocado.

Aún.

Jones sonreía mientras oía hablar a otro hombre. Estaba con un grupo de cinco hombres; la mayoría de ellos comía galletas de la mesa de los aperitivos. Jones se había puesto sus Dockers y su polo para la ocasión, y con el pelo pulcramente recogido en una coleta y la cara recién afeitada, estaba increíblemente guapo. Aunque iba vestido casi igual que los demás hombres, destacaba entre ellos. Hubiera dado lo mismo que se pusiera su uniforme blanco.

—¿Ése es tu SEAL? —preguntó una voz detrás de Melody. Se volvió y vio a Janette Dennison, una amiga del instituto de Brittany que estaba embarazada de su cuarto hijo. Janette miró a Jones, al otro lado de la habitación—. Santo Dios, es más grande que Hank Forsythe.

Hank era el dueño del gimnasio del pueblo. Su mujer, Sandy, estaba embarazada de su primer hijo.

—Es más alto, sí —dijo Melody.

—No es que sea más alto —contestó Janette—. Es... no sé cómo describirlo, Mel. ¿Te has fijado en que todas las mujeres de esta sala te miran como si te hubiera tocado la lotería?

Melody se había fijado. Pero era consciente de que la envidia de todas se disiparía rápidamente en cuanto supieran cómo se ganaba la vida un SEAL de la Armada.

Había oído a varias mujeres quejarse en el aseo de señoras porque sus maridos tenían que volar a Boulder, a Los Ángeles o a Seattle por negocios y pasaban días, a veces incluso semanas, fuera de casa.

No sabían la suerte que tenían. Sus maridos no iban a saltar en paracaídas de un avión, ni a tirarse al océano desde un helicóptero a baja altura para «insertarse» en territorio enemigo. Sus maridos llevaban maletín, no ametralladora. Su trabajo no los exponía a riesgos físicos. Sus maridos siempre volvían sanos y salvos. No había peligro de que volvieran a casa atados a una camilla, sangrando por heridas de bala o (peor aún) metidos dentro de una bolsa negra.

—¿De verdad te rescató de esa embajada en la que te tenían secuestrada? —preguntó Janette—. ¡Qué romántico!

Melody sonrió. Pero Janette se equivocaba. Sí, Jones le había salvado la vida. Pero también se la había salvado a Chris Sterling y a Kurt Matthews. Habría salvado la vida de cualquiera. No era nada personal. Era su trabajo. Y por eso el hecho de que la hubiera rescatado no era particularmente romántico.

Lo que Melody encontraba verdaderamente romántico era la imagen de Jones subido a un taburete, en el cuarto del bebé, colgando unas cortinas estampadas con conejitos y ositos de colores.

Romántica era la mirada de asombro que había visto en sus ojos al tocarla y sentir que el bebé se movía.

Romántico era haberlo visto conducir desde New Hampshire, después de encontrar a Andy, mientras se enjugaba lágrimas de alivio cuando creía que ella no lo miraba.

Romántico era cómo la miraba desde el otro lado de la sala en ese mismo momento, como si fuera la mujer más bella y deseable de todo el planeta. Tenía los párpados ligeramente entornados y la intensidad de su expresión habría resultado un tanto amenazante de no ser por la leve sonrisa que jugueteaba en las comisuras de su boca.

Ella había visto aquella sonrisa antes. En París. Y sabía que Jones podía hacer que todo lo que aquella sonrisa prometía se hiciera realidad.

Melody se dio la vuelta, acalorada. No quería a aquel hombre, se recordó. No lo amaba. Que Dios la ayudara, no quería amarlo...

–Caballeros –dijo Abby Cloutier–, tomen una colchoneta y unas almohadas y busquen a sus señoras. Vamos a hacer unos ejercicios sencillos de respiración y relajación para empezar.

Al otro lado de la habitación, Jones esperó pacientemente su turno para recoger una colchoneta del montón. Como si sintiera que Melody lo estaba observando, levantó los ojos de nuevo y sonrió. Fue una sonrisa indecisa, de disculpa, como si supiera lo que iba a pasar y cuánto la asustaba la idea de que la tocara.

Cuánto la asustaba y cuánto la excitaba.

–Señores, siéntense en la colchoneta y utilicen su cuerpo y las almohadas para hacer un nido lo más cómodo posible para sus señoras –continuó Abby.

Jones colocó la colchoneta y las almohadas hacia el fondo de la sala para que tuvieran un poco de intimidad. Sin duda era consciente de que los demás los habían mirado con curiosidad desde el principio. Appleton era un pueblo muy conservador, y ellos eran la única pareja soltera del grupo... aunque algunas de las parejas más jóvenes daban la impresión de haberse casado a punta de pistola.

Jones se sentó, imitando a sus compañeros de clase, y estiró las largas piernas para que Melody se sentara apoyada en él, como si fueran a lanzarse por un tobogán.

Consciente de que sería mucho peor vacilar y quedarse allí mirándolo con la boca abierta, como un pez en tierra, Melody se sentó en la colchoneta. Al menos así le daría la espalda. Al menos así él no vería el sonrojo de sus mejillas. Al menos así no tendría que mirarlo a los ojos o ver cómo se curvaban sus labios en una sonrisa. Al menos así no sentiría la tentación de hacer alguna estupidez, como besarlo.

Se echó cuidadosamente hacia atrás y golpeó sin querer la cara interna de su rodilla.

—¡Perdona!

—No pasa nada, cariño. Sigue echándote hacia atrás.

Ella no se atrevió a mirarlo.

—¿Estás seguro? Hace un poco de calor aquí, y peso bastante.

—Mel, se supone que tienes que apoyarte en mí. ¿Cómo vas a relajarte si no te recuestas?

¿Cómo iba a relajarse si se recostaba contra su pecho, con las piernas pegadas a sus muslos?

—Vamos —susurró él—. Te prometo que no será tan malo.

No era eso lo que temía ella. Lo que temía era que fuera irresistiblemente bueno.

—Pónganse cómodas, señoras —ordenó Abby.

Melody retrocedió un poco y cerró los ojos cuando Jones la atrajo hacia sí. Demasiado. Él la rodeó con los brazos, apoyó las manos sobre su vientre y ella se sintió al mismo tiempo a salvo y en terrible peligro. Sentía su aliento suave junto al oído. Sentía el latido de su corazón contra la espalda. No quería moverse, no quería hablar. Sólo quería quedarse allí sentada, con él, así. Para siempre.

Y eso era lo peor que podía estar pensando.

—Esto hace que me sienta muy incómoda —mintió.

—Lo siento... Perdona —él apartó las manos, pero no supo dónde ponerlas.

Dios, ahora también lo había puesto tenso a él.

La voz de Abby era un zumbido de fondo. Estaba diciendo algo sobre la respiración, sobre la importancia de respirar hondo antes y después de las contracciones. Melody inhaló profundamente por la nariz y soltó el aire por la boca, como el resto de la clase.

Intentó seguir los ejercicios de respiración, pero sabía que no estaba reteniendo nada. Al día siguiente, no se acordaría de nada de aquello... salvo de cómo olía Jones, y del calor de su cuerpo, y de...

—... frotadle la espalda mientras ellas hacen esto —la voz de Abby interrumpió sus pensamientos—. Vamos, chicos, haced que se sientan bien.

—Por fin —dijo Jones, intentando hacer una broma—. Por fin voy a tener oportunidad de darte un masaje en la espalda.

Melody cerró los ojos. Aquello no tenía ninguna gracia. Recordaba muy bien sus masajes de espalda. Siempre acababan incluyendo muchas más partes de su anatomía que su espalda y las manos de él.

Sintió que él le apartaba el pelo, sintió que sus manos tocaban sus hombros, que sus dedos masajeaban suavemente los músculos agarrotados de la parte alta de su espalda y su cuello. Intentó concentrarse en su respiración, pero apenas podía inhalar, y mucho menos exhalar con fuerza.

—Díganle lo bien que lo está haciendo, señores —dijo Abby—. Díganle lo guapa que está. Díganle cuánto la quieren. No se corten. Practiquen para decírselo. Cuando estén de parto, van a necesitar oír todas esas cositas que ustedes dan por sentadas.

—No te atrevas a decir nada —dijo Melody entre dientes.

La risa ronca de Jones movió el pelo de detrás de su oído.

—¿Bromeas? —dijo—. Ni se me ocurriría. Se supone que tengo que relajarte, no ponerte más tensa. Te conozco ya bastante bien, Mel. Lo suficiente como para saber que, cuando te miras al espejo, no ves lo que veo yo. Da la casualidad de que creo que estás loca, pero éste no es momento para debatir el tema.

—...llamado *effleurage* —estaba diciendo Abby—. Es una palabra francesa que significa acariciar o masajear suavemente. Caballeros, cuando su señora esté de parto, puede que la alivie que le acaricien el vientre muy suavemente en círculos. Señoras, díganles cuánta presión tienen que hacer. Díganles lo que las hace sentir bien. No sean tímidas.

Melody cerró los ojos con fuerza cuando los largos dedos de Jones comenzaron a acariciar la montaña de su vientre. De algún modo él sabía exactamente cómo tocarla. Y ver aquellas manos fuertes tocándola con tanta delicadeza bastaba para aturdirla.

—¿Está bien así? —preguntó él—. ¿Lo estoy haciendo bien?

Ella logró asentir con la cabeza. Bien era poco.

—¿Qué tal tus riñones? —preguntó él mientras metía la otra mano entre los dos y comenzaba a darle un masaje—. Es ahí donde siempre te duele más, ¿no?

Ella asintió otra vez, incapaz de hablar.

—¿Te estás concentrando en la respiración? —le susurró él al oído con voz suave y tranquilizadora—. Creo que no. Estás pensando en otra cosa. En Brittany y en lo que estará pasando en casa de los Romanella. Siempre estás pensando y preocupándote por los demás, pero ahora mismo tienes que vaciar tu mente y pensar sólo en ti misma. Relájate y respira y olvídate de todo lo demás —se rió suavemente—. Sé que es difícil porque yo soy probablemente el mayor problema del que querrías olvidarte, ¿verdad?

Se equivocaba. Jones se equivocaba. Se equivocaba por completo. Melody comprendió con repentina claridad que no quería olvidarse de él. Lo había intentado, pero él había insistido tenazmente, y de algún modo, durante las semanas anteriores, había pasado de ser un ex amante y un extraño a ser un buen amigo.

Había tenido paciencia y le había dejado ver que, a pesar de que no podía describírsele como un hombre normal y corriente, había una parte de él que se contentaba con sentarse en el porche, hablar y contemplar la puesta de sol. Se había tomado su tiempo y le había hablado de su infancia, de cómo había crecido, para que ella supiera que era lúcido respecto a sí mismo y respecto a por qué hacia las cosas. Y sus tratos con Andy habían desvelado aún más la clase de hombre que era.

La clase de hombre del que ella podía enamorarse.

La clase de hombre de la que se había enamorado.

«Te conozca ya bastante bien», había dicho él. La conocía, sí. Y ella a él.

No del todo, por supuesto. Aunque pasara el resto de su vida con él, habría pequeños secretos que Jones nunca compartiría con ella, y Melody lo sabía. Y nunca llegaría a entender por completo las partes de él que conocía. Su necesidad de arriesgar la vida, de ser un SEAL. Pero, aunque no lo entendiera, podía valorarlo. Y bien sabía Dios que era bueno en lo que hacía.

Melody empezaba a creer que, si se casaba con ella, se quedaría a su lado... el resto de su vida, si era necesario. Si hacía una promesa, no la rompería. Tenía fortaleza y voluntad para mantener su palabra, costara lo que costase.

Pero, ¿le bastaba a ella con eso? ¿Sabiendo que estaba con ella no por amor, sino por sentido del deber? ¿Era posible que lo que sentía por él fuera lo bastante fuerte como para sostenerlos a ambos?

No lo creía.

Sabía que le gustaba. Y aunque apenas podía creerlo, parecía que también la deseaba. Pero, a menos que la quisiera, que la quisiera de verdad, no podía casarse con él. ¿Verdad?

—Mel, te estás tensando otra vez —susurró Jones—. Olvídalo. Sea lo que sea lo que estás pensando, olvídalo, déjalo estar.

—Se nos ha acabado el tiempo —anunció Abby—. La siguiente clase será sobre cómo derribar las puertas, así que dejad las colchonetas y las almohadas donde están. La semana que viene, trabajaremos la respiración rítmica y haremos ejercicios de relajación progresiva, así que leed esas secciones de vuestros libros. Así ahorraremos tiempo. Señoras, recuerden hacer sus estiramientos y ejercitar el suelo pélvico.

Jones ayudó a Mel a levantarse. Habría seguido dándole la mano, pero ella la apartó, temerosa de que adivinara la verdad con sólo tocarla. Había hecho lo que había jurado no hacer. Se había enamorado de él. Estaba perdida.

Una sombra cruzó los ojos de Jones, y de pronto pareció tan cansado como ella.

—Nunca vas a poder relajarte a mi lado, ¿verdad? —era una pregunta retórica, y no esperó su respuesta—. Ha sido una estupidez pensar que podía acompañarte en los ejercicios. Vamos, voy a llevarte a casa. Pareces agotada.

Tuvo cuidado de no volver a tocarla cuando le abrió la puerta. Y en el camino de regreso a casa permaneció en silencio. Hasta que pararon a la entrada de la casa, Melody no tuvo valor para hablar.

—Jones, lo siento. Yo... eh... —¿qué podía decir? ¿«Te quiero»? No estaba segura de ser capaz de decirle eso. Con palabras, al menos. En toda su vida.

Él echó el freno de mano y se volvió para mirarla.

—Mira, Mel, he estado pensando en... un montón de cosas. En Andy. En nuestro bebé. En ti y en mí. En ti, en lo que quieres y en lo que no quieres —el músculo de su mandíbula vibraba—. Y en mí.

—Jones...

Él la detuvo levantando una mano.

—Necesito decirte esto, así que, por favor, déjame hablar. Creo que es bastante obvio que mi capacidad como padre deja mucho que desear. Ya no estoy seguro de que deba ayudarte a criar a nuestro hijo. Pero sigo sin querer que el niño crezca pensando que me importa un bledo. Porque me importa. Me importa —se le quebró la voz y respiró hondo para calmarse—. Me importa él y me importas tú. Y Andy tenía razón. Si te casas conmigo, nunca encontrarás a alguien a quien puedas querer de verdad, alguien que pueda ser un verdadero padre para nuestro hijo.

—Jones...

—Calla y déjame acabar. Voy a darte lo que querías, Mel. Reconoce que el bebé es mío, pon mi nombre en su partida de nacimiento, déjame que venga a visitarlo un par de veces al año... También quiero pagarle una pensión de manutención, pero de eso pueden ocuparse nuestros abogados —se aclaró la garganta—. Mi única condición es que me gustaría estar contigo cuando nazca el bebé. Sé que no hay modo de saber cuándo va a nacer, pero no es probable que te pongas de parto en las próximas tres semanas. Así que creo que lo mejor será que recoja mis cosas y vuelva a la base lo antes posible. Pediré otra vez vacaciones a principios de diciembre, y luego habrá que cruzar los dedos y confiar en que suceda más pronto que tarde.

Melody estaba sin habla. Jones estaba aceptando su trato. Lo tenía todo pensado, hasta que quería estar allí cuando naciera el bebé. Estaba capitulando, batiéndose en retirada, dándose por vencido. Ella apenas podía creerlo.

¿Acaso no se daba cuenta de que ella también estaba al borde de la rendición?

Pero ya no había necesidad de preocuparse. Ella había ganado.

Así que, ¿por qué sentía que había perdido?

CAPÍTULO 14

Cowboy estaba en los escalones del porche, esperando a que Melody abriera la puerta. Quería asegurarse de que entraba sana y salva antes de regresar a su tienda. Echaría una siesta (lo justo para refrescarse) y luego recogería sus cosas, se iría a la gasolinera de la autopista y le pediría a alguien que lo llevara a Boston. Una vez en la ciudad, tomaría el tren hasta el aeropuerto Logan. A la salida del sol estaría en su coche, camino de la base.

Harvard le había dicho que la mayoría de la Brigada Alfa había vuelto a Virginia hacía tiempo. Después de muchas quejas, el FinCOM estaba por fin dispuesto a negociar con Joe Cat respecto al curso de entrenamiento antiterrorista. Al parecer, el FinCOM se guardaría su reglamento a condición de que el programa fuera sólo un ensayo. Aunque, según se decía últimamente, el curso no tendría lugar hasta la primavera. En mayo o junio, como muy pronto.

Así pues, la Brigada Alfa tenía mucho tiempo para prepararse. Pero, mientras esperaban, estaban listos para ir a cualquier parte donde se los necesitara.

La luna se había levantado por encima de los árboles, y su luz plateada hacía que la cara de Melody parecía exquisitamente sobrenatural cuando empujó la puerta y se volvió para mirarlo.

—Buenas noches.

—Estás preciosa, ¿sabes?

Ella cerró los ojos.

—Jones, esto se ha acabado. Hemos llegado a un acuerdo. No hace falta que...

—Sí, lo sé —la interrumpió él—. Supongo que por eso puedo decirlo. Ya no tengo que preocuparme porque te asustes y salgas corriendo. Qué demonios, ni siquiera tengo que pararme ahí. Puedo decirte que, a pesar de lo que creas, eres la mujer más sexy que he conocido.

Ella intentó bromear.

—Bueno, claro, eres un SEAL. Después de pasar tanto tiempo en el océano, no me extraña que te sientas atraído por alguien que recuerda a una ballena.

Cowboy no se rió.

—¿Sabes a qué me recuerdas?

—¿A una carpa de circo?

Él siguió sin hacer caso. Hizo como si no hubiera dicho nada.

—Me recuerdas a la experiencia sexual más caliente y más intensa que he tenido en toda mi vida. Cada vez que te veo, pienso en lo que hicimos para que te hayas puesto así. Pienso en encerrarme en ese baño contigo, a bordo del 747. Pienso en cómo me hiciste sentir, en el hecho de que por primera vez en mi vida no me importó no tener un condón, lo juro por Dios —bajó la voz—. Pienso en cómo me besaste cuando tuviste un orgasmo para no gritar. Te miro, Melody, y me acuerdo de cada caricia, de cada roce, de cada beso. Te miro y sólo puedo pensar en lo mucho que deseo otra oportunidad de hacerte el amor así de nuevo.

Melody se quedó callada, mirándolo con los ojos muy abiertos.

—Bueno —dijo Cowboy—, ahora ya lo sabes.

Ella siguió sin decir nada. Pero no huyó.

Cowboy dio un paso hacia ella y luego otro, y ella siguió sin moverse.

—Puede que me pase de la raya... No, sé que voy a pasarme de la raya, pero creo que, ya que estoy siendo brutalmente sincero, tengo que decirte que he pasado estas últimas semanas agarrotado de tanto desearte. Te deseaba y creía que te necesitaba, pero hoy he descubierto que la necesidad y el deseo no son lo mismo. La necesidad no tiene que ver con el sexo, ¿verdad? No, nada de eso. Porque hoy te necesité más de lo que he necesitado nunca a nadie, y tú estabas ahí, para mí —forzó una sonrisa—. ¿Y sabes qué? Todo ese tiempo tuvimos la ropa puesta.

Tocó su pelo, acarició la suavidad de su mejilla.

—Mírame —dijo—. Sigo intentando seducirte. Hemos llegado a un compromiso, hemos hecho un trato. Hemos alcanzado una especie de relación amistosa, y aun así no parezco capaz de mantenerme alejado de ti. Sigo deseándote más de lo que he deseado a ninguna otra mujer.

Ella estaba temblando. Cowboy sabía muy bien que no sería muy caballeroso besarla, pero no pudo resistir el deseo de acercar su boca a la de ella.

Melody sabía tan dulce, tan perfecta... Sus labios eran deliciosamente suaves, exquisitamente tentadores. La atrajo hacia sí y sintió la tensión de su vientre. Le encantaba notarla bajo sus manos, le encantaba que ella pareciera suspirar y derretirse contra él mientras la besaba más profunda y largamente, pero con lentitud, suavemente.

—Vamos dentro —musitó ella. Sus ojos eran suaves y soñadores cuando lo miró—. Por favor —había metido los dedos entre su pelo y atrajo su cabeza hacia sí para besarlo de nuevo.

Ella lo estaba besando.

Cowboy sabía que debía dar media vuelta y alejarse. Sabía que nada había cambiado. Él se iría a la mañana siguiente. Pero, qué demonios, era muy posible que Melody estuviera haciendo aquello porque se iba.

Se apartó de ella.

—Mel, ¿estás segura?

—Sí.

Sí. Cowboy no necesitó oírlo dos veces.

Ella lo tomó de la mano y tiró de él hacia el interior de la casa. No dijo nada más mientras lo llevaba hacia las escaleras y hacia su cuarto.

Cowboy se sintió impulsado a hablar.

—Cariño, no tengo preservativos. Otra vez.

Ella miró hacia atrás.

—Jones, no vas a dejarme embarazada —dijo—. Otra vez.

—Aun así, he leído un montón de cosas sobre si las mujeres deben tener o no relaciones sexuales en el octavo y noveno mes de embarazo —le dijo él—. Hay consenso en que, a menos que se trate de un embarazo de alto riesgo, todo vale. Aunque hay una minoría que parece creer que practicar el sexo sin preservativo aumenta el riesgo de infecciones potenciales del feto.

Ella había entrado en su cuarto sin encender la luz y estaba allí, a la luz de la luna, mirándolo.

—A veces creo que te excedes un poquitín en tus investigaciones. Mi jardín, por ejemplo. Parece como si estuviera preparado para soportar un invierno siberiano. Lo único que necesitaba era quitar las plantas muertas y echar un poco de abono —una sonrisa suavizó sus palabras—. Gracias por ocuparte de eso, por cierto.

—De nada. Pero sí —respondió él—, he leído más de la cuenta sobre los posibles riesgos del embarazo. Eclampsia. Dios mío. Sólo con pensarlo me muero de miedo.

Maldición, estaba nervioso. Hacía mucho tiempo que la deseaba, y de pronto lo único que podía hacer era quedarse allí parado y hablar. Bla, bla, bla. No parecía capaz de callarse. Carraspeó y luchó con el impulso de preguntarle por su presión sanguínea. Melody estaba bien. Él sabía que estaba bien. Aparte de los mareos de por la mañana, gozaba de buena salud. El suyo no era un embarazo de alto riesgo. Él ya lo había hablado con Brittany, y ella le había tranquilizado. Y Brittany era enfermera: tenía que saberlo.

Cowboy se aclaró de nuevo la garganta.

—¿Quieres que cierre la puerta?

Melody asintió con la cabeza.

—Por favor.

La puerta tenía un pestillo anticuado, y Cowboy lo cerró. No serviría de nada contra una horda invasora, pero bastaría para preservar su intimidad. Cuando se volvió, ella estaba echando las cortinas. Sin la luz de la luna, la habitación estaba completamente a oscuras. Él encendió la luz.

—Oh —dijo ella—, no, por favor.

Cowboy la apagó. Las cortinas debían de ser muy gruesas, porque allí se veía tan poco como a cincuenta metros de profundidad, en la laguna de la cantera.

—Mel, voy a necesitar gafas de visión nocturna para verte.

Ella era una voz incorpórea, perdida en las sombras del otro lado de la habitación.

—De eso se trata.

—Oh, vamos. ¿Es que no has oído nada de lo que te he dicho en el porche?

—Sí —contestó ella—. Y te ha servido para llegar hasta aquí. Ha sido... muy agradable. Pero... ¿Te acuerdas de esa portada que hizo Demi Moore para *Vanity Fair* cuando estaba embarazada?

—¿Te refieres a ésa en la que salía desnuda?

—Sí. Embarazada y desnuda. Estaba asombrosamente guapa —ella hizo una pausa—. Yo no me parezco a ella.

Cowboy tuvo que reírse.

—¿Y cómo voy a saberlo?

Ella también se rió. Tenía una risa musical que acarició a Cowboy como terciopelo en la oscuridad.

—De eso se trata justamente.

—¿Y si encendemos la luz del cuarto de baño? Una luz suave.

—¿Y si vienes aquí?

Era una invitación que él no podía rechazar. Avanzó hacia ella. Sintió, más que verlo, que se había metido en la cama. Tendió los brazos hacia ella y, con una explosión de placer, descubrió que se había desvestido en la oscuridad. No llevaba nada puesto.

Fue una sorpresa total y, al tocarla, se dio cuenta de que con las luces apagadas y la habitación a oscuras, sus otros sentidos se afinaban. Hacer el amor en la oscuridad, así, tal vez no fuera lo que había deseado, pero iba a ser delicioso.

La besó. La piel de ella era suave y tersa bajo sus dedos. Sus pechos estaban tan hinchados que descansaban sobre la enorme prominencia de su vientre... Aquel vientre que albergaba a su hijo.

Melody gimió cuando la besó con más ímpetu, más

profundamente, llenando su boca con la lengua mientras acariciaba con las manos la suavidad de sus pechos. Sus pezones eran picos duros que se apretaban contra sus palmas, una sensación increíblemente deliciosa.

Y, al parecer, Melody disfrutaba tanto como él.

Le sacó la camiseta de la cinturilla de los pantalones, metió las manos debajo y deslizó los dedos sobre su pecho musculoso mientras se arrodillaban juntos en la cama.

—No sabes cuánto he deseado tocarte así —susurró ella—. Todas estas semanas viéndote andar por ahí casi desnudo...

Cowboy tuvo que reírse. Todo ese tiempo, había creído que ella se había vuelto inmune a él.

Pasó las manos levemente sobre su tripa, maravillado por cómo parecía brotar de su cuerpo. El resto de su cuerpo seguía siendo esbelto. Había engordado unos cuantos kilos desde París, era cierto, pero en aquella época a Cowboy le había parecido demasiado delgada. Era delicioso sentirla bajo sus manos, tan suave y femenina. Cowboy se esforzaba por verla en la oscuridad, pero aunque sus ojos habían intentado acostumbrarse, seguía sin ver nada.

Ella lo besó mientras tiraba de su camiseta. Se apartó un momento para decir:

—Me siento como si fuera la única que está desnuda.

—Eso es porque eres la única. Y, para serte sincero, me gusta. Tiene algo de amo y esclavo —bromeó él. Bajó la cabeza para meterse en la boca uno de sus pezones endurecidos mientras sus manos la exploraban más abajo, deslizándose por la curva tersa de su tripa. Sus dedos se encontraron con los rizos suaves de su pubis. Eso sí que era estar excitada. Estaba lista para él, húmeda de ardor y deseo, y, mientras la tocaba, primero levemente, después más fuerte, más profundamente, se aferró a él.

—Conque amo y esclavo, ¿eh? —susurró ella casi sin aliento—. En ese caso... esclavo, quítate la ropa.

Cowboy soltó una carcajada. Maldición, no podía cansarse de aquella chica. Se quitó la camiseta y volvió a besarla, tumbándola en la cama con él con todo cuidado.

Sintió que ella luchaba con la hebilla de su cinturón y se atormentó un poco a sí mismo dejando que sus nudillos lo rozaran mientras intentaba desabrocharle los pantalones. Era imposible que descubriera cómo desabrochar aquel cinturón. Desde luego, no con aquel manto de oscuridad, y probablemente ni siquiera con luz.

—Jones...

Él alargó un brazo y soltó la hebilla.

—Gracias —murmuró ella.

Melody tardó una eternidad en desabrochar el botón. Y él estaba tan excitado que ella tardó otra eternidad en bajarle la cremallera y...

Melody no lo tocó. ¡Maldición, no lo tocó! Le bajó los pantalones y los calzoncillos, dejándolo tenso de deseo, ávido de sus caricias y, aun así, disfrutando segundo a segundo del modo en que siempre lo sorprendía.

Ella le quitó las botas una a una, y él deseó por enésima vez que la habitación no estuviera tan oscura. Le habría encantado mirar.

Se apoyó en los codos y la ayudó a liberar sus piernas de los pantalones.

—Cariño, ¿tienes un preservativo?

Ella se quedó helada.

—No estás de broma, ¿no?

—No. Yo... sólo quiero protegeros a ti y al bebé.

Sintió que se sentaba a su lado en la cama, notó que le acariciaba la pierna, que sus dedos se deslizaban desde su pantorrilla a su rodilla y luego a su muslo.

—La mayoría de los hombres sólo pensaría que no podrían dejarme más embarazada de lo que ya lo estoy.

Sus dedos describían lentamente ochos sobre su muslo. Cowboy alargó los brazos hacia ella, pero Melody lo sintió moverse y se apartó. Él sintió de nuevo sus dedos, esta vez cerca de su tobillo. Nunca se había dado cuenta de que las caricias en el tobillo pudieran ser tan excitantes. Intentó humedecerse los labios secos.

—La mayoría de los hombres no se habrían vuelto totalmente paranoicos leyendo todos los libros sobre embarazo de la biblioteca.

—La mayoría de los hombres no se habría molestado —ella lo besó en la parte de dentro de la rodilla; su boca era suave, húmeda y fresca sobre el calor ardiente de la piel de Cowboy.

Él volvió a intentar tocarla, pero de nuevo ella se apartó. Él tenía que moverse lentamente, buscándola a tientas en la oscuridad. No quería golpearla si hacia un movimiento brusco o agitaba los brazos. Además, le gustaba tanto aquel juego que no quería que acabara.

Pero iba a acabar. En unas cuantas horas, el sol saldría y aquella noche acabaría. Y él tendría que abandonar el lecho suave de Melody y salir de su habitación y de su casa. Tendría que recoger su tienda y marcharse. Y el juego habría acabado.

Tenía gracia. El hecho de que hubiera un final a la vista era posiblemente la única razón por la que Melody le estaba haciendo el amor esa noche. Posiblemente era sólo porque él ya le había dicho que no se quedaría por lo que ella se permitía disfrutar de aquel momento con él.

Pero con cada beso, con cada caricia, con cada roce, Cowboy deseaba poder mantener vivo para siempre aquel juego absurdo.

Para siempre.

Ella volvió a tocarlo, y esta vez Cowboy estaba preparado. Cerró los dedos alrededor de su brazo y tiró de ella suavemente. Sus bocas se encontraron. Los dedos de Cowboy tocaron el cuerpo de Melody. Sus piernas se entrelazaron. La pesada erección de él rozó la redondez de su vientre.

Ella se movía lánguidamente, con pereza. Besó su cuello, su oído, aquel delicado lugar bajo su mandíbula que lo volvía loco y que hacía que no deseara otra cosa que hundirse en ella para siempre.

Para siempre.

Antes, aquellas dos palabras lo habían asustado mortalmente. Significaban una rutina mortal, una permanente falta de cambios. Significaban estancamiento, hastío, una vida de reposiciones infinitas, la lenta disipación de los colores brillantes de las experiencias nuevas hasta convertirse en el gris desvaído de lo viejo y lo gastado.

Pero Cowboy podía ser un SEAL para siempre sin temer caer víctima de ese destino. Si alguna vez se cansaba de lanzarse en paracaídas de un avión a reacción, Joe Cat programaba saltos desde altitudes asombrosamente elevadas, abriendo el paracaídas casi cuando estaban a punto de tocar el suelo. Y si se cansaba de eso (y tendría que saltar muchas veces para cansarse del arrebato de adrenalina que le producía ver acercarse el suelo a él), siempre estaban los cursos de refresco sobre demolición submarina, o supervivencia en el Ártico, en el desierto o en la jungla, o...

La verdad era que podía ser un SEAL eternamente porque nunca sabía qué iba a suceder a continuación.

Siempre había creído que sentiría lo mismo con las mujeres. ¿Cómo iba a comprometerse a pasar el resto de su vida con una sola, cuando nunca sabía a quién podía conocer un momento después? ¿Cómo iba a sobrevivir a la rutina eterna del compromiso cuando la tentación lo asaltaba cada vez que doblaba una esquina?

Pero mientras se extraviaba en la dulzura de los besos de Melody, se descubrió preguntándose cómo podría sobrevivir a la constante decepción de buscar su rostro entre el gentío... a pesar de que sabía perfectamente que ella estaría a cuatro mil kilómetros de allí. ¿Cómo podía sobrevivir doblando esquina tras esquina, encontrándose cara a cara con mujeres hermosas, con mujeres que querían estar con él, con mujeres con las que él no quería tener nada que ver y cuyo único defecto era que no eran Melody?

Ella se apartó ligeramente, abriéndose a su mano, y levantó las caderas para que sus dedos la penetraran más profundamente. Deslizó los dedos por su costado y su vientre, casi sin tocarlo.

—Me estás volviendo loco —susurró él.

—Lo sé —Cowboy sintió una sonrisa en su voz.

—Te deseo tanto, cariño... Pero me da miedo hacerte daño —su voz sonaba ronca.

Ella se apartó.

—¿Te importa que me ponga encima de ti?

¿Importarle? ¿De veras creía ella que podía importarle? Entonces se dio cuenta de que ella se reía de su silencio asombrado.

—Pero primero... —Melody lo tocó, y la mente de Cowboy estalló, llena de un placer ardiente, mientras ella lo besaba del modo más íntimo—. ¿Crees que si sigo haciendo esto mientras te llamo Harlan —preguntó ella— aprenderás a asociar tu nombre con sensaciones positivas?

Cowboy no sabía si reír o llorar.

—Harlan —dijo ella—. Harlan. Harlan. Harlan. ¿Sabes?, nunca lo había pensado, pero me gusta ese nombre.

Él apenas podía hablar.

—A mí también.

Melody se rió.

—Vaya, sí que ha sido fácil. Creo que tal vez haya desarrollado una técnica infalible para lavar el cerebro. Más vale que ningún enemigo de los Estados Unidos le ponga las manos encima, por así decirlo, o nos meteremos en un buen lío.

—Sí, pero sólo funcionaría contigo.

Melody se quedó callada un momento.

—Eso ha sido muy dulce —dijo. Cowboy notó por su voz que no le creía.

Se apoyó en un codo.

—Melody, hablo en serio.

Ella volvió a tumbarlo y se montó a horcajadas sobre sus muslos.

—No hablemos de eso ahora —le dijo, y buscó algo. Él oyó que abría un cajón; luego, ella se apartó—. Finjamos que... que podríamos hacer que lo nuestro funcionase.

—Pero...

—Por favor —Cowboy sintió que lo tocaba, que cubría su sexo con un preservativo.

—Mel, maldita sea, si pudieras mirarme a los ojos...

—Cállate y bésame, Jones.

Era una orden que él no podía rechazar. Y cuando Melody se echó hacia delante y con un solo movimiento lánguido y suave rodeó su miembro con el tenso calor de su cuerpo, Cowboy sólo pudo mascullar su nombre.

Quería más. Quería hundirse profundamente en ella. Quería tumbarla de espaldas y mecerse sobre ella, rápidamente, con ímpetu, como sabía que a ella le gustaba.

Quería encender la luz y mirarla a los ojos. Quería ver cómo alcanzaba el clímax, ver la expresión increíblemente sexy de su cara cuando la llevara mucho más alto de lo que la había llevado nunca.

Pero se quedó tumbado de espaldas.

—Mel, me da miedo moverme —su voz era un susurro seco como papel en la oscuridad.

—Entonces me moveré yo —respondió ella en voz baja, y comenzó a moverse.

Cowboy apretó los dientes para no levantar las caderas. Era posible que nunca antes hubiera estado tan excitado. Ni en el cuarto de baño del avión. Ni en París. Ni en ninguna otra parte.

—Pero quiero...

Ella se apretó un poco más contra él y Cowboy se oyó gemir.

—Vamos —le urgió ella—. Te prometo que no dejaré que me hagas daño. Te aseguro que hay mujeres embarazadas en todo el mundo, haciendo el amor así en este preciso instante...

Los lentos y largos movimientos de Melody casi sacaban por completo de ella el miembro de Cowboy, antes de que volviera a deslizarse profundamente en su interior.

Fue entonces, mientras se alzaba para salir al encuentro de sus movimientos, la más dulce de las danzas, que Cowboy comprendió por fin la verdad.

Quería volver a casa con aquella mujer cada noche el resto de su vida.

Quería que aquello durara eternamente, y sabía que una vida entera con Melody sería tan fascinante como su futuro con los SEAL, porque lo cierta era que... la quería.

La quería.

Y en ese instante comprendió que en París, cuando Melody le dio un beso de despedida y le dijo que no le escribiera, ni la llamara, ni volviera a verla, tenía al mismo tiempo razón y se equivocaba. Se había equivocado al no darles una oportunidad de estar juntos. Pero había tenido razón al no permitir que su pasión se hiciera más honda. Porque, mientras que sus sentimientos por ella habían nacido del peligro, la atracción y la satisfacción de sentirse necesitado, esas emociones no habían empezado a crecer realmente hasta que estuvo allí, en Appleton, un pueblo cualquiera de los Estados Unidos.

La quería, pero no porque ella lo necesitara. De hecho, una de las razones por las que la quería tanto era porque se resistía a necesitarlo.

Amaba su risa, su franqueza, su bondad y su ternura. Amaba la mirada abstraída de sus ojos cuando sentía moverse a su bebé. Amaba la fiereza con que apoyaba a su hermana. Amaba el coraje que había hecho falta para presentarse ante el Club de Señoras de Appleton y anunciar que estaba embarazada. Amaba sentarse a hablar con ella en el porche.

Amaba el azul celeste de sus ojos y la dulzura de su sonrisa.

Y, sobre todo, amaba hacer el amor con ella.

—Oh, Harlan —musitó Melody cuando la sintió alcanzar el clímax, y comprendió sin ninguna duda que siempre, en efecto, asociaría su nombre con aquel placer purísimo.

Se había estado aferrando desesperadamente al borde del precipicio para controlar su excitación y, cuando Melody lo ciñó con más fuerza, se llenó las manos con sus pechos y se sintió volar en caída libre, sin peso y aturdido.

Y luego estalló a cámara lenta. Meteoritos de placer lo atravesaron, abrasándolo, haciéndole gritar.

Melody lo besó, y la dulzura de su boca lo llevó aún más allá.

Y luego, con las manos de Melody entre su pelo, con su cabeza apoyada sobre el hombro, con su hijo descansando entre los dos, Cowboy comenzó su ascenso hacia la superficie de la realidad.

Se iba por la mañana. Melody no quería casarse con él, no lo necesitaba, no lo amaba. No hubo paradas de descompresión, aunque no estaba seguro de que hubiera importado, de todos modos. No podía hacer nada para defenderse de la dolorosa verdad.

Por más que la quisiera, ella sería más feliz sin él.

Melody se apartó de él y se acurrucó a su lado, tapándose con las mantas.

—Abrázame, por favor —murmuró.

El subteniente Harlan Jones la atrajo hacia sí y sus cuerpos quedaron unidos como cucharas.

La abrazaría esa noche. Pero al día siguiente la dejaría marchar. Sabía que podía hacerlo. Ya otras veces había hecho cosas que parecían imposibles.

Era un SEAL de la Armada de los Estados Unidos.

CAPÍTULO 15

La Brigada Alfa estaba de nuevo en Virginia. Al parecer, a alguien en la base le había molestado el desacuerdo de los SEAL con el FinCOM, porque la caseta que les habían asignado estaba varios peldaños por debajo de la anterior, que tampoco era ningún palacio.

Cuando Cowboy entró, las bisagras oxidadas de la puerta chirriaron y una araña estuvo a punto de aterrizar sobre su cabeza. Veía la luz del día a través del tejado de uralita.

El mandamás que los había puesto allí no sólo desaprobaba su desacuerdo con el FinCOM: desaprobaba a los SEAL en general. Pero eso no era ninguna sorpresa. No era la primera vez que se topaban con alguien muy corto de miras.

Wes estaba al teléfono.

—Los ordenadores y la lluvia no hacen buenas migas, señor —estaba diciendo. Su tono daba a entender que el «señor» era un simple sucedáneo de otra palabra menos halagüeña—. Tenemos casi media docena de ordenadores que necesitamos poner en marcha, además de una serie de agujeros en el techo que no sólo harán que esto esté helado, sino que, cuando empiece a llover (y según el pronóstico del tiempo empezará a llover dentro de unas horas) esto se llenará de agua. De hecho, ya hay varios charcos permanentes en el suelo. Señor.

Construido durante la Segunda Guerra Mundial, aquel lugar daba la impresión de haber estado en desuso desde la guerra de Vietman.

—Llevamos una semana esperando, señor. Entre tanto, nuestros ordenadores siguen metidos en cajas y estamos aquí sentados, tocándonos los...

Joe Cat y Blue estaban al otro lado de la lúgubre habitación, enfrascados en una discusión.

—¡Vaya, vaya! ¡Mirad quién ha venido! —Cowboy levantó la vista y vio que Lucky O'Donlon le sonreía a través del agujero más grande del techo.

Harvard también estaba allá arriba.

—Sube aquí, Junior. ¿No eras experto en arreglar tejados?

—No...

—Pues ahora lo eres. Siempre andas diciendo que con un poco de tiempo y una biblioteca, puedes aprender a hacer cualquier cosa. Ésta es tu oportunidad de demostrarlo. Y si ésa no te parece una razón lo bastante atractiva, ¿qué te parece ésta? Dado que has sido el último en volver de vacaciones, te has ganado ese honor.

—Jones, bienvenido.

Cowboy se volvió y vio que Joe Cat se acercaba a él. Estrechó la mano de su capitán.

—Gracias, señor.

Wes colgó el teléfono violentamente.

—Nada, Skipper. Por lo visto, no hay otro sitio en toda la base donde puedan meternos.

Bobby se unió a ellos.

—Este sitio es enorme. Eso es una gili...

—Eh, que yo sólo estoy diciendo lo que me han dicho —Wes se encogió de hombros—. Podemos pedir que hagan reparaciones, pero tiene que ser por los canales debidos y ya sabéis lo que eso significa. Que todavía podremos contemplar las estrellas desde nuestras mesas dentro de tres semanas.

—Yo digo que nos olvidemos del papeleo y arreglemos esto nosotros mismos —dijo Lucky desde el tejado.

—Lo mismo digo, Cat —añadió Harvard—. Podemos hacerlo mejor y en la mitad de tiempo.

Cowboy miró el tejado.

—¿Se puede remendar, o hay que cambiarlo entero? —aquello estaba bien. Así podría distraerse. Olvidarse de la mujer a la que había dejado en Appleton, Massachusetts.

Melody no se había arrojado a sus pies para suplicarle que no se fuera. Sólo había dejado unos minutos el zafarrancho de limpieza en el que estaba ayudando a Brittany, en previsión de la visita de los Servicios Sociales. La solicitud de Britt para adoptar a Andy Marshall estaba siendo tenida en cuenta. Melody se había concentrado tanto en ayudar a su hermana a que todo estuviera perfecto, que apenas se había dado cuenta de que él se marchaba.

Le había dado un beso de despedida y le había dicho que tuviera cuidado. Y luego había vuelto a sus faenas.

Cowboy había visto un cartel electoral de Tom Shepherd al salir del pueblo. La cara fofa de aquel tipo, agigantada, le había puesto enfermo de celos. Había tenido que apartar la mirada, incapaz de ver sus ojos marrones y corrientes, incapaz de hacerse a la idea de que tal vez aquél fuera el hombre con el que Melody acabaría pasando su vida. El hombre que criaría a su hijo.

Si hubiera llevado un lanzagranadas en el equipaje, habría volado en mil pedazos el condenado cartel.

—Jones, tengo entendido que hay que darte la enhorabuena —Joe Cat le dio una palmada en la espalda, devolviéndolo bruscamente al presente—. ¿Cuándo es el gran día?

¿El gran...?

—Sí, ¿vas a invitarnos a la boda? —preguntó Lucky—. Madre mía, me dan ganas de ponerme a cantar. No puedo creer que nuestro pequeño Cowboy tenga ya edad de casarse.

—¿Quieres que nos pongamos de blanco, o mejor vamos de camuflaje? —preguntó Wes—. El uniforme blanco es más tradicional, pero el traje de camuflaje seguramente irá mejor con los accesorios de pistolero.

A su lado, Bobby empezó a tararear la marcha nupcial.

Cowboy sacudió la cabeza.

—Os equivocáis...

—Sí, seguramente ése sería el único modo de que yo me casara —dijo Lucky—. Si me arrinconaran sin salida...

—Eh, tú —dijo Harvard desde el tejado—. Cierra el pico.

Bobby se sentó obedientemente y guardó silencio.

—Los demás, dejadle en paz —continuó Harvard—. Junior va a hacer lo correcto. Quizá, si prestarais atención, aprenderíais algo de su ejemplo.

Cowboy lo miró a través del agujero del techo.

—Pero no voy a casarme con ella, H. —miró a los demás—. Seré padre dentro de unas semanas, pero no voy a casarme.

Blue McCoy, hombre de pocas palabras, fue el primero en romper el silencio. Miró al resto de la Brigada Alfa.

—Esto demuestra que no deberíamos meternos donde

no nos llaman —se volvió hacia Cowboy—. Lo siento, Jones —dijo con calma.

Pero Wes no podía tener la boca cerrada.

—¿Sentirlo? —dijo con voz chillona—. ¿Y por qué lo sientes? Jones es un tío con suerte. De hecho, en mi opinión O'Donlon acaba de perder su mote. A partir de ahora, llamaré Lucky a Jones.

Cowboy sacudió la cabeza, incapaz de responder, incapaz incluso de forzar una sonrisa. Debería haber estado de acuerdo con ellos y haber celebrado su libertad, pero sentía como si parte de él no pudiera volver a celebrar nada.

—Voy a echarle un vistazo al tejado —le dijo a Joe Cat.

El capitán tenía un modo de mirar que hacía que uno se sintiera como si pudiera atravesar el camuflaje y llegar al corazón y al alma que había debajo. En ese momento miraba así a Cowboy.

—Lo siento, muchacho —dijo antes de asentir con la cabeza y dejar que se marchara.

Cowboy salió y buscó el modo más fácil de subir al tejado. Había una tubería en la esquina suroeste del edificio que parecía bastante sólida. De hecho, mientras se acercaba, Lucky la usó para bajar.

—¿Qué hay, Jones? —dijo, y se limpió el óxido de las manos en los pantalones—. ¿Qué te parece si quedamos esta noche para tomar una cerveza bien fría? Podrías contarnos el secreto de tu éxito —su sonrisa se volvió sagaz—. Me acuerdo de esa chica, Melody. Era un bombón. Y se te echó encima como una perra en celo desde el principio, ¿no?

Algo dentro de Cowboy se quebró. Tumbó a Lucky de un solo puñetazo.

—¡Cállate de una puta vez!

Lucky se levantó al instante, agazapado y listo para pelear.

—¿Qué co...?

Cowboy se abalanzó de nuevo hacia él, pero esta vez Lucky estaba preparado. Cayeron juntos, violentamente, en el suelo. Cowboy se golpeó el codo con una piedra y agradeció el dolor que lo atravesó. Era agudo y dulce, y enmascaraba el dolor de su corazón.

Pero Lucky no quería pelear. Dio un fuerte rodillazo a Cowboy en el estómago. Mientras Cowboy luchaba por recobrar el aliento, Lucky se desasió de él.

—¡Estás loco! ¿Se puede saber qué coño te pasa?

Cowboy se levantó, respirando con dificultad, y comenzó a moverse amenazadoramente hacia el otro SEAL.

—Te advertí que si volvías a hablar mal de ella, te mataría.

Wes había asomado la cabeza por la puerta para ver qué era aquel alboroto.

—¡Teniente! —gritó tras echar un vistazo.

Harvard bajó por la tubería en un instante.

—¡Apártate! —le gritó a Cowboy, colocándose entre los dos—. ¡Fuera! ¿Me oyes, Jones? Vuelve a pegarle y tendrás un grave problema.

Cowboy se inclinó, apoyó las manos sobre las rodillas y procuró recobrar el aliento.

Harvard dio media vuelta y miró con rabia a Wesley y Bobby, que observaban desde la puerta.

—¡Esto no os concierne!

Desaparecieron dentro.

—¿Qué coño pasa aquí? —preguntó Harvard, mirando a Cowboy y a Lucky.

—Ni idea, H. —Lucky se sacudió el polvo del hombro—. El muy psicópata se me echó encima.

Harvard fijó su mirada de obsidiana en Cowboy.

—Junior, ¿tienes algo que decir?

Cowboy levantó la cabeza.

—Sólo que si O'Donlon vuelve a pronunciar el nombre de Melody, lo mandaré al hospital.

—Maldita sea, me siento como una maestra de parvulario —masculló Harvard, volviéndose hacia Lucky—. O'Donlon, ¿de veras has sido tan idiota como para ofender a su mujer?

—¿Su mujer...? —Lucky estaba sinceramente perplejo—. Jones, acabas de decirnos que no vas a casarte con... la que debe permanecer innombrada porque no quiero tener que mandarte al hospital.

Harvard soltó un exabrupto.

—Es evidente que tenemos aquí una versión en vivo de *Dos tontos muy tontos*, segunda parte.

—No lo pillo —le dijo Lucky a Cowboy—. Si estás tan loco por esa chica, ¿por qué no te casas con ella?

Cowboy se incorporó.

—Porque no me quiere —dijo con calma; su ira y su frustración se habían disipado por completo, dejando sólo el dolor. Dios, cuánto dolía. Miró a Harvard—. H., lo intenté, pero... no me quiere —para su horror, se le llenaron los ojos de lágrimas.

Y quizá por primera vez en su vida, Lucky se quedó callado. No intentó hacer un chiste. Harvard miró al SEAL de pelo rubio.

—Jones y yo vamos a dar un paseo. ¿Te parece bien, O'Donlon?

Lucky asintió con la cabeza.

—Sí, es... esto... Sí, teniente.

Harvard no dijo nada más hasta que estaban a medio camino del campo de ejercicios. Para entonces, por fortuna, Cowboy había recuperado la compostura.

—Jones, tengo que empezar por disculparme contigo —le dijo Harvard—. Todo este lío ha sido culpa mía. Les dije a los chicos que ibas a casarte con esa chica. Supongo que di por sentado que harías lo que hiciera falta para convencerla de que casarse contigo era lo correcto. Lo cual me lleva a lo que quería decirte. Estoy francamente sorprendido contigo, Junior. No creía que fueras capaz de darte por vencido.

Cowboy se detuvo.

—Lo que importa es qué tengo que ofrecerle en realidad. Treinta días de permiso al año —masculló una maldición—. Yo crecí con un padre que nunca estaba en casa. Con treinta días al año, no tiene sentido fingir que podría ser un verdadero padre para mi hijo... o un verdadero marido para Melody. Así, todos somos sinceros. Yo seré el tipo que va de visita un par de veces al año. Y Mel se casará con otro. Con alguien que esté con ella todo el tiempo.

Harvard sacudió la cabeza.

—Te has convencido de que la situación no tenía remedio, ¿verdad? Abre los ojos y mira a tu alrededor. Tu capitán está exactamente en el mismo barco que tú. Es cierto que Verónica y su hijo lo echan de menos cuando no está, pero con un poco de esfuerzo consiguen que lo suyo funcione.

—Sí, pero Verónica está dispuesta a viajar. Yo no podría pedirle a Melody que dejara Appleton. Es su hogar. Le encanta aquello.

—Junior, no puedes permitirte no preguntárselo.

Cowboy meneó la cabeza.

—No me quiere —repitió—. Quiere un tipo normal, no un SEAL.

—Bueno, en eso no puedo ayudarte —dijo Harvard—.

Porque, aunque dejaras la unidad mañana mismo, nadie podría tomarte nunca por un tipo normal.

Dejar la unidad mañana mismo...

Eso podía hacerlo. Podía marcharse. Podía mudarse a Massachusetts, establecerse permanentemente en la tienda de campaña, junto a la casa de Mel...

No quería darse por vencido. Pero eso era justamente lo que había hecho. Harvard tenía razón. En la que posiblemente era la batalla más importante de su vida (la batalla por conquistar a Melody), se había rendido con demasiada facilidad.

Debería haberle dicho que la quería antes de marcharse. Debería estar allí en ese preciso momento, de rodillas, diciéndole que la amaba, que esta vez era verdad. Dijera lo que dijera ella, él sabía que su amor era real. Y ella también lo quería. Cowboy lo había visto en sus ojos, lo había saboreado en sus besos, lo había oído en su risa.

Sí, tal vez ella no lo supiera aún, pero lo quería, no había duda. Él debería haberse dado cuenta un día antes, por cómo lo había abrazado en la cantera.

Miró a Harvard.

—Tengo que volver a Massachusetts enseguida. Un fin de semana. Es todo lo que necesito. Dos días y medio.

Harvard se echó a reír.

—Vamos. Te acompaño. Iremos a hablar con Joe.

—Gracias, teniente.

—No me las des aún, Junior.

Joe Catalanotto suspiró.

—No puede ser, Jones. Tendrás que esperar una semana, más o menos —señaló el televisor que había en un rincón de su despacho—. Hace un día y medio que estoy pendiente de un caso en Sudamérica. Un avión ha sido secuestrado. Hay doscientas cuarenta y siete personas a bordo —el televisor estaba sintonizado en la CNN—. En cualquier momento sonará el teléfono y nos mandarán a Venezuela para ayudar a crear el orden a partir del caos —sacudió la cabeza—. Lo siento, muchacho. Te necesito en el equipo. Lo mejor que puedo decirte es que uses los dedos. Haz una llamada, pero hazla ya. Y prepara tu equipo. Porque en cuanto recibamos orden de marchar, no habrá tiempo.

Cowboy asintió con la cabeza.

—¿Y si te equivocas?

Cat se echó a reír.

—Si me equivoco, te daré una semana entera. Pero no me equivoco.

Como si quisiera darle la razón, el teléfono sonó.

Cowboy se dirigió a la puerta a toda prisa. La abrió y corrió al teléfono más cercano. Marcó el número de su tarjeta telefónica y luego el número de Melody. Por favor, Dios, que estuviera en casa. Por favor, Dios...

El teléfono sonó una, dos, tres veces. A su alrededor, oía el ruido que hacía la Brigada Alfa al prepararse para partir. A la cuarta llamada, saltó el contestador.

—¡Vamos, Cowboy! —gritó Wes—. ¡Ni siquiera has recogido todavía tu equipo!

Sonó la voz grabada de Brittany, seguida por un pitido.

—Melody, soy yo, Jones —Dios, no tenía ni idea de qué decir—. Sólo quería decirte que...

Bip. Maldición, se había quedado callado demasiado tiempo, y el contestador, confundiendo su silencio por la desconexión de la línea, lo había cortado.

—¡Venga, Cowboy! ¡Muévete!

—¡Te quiero! —le gritó al teléfono. Eso era lo que debería haber dicho. Pero era ya demasiado tarde para volver a llamarla.

Cowboy colgó con una maldición.

Melody estaba soñando. Sabía que estaba soñando porque Jones estaba con ella, y estaban otra vez en Oriente Medio, escondiéndose de los soldados que patrullaban la ciudad.

—Cierra los ojos —le decía Jones—. Sigue respirando, rápidamente, suavemente. No nos verán. Te lo prometo.

El corazón le latía a toda prisa, pero él la rodeaba con el brazo y ella sabía que, al menos, si moría, no moriría sola.

—Te quiero —susurró, temiendo que, si no se lo decía en ese momento, no pudiera decírselo nunca.

El le indicó que guardara silencio, pero era demasiado tarde. Uno de los soldados la oía, se volvía y disparaba. La bala se incrustaba en ella con violencia atroz. El dolor estallaba en su vientre.

¡El bebé! Santo Dios, le habían disparado y habían dado al bebé.

Notaba sangre en las piernas, pero Jones estaba luchando con los soldados enemigos. Disparaba su arma y los alejaba.

Otra cuchillada de dolor la atravesó, y dejó escapar un grito.

Jones se volvió hacia ella, la tocó y se manchó las manos de sangre.

La miró y sus ojos eran muy verdes, incluso en la oscuridad.

—Despierta —dijo—. Cariño, tienes que despertar.

Melody abrió los ojos y vio la primera luz del día colarse por las ventanas. La noche anterior se había acostado tan cansada que ni siquiera se había molestado en cerrar las cortinas.

El dolor la atravesó, un dolor auténtico, el mismo dolor con el que había soñado. Dejó escapar un gemido y se volvió para encender la lámpara de su mesilla de noche. La encendió y se asustó al ver que sus manos habían dejado una mancha de sangre.

Estaba sangrando.

Apartó las mantas y vio que el camisón y la sábana de abajo estaban manchados de rojo.

Brittany estaba todavía trabajando. No volvería hasta después de las siete.

El dolor hacía que le diera vueltas la habitación.

—¡Jones!

Pero Jones no estaba allí para ayudarla. Melody no sabía dónde estaba. Él había llamado y había dejado un mensaje en el contestador hacía dos semanas. Ella había intentado devolverle la llamada, pero le dijeron que no estaba disponible y que seguiría sin estarlo un tiempo indeterminado.

Jones estaba cumpliendo una misión, arriesgando su vida haciendo Dios sabía qué. Ella se había pasado las dos semanas anteriores muerta de miedo y reprochándose no haber sido sincera con él. Debería haberle dicho que lo quería mientras aún tenía oportunidad.

Por favor, Dios, que estuviera a salvo. Cada vez que pensaba en él, rezaba en silencio una plegaria.

El dolor la atenazó de nuevo, y gritó. Dios, ¿qué estaba pasando? Aquello no era un parto. Se suponía que no debía sangrar cuando se pusiera de parto.

Su puerta se abrió de golpe.

—¿Mel?

Brittany. Gracias a Dios, había llegado a casa pronto del trabajo.

—¡Oh, Dios mío! —Brittany vio la sangre en las sábanas. Levantó el teléfono, marcó el número de emergencias, y apartó el pelo de Melody, tocó su frente y examinó sus ojos—. Cariño, ¿cuándo has empezado a sangrar?

—No lo sé. Estaba durmiendo... ¡Dios! —el dolor hacía que viera las estrellas—. ¡El bebé, Britt! ¿Qué le está pasando al bebé?

Pero Brittany estaba hablando por teléfono, diciendo a toda prisa su dirección.

—Necesitamos una ambulancia enseguida. Tengo a una mujer de veinticinco años embarazada de nueve meses y primeriza. Tiene dolores abdominales severos y hemorragia.

Melody cerró los ojos. Por favor, Dios, que Jones y el bebé estuvieran bien...

—Sí, soy enfermera —respondió Brittany—. Sospecho que puede ser un desprendimiento de placenta. Necesitaremos que haya un ecógrafo y monitores fetales listos en el hospital. Sí. Tendré la puerta abierta. ¡Dense prisa!

—Jones, más vale que vengas —la voz de Harvard sonó tensa y severa por el teléfono—. Hay un montón de mensajes para ti de un palmo de alto.

A Cowboy le dio un vuelco el corazón.

—¿De Melody?

—Ven de una vez, Junior.

Cowboy sintió una punzada de miedo.

—¿Qué pasa, H.? ¿Mel está bien? ¿Ha tenido al bebé?

—No lo sé. Parece que los primeros mensajes son de Melody, pero el resto... Jones, la hermana de Mel ha estado llamando casi cada hora estos últimos dos días. Te recomiendo que vengas y la llames enseguida. Ha dejado un número del hospital.

Un número del hospital. Cowboy ni siquiera se despidió. Colgó el teléfono y salió corriendo.

Los barracones temporales que compartía con los demás miembros solteros del equipo estaban a un kilómetro de la caseta con goteras que albergaba la oficina de la Brigada Alfa. Cowboy todavía llevaba sus botas de cuero y su equipo de camuflaje, pero recorrió aquella distancia en unos minutos.

Cuando irrumpió por la puerta, Harvard le entregó el montón de mensajes y un teléfono. La cantidad de mensajes bastó para llenarlo de miedo. Brittany había llamado literalmente cada hora desde el lunes por la mañana.

Le temblaban tanto las manos que tuvo que marcar el número dos veces. Harvard se había apartado para que hablara en privado. Cowboy se sentó a su mesa y pasó a toda prisa los mensajes mientras en el hospital del condado de Appleton, Massachusetts, sonaba el teléfono.

—¿Diga?

Era la voz de Brittany. Parecía ronca y cansada.

—Britt, soy Jones.

—Gracias a Dios.

—Por favor, dime que Mel está bien —Cowboy cerró los ojos.

—Está bien —la voz de Brittany se quebró—. Por ahora. Jones, tienes que venir aquí y convencerla para que le hagan la cesárea. Creo que una de las razones por las que se niega es que te prometió que podrías estar aquí cuando naciera el bebé.

—Pero no sale de cuentas hasta dentro de dos semanas y media.

—Tiene desprendimiento parcial de la placenta —le dijo Brittany—. Es cuando la placenta se desprende un poco del útero...

—Sé lo que es —la cortó él—. ¿Ha tenido hemorragia?

—Sí. El lunes por la mañana, temprano. Pero no fue tan grave como creí en un principio. Una ambulancia la llevó al hospital y su médico consiguió estabilizarla. El bebé y ella están monitorizados. Si hay el más pequeño cambio en su estado, tendrán que hacerle la cesárea. Ella lo sabe. Pero de momento el médico le ha dicho que el bebé no corre peligro, y ella está decidida a aguantar todo lo posible.

Cowboy respiró hondo.

—¿Puedo hablar con ella?

—Ahora mismo está dormida. Por favor, Jones, no creo que quiera tener al bebé hasta que llegues. Pero si empieza a sangrar de nuevo, no hay garantías de que esta vez puedan detener la hemorragia. Podrán salvar al bebé, pero no a la madre.

Cowboy miró el montón de mensajes que tenía en la mano. Había cuatro de Melody, todos fechados cerca del día en que él se fue a Sudamérica. Los tres primeros sólo eran recados de que había llamado. El último contenía un mensaje. Estaba escrito entre comillas y la recepcionista que había contestado al teléfono había puesto una cara sonriente junto a las palabras: *Te quiero*.

Cowboy se levantó.

—Dile que se acabó el trato —le dijo a Brittany—. Dile que no me espere para tener al niño. Dile que me pondré hecho una furia si cuando llegue el bebé no está en el nido del hospital. Dile que voy para allá.

Colgó el teléfono y Harvard apareció sin decir nada. Le entregó los papeles firmados por el capitán, concediéndole todos los días de permiso que necesitara.

—Hay un avión de transporte que sale hacia Boston dentro de veinte minutos —le dijo—. He llamado a ciertas personas que conozco para pedirles un favor... y van a retrasar un poco el vuelo para esperarte. Bobby está fuera, con un coche, para llevarte al aeródromo.

Cowboy levantó el mensaje que le había dejado Melody.

—Me quiere, H.

—¿Y ahora te enteras, Junior? —Harvard se echó a reír—. Demonios, yo lo supe en marzo pasado, en Oriente Medio —siguió a Cowboy hasta la puerta—. Adiós, Jones. Mis plegarias van contigo.

Cowboy se montó en el todoterreno y partió con un chirrido de neumáticos.

—Le han hecho la amniocentesis para evaluar el grado de maduración de los pulmones del bebé —Brittany hablaba en un susurro cuando entraron en la habitación. Melody tenía los ojos cerrados—. Todas las pruebas indican que el bebé está listo para nacer. El peso estimado es de más de cuatro kilos. Pero Melody insiste en que, a no ser que esté en peligro, no va a dar a luz hasta el 1 de diciembre. Tienes que convencerla de que está poniendo en peligro su vida por cabezonería.

—Lo peor de estar en el hospital es que todo el mundo habla de ti como si no estuvieras delante —Melody abrió los ojos, esperando ver a su hermana y algún médico nuevo.

Pero se encontró mirando directamente a Harlan Jones. Él llevaba pantalones de camuflaje y camisa a juego, y parecía recién salido de la jungla.

—Hola —dijo con una sonrisa—, tengo entendido que has estado dando la lata por aquí.

Ella reconoció aquella sonrisa. Era la que decía «voy a fingir que todo va bien». En realidad, estaba muerto de miedo.

—Estoy bien —le dijo ella. Brittany salió de la habitación.

Cowboy se sentó junto a ella.

—No es eso lo que me han dicho.

Melody forzó una sonrisa.

—Sí, bueno, has estado hablando con la enfermera Cenizo.

Él se echó a reír. Melody vio que llevaba un portafolios en la mano. Él se lo alargó.

—Firma estos impresos —le dijo—. Deja que te hagan la cesárea. Es hora de dejar de jugar con tu vida.

Melody levantó la barbilla.

—¿Qué crees que es esto? ¿Un juego? Todos los libros que he leído insisten en lo importante que es que el embarazo llegue a término. O, al menos, todo lo que sea posible. El bebé no corre peligro. Yo tampoco. No veo razón para esto.

Jones la tomó de la mano.

—Hazlo porque, hasta que nazca el bebé, existe el riesgo de que mueras desangrada —dijo—. Hazlo porque, aunque las posibilidades de que eso ocurra son pocas, también lo son las de sufrir un desprendimiento placentario. No tienes la tensión alta. No fumas. No hay razón para que hayas tenido un desprendimiento de placenta. Hazlo porque, si mueres, una gran parte de mí morirá también. Hazlo porque te quiero.

Melody se sentía atrapada en la intensidad hipnótica de su mirada.

—Supongo que recibiste mi mensaje.

—Sí —dijo él—. Pero tú sólo recibiste parte del mío. Tenía literalmente diez segundos antes de marcharme y la cagué. Lo que quería dejarte en el contestador era que quiero casarme contigo, no por el bien del bebé, sino por mi bien. Por razones puramente egoístas, Mel. Como que te quiero y quiero pasar el resto de mi vida contigo —se aclaró la garganta—. Y también iba a decirte que sabía que había una parte de ti que podía quererme, y que iba a seguir volviendo a Appleton, que iba a cortejarte hasta que te enamoraras de mí. Iba a decirte que no pensaba darme por vencido, y que tarde o temprano te convencería... aunque sólo te casaras conmigo para que me callara —le dio el portafolios—. Así que firma estos impresos, ten al bebé y cásate conmigo.

Melody tenía el corazón en la garganta.

—¿De veras entiendes lo que me estás pidiendo?

Él miró por la ventana la luz sombría del atardecer.

—Sí —dijo—, lo entiendo. Te estoy pidiendo que dejes tu casa y vengas a vivir conmigo cerca de las bases de la Armada, que nos mudemos sólo Dios sabe cuántas veces al año. Te estoy pidiendo que dejes tu trabajo y tu jardín, y a tu hermana y a Andy, sólo para estar conmigo, aunque gran parte del tiempo estaré fuera. Es un mal trato. No te recomiendo que lo aceptes. Pero al mismo tiempo, cariño, rezo por que me digas que sí.

Melody miró al hombre sentado junto a su cama. Tenía el pelo largo y sucio, como si hiciera días que no se duchaba. Olía a gasolina, a sudor y a crema solar. Parecía agotado, como si hubiera ido corriendo desde Virginia sólo para estar allí, con ella.

—Confía en mí —dijo Jones, inclinándose para besarla suavemente—. Confíame tu corazón. Lo guardaré a buen recaudo, te lo juro.

Mel cerró los ojos y lo besó. Harlan Jones no era un

hombre del montón, un hombre corriente de los que llegaban a casa a las cinco y media, el tipo de hombre que ella habría elegido si pudiera haber decidido usando sólo la razón. Pero el amor era irracional. El amor no se ceñía a un plan. Y lo cierto era que lo amaba. Tenía que arriesgarse.

—Te vas a cansar de que te diga que tengas cuidado —susurró.

—No, no me cansaré.

Melody firmó el consentimiento médico.

—¿Crees que Harvard aceptará ser nuestro padrino?

Jones le quitó el portafolios.

—Quiero oírte decir sí.

Ella lo miró fijamente.

—Sí. Te quiero —le dijo.

Los ojos de él se llenaron de lágrimas, pero su sonrisa era puro Jones cuando se inclinó para besarla.

EPÍLOGO

Sentada en su nuevo jardín, Melody Jones observaba a su familia, a sus vecinos y a sus amigos, reunidos para celebrar su boda.

Era febrero, pero en el sur el invierno estaba siendo templado, y los narcisos del jardín ya estaban en flor.

En Virginia, la temporada de floración duraba al menos tres meses más que en Massachusetts. A Melody le encantaba aquello. Le encantaba su nueva vida. Adoraba aquella casita alquilada junto a la base naval en la que estaba destinada temporalmente la Brigada Alfa. Adoraba despertarse cada mañana con Jones en su cama. Adoraba abrazar a su hijo Tyler y mecerlo hasta que se dormía. Incluso adoraba darle de comer por las noches.

Brittany se sentó junto a ella.

—Por fin llegaron los papeles —dijo—. Anteayer. Andy ya es hijo mío —se echó a reír—. Que Dios se apiade de mí.

Melody abrazó a su hermana.

—Cuánto me alegro por ti.

—Y yo por ti —Brittany se rió de nuevo—. No estoy segura de haber estado nunca en una fiesta con hombres tan guapos. ¡Todos esos uniformes de gala! Estuve a punto de desmayarme cuando entré en la iglesia. Supongo que una acaba acostumbrándose.

Melody sonrió.

—No —dijo—, no te acostumbras.

Al otro lado del jardín, Jones tenía a Tyler sobre el hombro. Se mecía ligeramente para contentar al niño mientras hablaba con Harvard y su padre, el vicealmirante. Mientras Melody lo observaba, se rió de algo que había dicho Harvard y el niño se sobresaltó. Jones lo besó suavemente en la cabeza y lo arrulló para que volviera a dormirse.

Al pasear la mirada por su jardín, Melody se dio cuenta de que Brittany tenía razón. Casi todos los hombres que había allí eran SEAL y formaban, en efecto, un grupo muy extraño.

Jones la miró a los ojos desde el otro lado del jardín. La sonrisa que le lanzó hizo que le diera un vuelco el corazón. Era su sonrisa de «te quiero»: la sonrisa que reservaba sólo para ella. Ella le sonrió, consciente de que él podía ver claramente reflejado el amor que sentía por él en sus ojos.

A pesar de sus intenciones, se había casado con el hombre menos normal y corriente que había conocido. No, no había nada de normal en Cowboy Jones. Era cien por cien fuera de lo corriente... y también lo era su increíble amor por ella.

Y Melody no habría querido que fuera de otro modo.

Títulos publicados en Top Novel

El premio – Brenda Joyce
Esencia de rosas – Kat Martin
Ojos de zafiro – Rosemary Rogers
Luz en la tormenta – Nora Roberts
Ladrón de corazones – Shannon Drake
Nuevas oportunidades – Debbie Macomber
El vals del diablo – Anne Stuart
Secretos – Diana Palmer
Un hombre peligroso – Candace Camp
La rosa de cristal – Rebecca Brandewyne
Volver a ti – Carly Phillips
Amor temerario – Elizabeth Lowell
La farsa – Brenda Joyce
Lejos de todo – Nora Roberts
La isla – Heather Graham
Lacy – Diana Palmer
Mundos opuestos – Nora Roberts
Apuesta de amor – Candace Camp
En sus sueños – Kat Martin
La novia robada – Brenda Joyce
Dos extraños – Sandra Brown
Cautiva del amor – Rosemary Rogers
La dama de la reina – Shannon Drake
Raintree – Howard, Winstead Jones y Barton
Lo mejor de la vida – Debbie Macomber
Deseos ocultos – Ann Stuart

www.ingramcontent.com/pod-product-compliance
Lightning Source LLC
LaVergne TN
LVHW030339070526
838199LV00067B/6354